草原文学

优秀蒙古文文学作品翻译出版工程 ★ 第八辑

敖特尔

中篇小说卷

内蒙古翻译家协会 / 选编

作家出版社

优秀蒙古文文学作品翻译出版工程　组委会

主　任：郑宏范

副主任：田瑞华　冀晓青　张亚丽

成　员：海　山　李　博　李苏布道　陈晓帆

统　筹：赵朝霞　袁艺方

前　言

　　内蒙古文学作为我国社会主义文学事业的重要组成部分，是祖国北疆亮丽文化风景线上的一颗璀璨夺目的明珠。自古以来，内蒙古文学精品佳作灿若星河，绵延接续，为构建多元一体的中国文学版图贡献了应有的力量。

　　蒙古文文学创作是内蒙古文学的一抹亮色，广大少数民族作家用自己生动的笔触创作出了一大批讴歌党、讴歌祖国、讴歌人民、讴歌英雄的优秀蒙古文文学作品。鸿雁高飞凭双翼，佳作共赏靠翻译。这些优秀蒙古文文学作品并没有局限于"酒香不怕巷子深"，而是通过插上翻译的翅膀"飞入寻常百姓家"，乃至走向更广阔的世界舞台。

　　为集中向外推介展示内蒙古优秀蒙古文文学创作的丰硕成果，为使用蒙古文创作的作家搭建集中亮相的平台，让更多优秀蒙古文文学作品被读者熟知，自2011年起，由内蒙古党委宣传部、内蒙古文联、内蒙古翻译家协会联合推出文学翻译出版领域的重大项目——"优秀蒙古文文学作品翻译出版工程"。该工程旨在将内蒙古籍作家用蒙古文创作的优秀作品翻译成国家通用语言文字，面向全国出版发行和宣传推介。此工程是内蒙古自治区成立以来第一次大规模、全方位、系统化向国内外读者完整地展示优秀蒙古文文学作品成果的重大举措，是内蒙古自治区蒙古文文学创作水准的一次集体亮相，是内蒙古自治区文学翻译水平的一次整体检验，是推广普及国家通用语言文字工作的生动实践。

　　民族文学风华展，依托翻译传久远。文学翻译是笔尖的刺绣，文字的雕琢，文笔的锤炼。好的文学翻译既要忠于原著，又要高于原著，从而做到锦上添花，达到"信达雅"的理想境界。这些入选翻译工程的作品都是内蒙古老中青三代翻译家字斟句酌的精品之作，也是内蒙古文学翻译组织工作者精心策划培育出来的丰硕果实。这些作品篇幅长短各异，题材各有侧重，叙述各具特色，作品中既有对英雄主义淋漓尽致的书写，也有对凡人小事细致入微的描摹；既有对宏大叙事场景的铺陈，也有对人物内心波澜的捕捉；既有对时代发展的精彩记录，也有对社会变革的深入思考；既有对守望相助理念的呈现，也有对天人和谐观念的倡导。它们就像春夜的丝丝细雨，润物无声，启迪人的思想、温润人的心灵、陶冶人的情操，为我们心灵的百草园提供丰润的滋养。

该工程实施以来，社会反响强烈，各界好评如潮，为读者打开了一扇了解蒙古文文学创作的重要窗口，部分图书甚至成为多家高等院校及科研院所重要的文献资料。此项功在当代、利在千秋的工程，为促进各民族作家、翻译家交往交流交融发挥了重要作用，为满足人民文化需求和增强人民精神力量提供了坚强支撑，对铸牢中华民族共同体意识、构筑中华民族共有精神家园做出了积极贡献。

石榴花开，牧野欢歌。时光荏苒，初心不变。在开启建设社会主义文化强国新征程之路上，衷心祝福这些付梓出版的作品，沐浴新时代文艺的春风，带着青草的气息、文学的馨香、译介的芬芳，像蒙古马一样，纵横驰骋在广袤无垠的文学原野之上。

内蒙古文联党组书记、主席　冀晓青

目　录

敖特尔〔001〕
朝克毕力格 著　席·照日格图 译

十三渡〔059〕
额敦桑布 著　包文学 译

遥寄上天〔123〕
特·布和毕力格 著　苏布道 译

游牧征尘〔183〕
哈日贵 著　岱钦 译

敖 特 尔

朝克毕力格 著

席·照日格图 译

朝克毕力格

蒙古族，1964 年出生，本名包九连宝，内蒙古通辽市人，中国作家协会会员。曾荣获内蒙古自治区第三届"敖德斯尔"文学奖、首届中国少数民族作家学会"朵日纳"文学奖等。主要作品有《敖特尔》《遥远的罕山》《落日下》等。

席·照日格图

本名张照日格图，蒙古族，1973 年生于通辽市奈曼旗。内蒙古作家协会会员，内蒙古翻译家协会理事。《海骝骏的故乡》《脑术》等译作入选"优秀蒙古文文学作品翻译出版工程"，《盘羊之载》《蔚蓝的石头世界》发表于文学月刊《草原》《民族文学》。

一

喇嘛们念完经后，人们便以顺时针方向围着敖包转起圈来。晚辈们举着天马经幡，长辈们弹酒酹祭，众人一同向着敖包跪拜磕头后，山顶上的敖包祭祀仪式也就算结束了。参加祭祀的人们沿着山梁走下来聚到山坡下，为摆放各自带来的礼品忙乱了一阵。

敦如布站在摆有全羊礼的石桌不远处，像是在观望雾气笼罩中的敖包山，又像是在观望围站的众人般地说："让谁来走马招福呀？"

带着全羊礼来的那几户人家异口同声地说："您就看着选吧！"

"这几个男孩儿里哪个最大？"敦如布说着，挨个打量起那几个追闹玩耍的男孩子来。大家纷纷掐算比对了一下孩子们的年龄后，同时说道："乌日图纳森是最大的！"

大家所说的乌日图纳森，此时怀里正抱着蓝布衬的砖茶站立在石桌旁边。他怀里抱着的砖茶，是今天搏克①和赛马用的奖品。乌日图纳森今年已经十三岁了。虽然是被一个外乡的老师教得会写名字、会计数了，但作为阿古拉公爷的子孙，乌日图纳森

_____

① 搏克：蒙古语，意为"摔跤"。

此时却不知道他已经到了执行礼仪、担当家族职责的年龄了。大家纷纷向他投来了期待的目光，这让十三岁的乌日图纳森感到了从未有过的胆怯和心慌。

"把东西放在那儿跟我过来。"敦如布对自己的儿子乌日图纳森说着，转身向套着绊子的马匹走去。儿子听了父亲的话急忙跑过去跟在了后面。

"你知道怎么走马招福吗？"敦如布头也不回地问着身后的儿子。

"阿爸，我知道，就是手里摇晃着皮口袋，骑马围着人们转圈跑。"乌日图纳森边说边抽了一下鼻涕。

"还有呢？"敦如布听了皱起眉头，突然转过身来问道。

儿子被问得连连摇头，直愣愣地站在了一边。给敖包招福时骑的马必须鞍笼齐整，福袋要举过头顶并以顺时针方向挥动，骑马围着人群跑的时候也是顺时针方向。敦如布给儿子简单告知了这些后，牵来一匹白马走到人群中给马套上了鞍笼。乌日图纳森接过父亲递来的缰绳和福袋，正不知所措地站在那儿发呆时，旁边走过来一个名叫呼和的高个子老头儿，一把就将他抱起来放到马背上了。可是乌日图纳森的双手和缰绳、福袋随即都窝在了厚实的马鬃毛里，可怜他除了马脑袋什么也看不见了。

"快调马！"这时人群里传来一声喝喊。已经紧张得汗流浃背的乌日图纳森，心里想着自己当众出丑的样子不禁感到一阵羞愧。这时候额头上的汗珠也流进眼里刺痒难忍，让他又气又急。当感觉到马开始跑动时，突然又传来一阵"向右，向右！……"的焦急怒喊声。那匹马被怒喊声惊得猛然一闪，乌日图纳森的手一颤就把福袋掉到地上了。

"真是生了个木头胯的儿子了。"他阿爸来到近前气得嘴里直嘟囔着说。

此时的乌日图纳森已经趴在马背上，双手紧揪着马鬃，双眼忽闪着都要掉下泪来了。

"这点本事都没有，真是白养你了，还有脸哭呢！"敦如布说着举起了马鞭……

敖包祭祀的盛会进行到太阳偏西时结束了。虽然像往常一样进行了搏克、赛马比赛，给优胜者奖励了布料、砖茶等奖品，但在这时局动荡、人心不安的年景里，敖包盛会还是显得匆匆了事般结束了。散场的时候，还没等那些赶车来的人们套好牛车，那些骑马来的人都已经翻身上马各自奔去了。敦如布向马倌齐木德道尔吉悄悄嘱咐了几句话后，把儿子乌日图纳森留下来，自己奔着冬营盘去了。于是乌日图纳森就坐了那个呼和老头儿的牛车，奔敖特尔^①牧铺去了。呼和老头儿费了好一番力气，强行把那个黑头红毛犍牛套上了车后说："上车吧，咱俩今天就接着让这红眼家伙认鞅子吧。"

呼和老头儿说着就把牛鞭子递给了乌日图纳森。被勒套得严严实实的红毛犍牛虽然没再厌鞅子，可总是往路边的草丛里探头探脑，呼和老头儿只好下来牵着牛车走了。乌日图纳森则坐在牛车前头，红毛犍牛一停下来他就用鞭子猛抽几下。虽然在敖包盛会上不会骑马出了丑，可现在他却开心得都要笑出来了。虽说刚才肩膀上挨了几马鞭，但早已经不太疼了。"呼和阿伯真好，今天真是又给我牵马又给我牵牛了。招福的时候给我牵马，现在给我牵上牛车了。"乌日图纳森心里这样想着便喊道：

"呼和阿伯，我憋尿了我要撒尿！"

"哎，你这孩子，真是……"呼和老头儿嘴里嘟哝着一些听不清的话，直到翻过一座坡后才把车停了下来。乌日图纳森跳下车，一脸忙着要撒尿的样子却不忙着解裤带，而是走到红毛犍牛

---

① 敖特尔：逐水草流动放牧的方式。通常指牧户中的老幼、轻体力成员和一些老弱牲畜留守一处营盘，年轻体壮的成员连同其余的牲畜，根据草场、水源的情况随时迁徙的游牧方式。本文中的"牧铺"便是指敖特尔驻牧地。

跟前左看右看了起来。红毛犍牛的眼睛还真是呼和老头儿说的那样,正布满了血丝瞪着人看呢。

红毛犍牛几次三番想要夺路而逃却都被呼和老头儿驯服,最后像个泄气的大皮球似的没脾气了。这时候从远处压过来的黑云落起了雨点,路上的干土不一会儿就全湿了。

"祭了敖包就一定会下雨的。"浑身淋透了的呼和老头儿一边这样说着,一边从乌日图纳森手里把鞭子接了过去。

"这是为什么呀,阿伯?"乌日图纳森不禁好奇地问。可是呼和老头儿没回答他,而是捋了捋他那雨水滴答的大白胡子,嗓子嘶哑着喝了一声红毛犍牛,继续赶车上路了。没过多久雨就停了,草原上的昆虫蚊蝇声又在耳边响了起来。那些昆虫蚊蝇的聒噪声仿佛催眠曲般钻进乌日图纳森的耳朵,伴随着牛车的摇晃让他忍不住打起了哈欠……

不知过了多久,乌日图纳森在一阵小牛犊和大母牛的哞叫声中醒了过来。靴子没脱,衣服也没脱,自己这是睡在谁家的毡窝棚里了呢?刚醒过来的乌日图纳森,呆呆地看着毡窝棚椽子缝里插着的一对黄羊犄角,仔细回想着先前发生的事,急忙向左右看了看。只见旁边的毡墙上有一个勺子挂,勺子挂下面的木桌上放着一个带拎绳的三斤装长脖子大玻璃酒瓶。除了这些,这毡窝棚里也没什么像样的东西。难道是呼和阿伯把我丢在了别人家,自己回去了?乌日图纳森这样想着,憋了一肚子气走出了毡窝棚。

雨后的天空依旧是阴云密布,远处的山头被阴云笼罩着,没有一丝风吹草动。在一辆篷勒勒车①的右侧,羊倌额尔敦和他的妻子正在忙着挤牛奶。

乌日图纳森撒了一泡尿后,边系着裤带边走到了他们近前。

"你可是睡好了呀!"羊倌额尔敦说着上前讨好般哈腰问安,

---

① 勒勒车:古称辘轳车、罗罗车、牛牛车等,是中国北方草原上蒙古族使用的古老交通工具。

紧接着就给乳牛上绊扣去了。这个羊倌是图什业图旗^①人，前些年他一直是用一大皮口袋粮食租一头牛用着了。可是今年一开春，他就突然搬迁到乌日图纳森家的冬营盘来了。他的妻子名叫腊月，是个不太会侍弄奶牛的白净脸女人。那还是在冬营盘的时候，乌日图纳森就知道附近的那些汉子聚到一起就会吹牛说"我要去看额尔敦的老婆"了。难道腊月的身上有什么特别的好东西吗？！而此时的腊月，正拎着奶桶像是找不见家门似的呆站在那里呢。羊倌额尔敦解开拴牛犊的细鬃绳后把它扎在腰上，向不远处的羊群走去了。乌日图纳森则忙着四处张望，找起自己的家来。可是四周空荡荡的什么都没有，阴沉沉的天空下除了羊倌住的牧铺外一户人家都没有。那么敖包盛会到底是昨天开的呢，还是今天开的呢？他真的是有些懵懂了。不过又想到这里是他家羊倌住的牧铺时，乌日图纳森也就放心了。可是现在到底是早晨呢，还是下午呢？真是分不清了。走在草丛里没见有露水，羊倌家的两条大花狗一开始还跟在他后面，可到了一丛芨芨草前撅腿撒了尿后就奔着远处跑去了。映入眼帘的那些山顶、谷口，都是叫不上名来的陌生地方。虽然根据牧铺毡窝棚的朝向猜到了向南的方位，可是像梦境一样的这四周里，乌日图纳森真是有些恍惚了。

"敖包盛会上搏克、赛马用的奖品都是我从冬营盘那里抱过去的呢！"乌日图纳森自言自语地说着，走近那个拎奶桶的女人问道："供品用的全羊是呼和阿伯从这里拉过去的吧？"

"那还不是你们家办的敖包会呀！"腊月那白净的脸上露出暖人的笑容后接着又说，"我家的额尔敦也想揣着碗坐上拉羊的车去敖包上呢。可是这里忙不过来就没去成呀。"

她的话没能解开乌日图纳森心里的疑惑，乌日图纳森简直有

---

① 图什业图旗：内蒙古兴安盟科右中旗的旧称。

些灰心丧气了。

"呼和阿伯赶着他那辆红眼牛篷车去哪里了？"

那辆一路摇晃着睡来的篷勒勒车就在眼前，可是乌日图纳森像是没看见似的问道。

"那不是吗，他在守夜的篷车里睡觉呢。你可别去叫醒他，他要是睡不好的话，夜里可就没人看好你们家的羊群了！"

乌日图纳森听后点了点头。腊月想了一会儿又说："说是让你待在牧铺上学会了骑马才能走呢。可是齐木德道尔吉到现在还没来接你，别不是要让你留在这里学骑羊……"

腊月没再接着取笑乌日图纳森，拎起奶桶扭着腰走进屋去了。乌日图纳森无聊地走到草丛边，拔了一束算起卦来了。"骑马""骑羊""骑羊""骑马"……当他这样轮番算着扔下最后一根草时，竟然赶上了"骑马"。于是他不甘心地又拔了一束草。这次他闭上眼睛算了"早"和"晚"。扔出的最后一根草赶上了"晚"。这时候从远处隐隐约约传来了羊群的咩叫声。过了不一会儿，牧归的羊群都已经围拢一处开始趴卧起来了。乌日图纳森这时候才确信这是到晚上了。

当乌日图纳森几乎是摸着黑走进牧铺的毡窝棚里时，就见喇嘛叔叔衮楚克绥本①、马倌齐木德道尔吉两人不知什么时候来到屋里，正坐在昏暗的油灯下聊天呢。

"哎呀，这孩子到底是怎么长到十多岁的呀？！连个马都不会骑呢。"衮楚克喇嘛虽然是一脸惊讶地这样说着，可他的眼神却一直在腊月身上落着了。因为衮楚克喇嘛大多时候都待在庙里念经礼佛，所以乌日图纳森对这个亲叔叔也并不怎么亲近。乌日图纳森被大人们的议论羞红了脸，不声不响地坐在了火撑子的右侧。

---

① 绥本：喇嘛的级别称号，指活佛的主管侍从。本文中为便于读者理解简译为"喇嘛爷"。

"就是个不太会骑马的孩子呗，也不至于用马鞭子抽得这么狠呀。"腊月边给衮楚克喇嘛斟茶边说着。正在这时候外面又下起了雨，额尔敦忙披了个袋子去外面把毡窝棚的幪毡盖上，回到屋里就把那个大酒瓶子放在桌旁了。腊月把敖包祭祀时分到的羊肉切成块，放在火撑子上熏烤了起来。

"一到祭敖包这雨就下个没完，也真是怪了！"齐木德道尔吉一边说着，一边看了看躲在暗处的乌日图纳森。乌日图纳森正在担心有人说起敖包祭祀的事，于是就装作心不在焉的样子，转身摆弄起了一旁挂着的马绊子、马笼头。他先前那弄混了早晚的乱糟心思，这时候也好像慢慢清亮起来了。

"乌日图纳森一定要把骑马练好了，要不然就别想回家。你阿爸可是这么对我说的哟！"

齐木德道尔吉抿嘴笑着又说道："你跟着我练骑马保准学得快，用不了几天你就会不愿意下马了。"

额尔敦、齐木德道尔吉两人从大酒瓶子里你一口我一口地倒酒喝着，可是衮楚克喇嘛像是厌烦这俗人的酒桌般，不声不响退坐在一旁了。腊月强拉着乌日图纳森坐在灯下，边哄边笑着让他吃烤羊肉。

第二天一大早，马倌齐木德道尔吉就领着乌日图纳森放马去了。在山谷草地间骑着马四处逛游的惬意，很快就让乌日图纳森体会到马背上的快乐了。

"今天我让你骑个套杆马吧。"这天马倌喝早茶的时候对乌日图纳森说道。当两人一大早骑马出发，追上顶风跑去的马群时已经是中午了。齐木德道尔吉从马群里套住一匹浅灰毛色的母马，并让乌日图纳森给这匹马上鞍、套笼头，以看他学得怎么样。随后就让他骑上这匹马，并把套马杆交给他说：

"去吧，去套一匹马来。跑进马群里后，看上哪匹马了就要紧追上去不放手。到时候你这匹马就会知道你怎么想的了。"

"要是追上了我就会套呀！"乌日图纳森说完便策马跑去了。

"要是丢了套杆看我怎么收拾你！"齐木德道尔吉不知为什么气狠狠地喊道。

就在马倌齐木德道尔吉坐在榆树丛荫下摆弄着鼻烟壶吸鼻烟的时候，乌日图纳森已经从马群里赶出来一匹鬃毛油亮的黑儿马，沿着山梁一直追赶着从山后绕回来了。

"哎，这下可好了。本来是想让你尝尝骑套杆马的滋味，可你这是漫山遍野地跑起来了。马群倒是你们家的，可这马群跑出一身大汗来心疼的可是我呢！这也不是什么练马的时候。"马倌齐木德道尔吉一边抱怨着，一边向东边的山梁上举目眺望起来。

"好不容易追上那匹黑儿马正想着下套杆时，这匹母马就朝后一挫不动了。我可是差点从鞍子上甩出去了。"乌日图纳森边说边擦着满脸的汗。

"是吗，嘻……"齐木德道尔吉边说着边嘴角露出讥笑，头也没回依旧眺望着对面的山梁。

把马群赶过山坡去饮水后，马倌给乌日图纳森换了一匹赖青毛马骑上了。等跑到马倌眺望的那个地点时，赖青毛马的生硬脚力都快把乌日图纳森颠散架了。不远处长着锦鸡儿的西向山梁上，一个怀里揣得鼓鼓囊囊、后背上背着丫丫叉叉的柴鹿角的人走了过来。乌日图纳森和马倌在山坡的小路上和那人碰了个正着。

"你是在看呼和阿伯了？！"乌日图纳森说完，心里不禁想起马倌说的那句话："走山的人不会用眼的话就和瞎子一样。"

"除了他还有谁。今天我就让这老头儿码不着踪，好好收拾他一下。"齐木德道尔吉这样嘟囔着，举起套马杆走到呼和老头儿近前，拦路挡在了他前面。听人们说呼和老头儿有个好码踪的癖好，他若是码不着踪了，就会天塌了似的没完没了地找起脚印、蹄印儿来的。

"你身上藏的什么东西，快拿出来！"齐木德道尔吉瞪着眼喊道。呼和老头儿躲闪了一下头顶上的套马杆，接着把手伸进怀里，掏出一把细野葱给他看。

"快闪开，不知道步下走的要给骑马的让路吗！"齐木德道尔吉把套马杆在呼和老头儿的头顶上晃了晃，紧接着把手伸到腰间摸着短刀说，"闪开，再不闪开就让你见刀子。"

呼和老头儿赶紧后退几步，慌忙转身朝山上躲过去了。乌日图纳森眼看着呼和老头儿走进树丛里，他背后的柴鹿角在树丛的枝丫间时隐时现着，不一会儿就看不见了。

"哼，这下可好，这老头儿码不着踪还不得急疯了呀。"马倌齐木德道尔吉很满意了似的笑说着，向不远处羊倌额尔敦的牧铺调转了马头。乌日图纳森却感到嘴角一阵发酸，忍不住反复回头张望着呼和老头儿那时隐时现的背影，催马跟在了齐木德道尔吉的后面。

羊倌额尔敦不知从哪儿弄来几张旧哈那①，先前的毡窝棚已经被改成毡房了。这也是那天晚上衮楚克喇嘛光临牧铺一个月后的事了。说起先前的毡窝棚，那天晚上因为下雨四五个人都挤在一起睡了，当时真是挤得连个伸脚的地方都没有。现在乌日图纳森跟着齐木德道尔吉在马群牧铺上已经待了一个月了。这期间他已经成为一个熟练的骑手了。当初突然离家的那些苦恼、迷茫都已烟消云散，他正以半个主人的身份在羊群牧铺、马群牧铺之间自由奔走着，体会到了一种前所未有的惬意。

毡房里，腊月正在用那个大酒瓶当模子缝制一个毡口袋。看到有客人来了她忙放下手里的活计，理了理头发拨弄起了火撑子。

"这家的男人呢？"齐木德道尔吉边问边左右看了看。

"原来是喇嘛爷和羊倌都不在，真是赶上清闲时候了。"齐木

---

① 哈那：蒙古包的毡壁支架。

德道尔吉说完便大模大样地盘腿坐在了主人位上。齐木德道尔吉四下打量着，不经意间抬头看时，发现毡房的毡壁架和天窗衔接得有些难看。

"就你这毡房的样子，像是个当喇嘛的给指点着修的呀？"齐木德道尔吉瞟看着腊月那双灵巧白皙的手说道。

"这旧哈那是衮楚克喇嘛爷可怜我们给的。修的时候是我家额尔敦自己动手修的。"腊月轻声回答着往锅里放了茶。

"兴许是可怜了。可是咱的喇嘛爷常说的天下众生，像是没说到咱们当下人的吧。"齐木德道尔吉说笑着掏出了自己的鼻烟壶。

"谁知道呢，那些事你去问问喇嘛爷不就知道了。"腊月说着看了看乌日图纳森。乌日图纳森只想着快点喝上茶，有点不好意思似的抿着嘴唇。腊月和齐木德道尔吉两个说话的时候，腊月的脸真的是红一阵、白一阵，乌日图纳森很是好奇地偷看着。

喝了几碗茶后，齐木德道尔吉打着饱嗝站起来像是要走的样子了。腊月开始做起了手里的活计，对齐木德道尔吉那些挑逗揶揄的话也不再理睬了。

"哎，走吧。这两宿里马群顶风乱跑不叫人消停呀。"齐木德道尔吉说着朝门外看了过去。腊月给缝好的毡口袋拼缀着布头儿，也没抬头看他。乌日图纳森放下了手里的茶碗，像个尾巴似的紧跟在了马倌的后面。在山梁上转悠着码踪的呼和老头儿已经回到了牧铺，正在羊圈旁的守夜篷车里铺着羊皮袄。不过他背着的柴鹿角却不见了。齐木德道尔吉没忙着去骑马，而是肩搭着套马杆去了呼和老头儿跟前。篷勒勒车车阴凉下趴着的那两条大花狗见状忙躲到房阴下去了。

"哎呀，这可咋办？你这熊老弟我把马群放丢了，你就给烧个羊扇骨算一下方位吧。"齐木德道尔吉一脸丧气地央求道。呼和老头儿像是在厌烦齐木德道尔吉，也像是忌惮他的霸道似的没正眼看他，也没回他的话。

"都说兔子丢了道儿要急眼呢……"齐木德道尔吉说着脸色一转哈哈大笑了起来。

"睡觉了，睡觉！"呼和老头儿不耐烦地嘟哝着，把捡来的野葱从怀里掏出来放篷车阴凉下了。

"嘿，老头儿，你要想法儿和额尔敦轮着来呀。那就可以舒舒服服睡在他屋里了。"齐木德道尔吉凑在老头儿耳边小声说着，用胳膊肘戳了戳他的腰。可是呼和老头儿一声不吭，躺在篷车里就不理马倌了。

齐木德道尔吉也没再挖苦呼和老头儿，领着乌日图纳森走到马桩前说："你就留在这儿吧。跟着我也没个热茶热饭吃的。"

乌日图纳森其实也早就跟够这个说话蛮横生硬的马倌了。但他没显出心里的高兴，而是诺诺地问："我阿爸要是找我去了你的牧铺咋办？这匹赖青毛马咋办？"

"哪有那么多的咋办。你阿爸找去就找去了。这马你要是不愿意骑就让额尔敦骑。"齐木德道尔吉说完就解开缰绳、挂着套杆翻身上马跑去了。一脸无奈的乌日图纳森，恨恨地看着那匹耷拉着耳朵的赖青毛马留下来了。

二

乌日图纳森开始觉得呼和老头儿真是太傻了。近在眼前就有现成的热茶、毡房，可他却非得在篷车旁自己开伙做吃喝。简直像是发过不踏进额尔敦家一步的毒誓似的。

落了日头后，呼和老头儿顶着嗡嗡乱飞的蚊子煮好茶水，接着在红彤彤的炭火上放了艾蒿熏起蚊子来。艾蒿的熏烟如同山雾缭绕般在羊圈上面弥漫开了。坐在熏烟中的乌日图纳森，眼睛一眨一眨地看着呼和老头儿喝茶。毡房里的额尔敦、腊月两个也没掌灯，像是早早就睡了。两条大花狗在熏烟的背风面来回蹿跑着叫了起来。

"像是有什么东西过来了。"呼和老头儿说道。

"不是狼来了吧？！"

呼和老头儿摇了摇头。

"别的还有啥这么晚来的？！"

"早上烧扇骨显出来的是从庙里向这来的卦象。"呼和老头儿说完看了看远处影影绰绰的群山，又看了看夜幕降临中的星空。

"呼和阿伯，我还会用草算卦呢。"乌日图纳森说着走到一旁的草地上揪来了一把草。

"都下露水了，我这篷车可装不下你。你不去睡觉就该着凉了。"呼和老头儿说完就把自己坐着的牛皮垫子盖在了篷车顶上。可是乌日图纳森已经把手里的草"人来""狼来""人来"……那样说着，一根接一根地扔起来了。

"那厉害名的东西可不是黑灯瞎火乱念叨的，这是忌讳！你可别学齐木德道尔吉那样乱说不吉利的话，快睡觉去吧。"呼和老头儿紧催着乌日图纳森，拿起马绊子朝马桩上的赖青毛去了。乌日图纳森一开始就很嫌弃那匹赖青毛马，所以马倌齐木德道尔吉走后一次都没骑过它。这样一来放马、拴马的事就都落在呼和老头儿身上了。乌日图纳森觉着自己也没什么借口待在外面，索性把手里的草一扔就睡觉去了。

第二天一早，乌日图纳森醒来时发现有个人紧挨他躺着呢。他忙抬头仔细一看，原来正如呼和老头儿说的那样，住在庙里的喇嘛叔叔来了。

"你怎么不跟着齐木德道尔吉了？"躺在旁边的衮楚克喇嘛边问边伸了个懒腰。这时候毡房里没别人，额尔敦夫妻俩都已经出去了。

"那马群老是顶风跑！"

"马群顶风跑怎么了？你阿爸不是为了让你学会骑马才去的马群吗？你跟着羊倌额尔敦、打更的呼和老头儿能学着什么呀？"衮楚克喇嘛自言自语地说着穿起了衣服。乌日图纳森发现叔叔没穿着他那一身喇嘛衣服，而是穿起了一身平常牧民的衣服。乌日图纳森不禁呆愣愣地看着喇嘛叔叔的一身行头，不知说什么好了。正在这时候，腊月用漏底的水桶拎了一桶水走进来说：

"好不容易拎到地方了，这水也漏得就剩半桶了。"

"有斧子的话修这漏桶还不简单。"衮楚克喇嘛提了提靴勒站起身，紧凑到腊月跟前看起水桶来。腊月往煮茶的锅里倒完了水，看也不看衮楚克喇嘛就红着脸站在一边。桶里的水漏得满地都是，可是衮楚克喇嘛的耳朵都要贴上腊月的前胸了，却还在猫腰看着桶底儿。两人就这样靠站在火撑子旁边，过了好一会儿才想起了一旁的乌日图纳森。

"你咋还不出去撒尿啊。"衮楚克喇嘛感到有些尴尬和气恼，朝着乌日图纳森瞪眼说道。

衮楚克喇嘛随后便出了毡房，朝西北走了一会儿，来到一个芨芨草洼地里像个女人似的蹲下去方便了。而站在不远处撒尿的乌日图纳森不经意间看到了这些。等到衮楚克喇嘛回到毡房里后，乌日图纳森便急忙跑到那洼地里看了看，原来只是撒了一泡尿而已。喇嘛叔叔的言谈举止，甚至是大小便的事都变得怪怪的了，乌日图纳森心里越发好奇了起来。

喝过早茶后，羊群走向了草场，腰扎着牛犊儿套绳的额尔敦最先离开了牧铺。随后呼和老头儿看完了羊扇骨卦象，往西边的山上转悠去了。衮楚克喇嘛则在毡房东侧修起了漏水桶，还时不时和进进出出的腊月碰个眼神。乌日图纳森蹲在毡房门口旁，用小刀修刮着呼和老头儿送给他的两颗公狍子踝骨，也时不时抽下鼻涕听着大人们的说话。

"待在庙里很闷吧？"腊月问道。她给两条大花狗添了食，举头眺望起了草场那边的羊群。

"说闷会有罪过的。要说不闷……"衮楚克喇嘛欲言又止的样子，放下手里的斧子说，"行了，这桶大概是不会漏了，倒点水来吧。"

腊月进屋舀来一瓢水倒进了水桶。随后两人就面对面蹲下来，来来回回晃悠起水桶，试试看还漏不漏水。那蹲在一起的样子，就像没有两个人的话摆弄不动那水桶似的。

乌日图纳森修刮着手里的公狍子踝骨，时不时瞥一眼喇嘛叔叔和腊月。正在这时，一只土蜂突然飞过来围着他嗡嗡叫了起来。乌日图纳森急忙扑打着把土蜂赶走，就快脸挨上脸了的那两个人也一起提着水桶站起来了。

"你有玩野蜂子拍手跺脚那工夫儿，咋还不去看看马呀。真是没出息的东西。"衮楚克喇嘛说着把水桶递给腊月，转身进毡房去了。腊月把水桶挂在外面来到乌日图纳森跟前，拿过他手里的踝骨稀罕了一会儿说："你到西草坡上看看马去吧。要是丢了马，你阿爸还不得用马鞭子抽你呀。"

下着绊套的马能走到哪儿去，要是赖青毛走丢了，喇嘛叔叔的马也会跟着走丢的！乌日图纳森心里很是气恼地这样想着，一脸不情愿地去了毡房西侧的草坡顶上。草坡西面的草地里有两匹马在并肩吃草。不知为什么，此刻的乌日图纳森忽然盼望起从哪个方向上有人来了。眼前的这片山间谷地，向两端横亘着伸延向了远方，遥远处的高山在雾霭中崭露着峰首，不禁令人暗生向往。从这里迁走该有多好啊，可在乌日图纳森这样想的时候，原野上的蝈蝈、蚂蚱们像是在笑话他似的又喧叫着闹腾了起来。原来跟着马倌的时候还可以换着马骑，可是在这羊群牧铺的好机会里，只有这匹赖青毛马能骑了。这匹赖青毛，一要快跑的时候就只会上跳下颠着跑，别的步法一个都不会，简直是让人受不了。要不是因为它的话，乌日图纳森在这一个多月的清闲里早已经骑着马四处转悠了。听羊倌额尔敦说，这匹赖青毛马当初是一个图什业图旗人用一袋子粮食换去后，套车使唤了大半年才还回来的。这是把它累出毛病来了。不过额尔敦倒是不怎么嫌弃赖青毛，他有时候会不套鞍笼直接骑上光背马去放羊。这时候，乌日图纳森也骑上光背赖青毛，手里甩动着马绊套驱赶起了衮楚克喇嘛的枣红马。能走小步的那匹枣红马扣着两脚绊的绊套，跑起来一点都不碍事，而且它的主人总是让乌日图纳森心里不痛快，所以就由着它去了。那枣红马一直跑到山脚下，才回过头来呼哧呼哧地打起了响鼻。人们都说"帽子随头，马随主"，乌日图纳森这样一想便嘟囔了句"愿意哪儿去就哪儿去吧"。要是现在就回牧铺，衮楚克喇嘛可能还会对自己瞪眼睛，于是乌日图纳森就跑去羊群那儿了。

当羊群走到山坡跟前时，额尔敦后腰上挎着鞭杆子，两条小胳膊都断了似的悠荡着走了过来。

"他们在干什么呢？"额尔敦一走到跟前就问。

"还能干什么！"乌日图纳森仰头看着爬向石砬子的几只灰山羊下了马。

"你喇嘛叔叔回庙里去了吗？"额尔敦有点着急似的问。

"哪走呀！把你家的漏水桶修完了就让我看马来了。我把他的枣红马撵到山梁那边就朝这儿来了。"

"让你去看马，还不如叫呼和老头儿去了呢。哎，你可倒好，还犟着脾气来我这儿了。你那喇嘛叔叔没准儿抱着鞍子站在外面等你回去呢。"

"呼和阿伯一大早就到山上转悠去了，哪叫得回来。说是让我去看马，也没说给他牵回去。"

"是这样啊……"额尔敦愣了一下又接着说，"哎，今天的早茶没喝好，现在都要渴死了。要不我回去喝两碗茶再回来。"

"你走了羊咋办？要是和别的羊群混群了我可挡不住！"

"没事的，这附近没有别人家的羊群。我骑你的马回去，等你玩一会儿的工夫就会回来了。"

"那我干什么呀？"

"嘻，你不会摘旱葡萄吃吗！"

"……哪里结得多呀？"

"你要是不愿意吃旱葡萄的话，就去抓刺猬玩儿！"

乌日图纳森刚要接着问时，额尔敦就已经急得从他手里拽过缰绳翻身上马，像个大老鹰落在马背上似的咋呼着跑走了。

乌日图纳森知道刺猬好藏在酸不溜丛里。于是乌日图纳森围着一丛丛酸不溜转悠了起来。可是刺猬的叫声明明在东边响起，但当他走到跟前的时候又在西边响起来了。那刺猬就像是在和他说"猜猜我在哪儿"似的，左一声右一声地叫了起来。这时候，乌日图纳森忽然想起自己在外面读书时候的那些小伙伴来了。他和那些外乡孩子玩猜谜语可是很少输过的。因为当时如果连着猜错三个谜语的话，就是要被咒替身的。而这只刺猬就像和他猜谜语一样东躲西藏着惹人烦。乌日图纳森虽然目不转睛地查看着酸不溜丛的下面，可他的心思却突然就转到咒替身的好来宝上了：

嘁呼咿！
在那东边的山上哟，
打狍子的是我阿爸。
让那野蜂子蜇着了，
活受罪的是你阿爸。
嘁呼咿！
在那西边的山上哟，
打老虎的是我阿爸。

说是让蝲蝲蛄咬着了，

　　耍赖熊的是你阿爸……

　　这种样式的好来宝一般内容随意且押头韵，是谜语对猜中用来讥讽对方，甚至是能揶揄对方长辈之人的。所以性子急的人有的都会被气哭的。乌日图纳森不仅把自己熟记的好来宝扯着嗓子唱了起来，而且要是有纸笔的话，他都想把自己想到的那些也都记下来了。越是找不见那只刺猬，他的心里就越有一个个新句子闪进来。眼看都要快晌午了，乌日图纳森都被太阳晒得满脸是汗了。说是喝两碗茶就回来的额尔敦还不见人影。走到高处的崖石阴凉处坐下来往远处看时，就见有个人牵着马翻过一座坡走过来了：

　　嘛呼咿！

　　在那南边的山上哟，

　　乌日图纳森等着呢。

　　额尔敦是个大混蛋，

　　我把他的马牵来了。

　　嘛呼咿！

　　在那北边的坡上哟，

　　羊倌额尔敦走着呢。

　　说是要喝上两碗茶，

　　像个老鸹似的咋呼呢……

　　正在乌日图纳森穿上靴子站起来的时候，那个牵马的人就已经来到跟前了。那匹赖青毛马虽然被套上了鞍子，可骑着它来的人却不是额尔敦，而是换成呼和老头儿了。

　　"孩子，你骑上马回去喝茶吃点东西吧。"呼和老头儿说着紧走几步，四下看了看羊群。

"额尔敦怎么没来？"

"不知道哎。我从外面听到毡房里有人哼唧来着。是腊月求着让我来看羊群的。"呼和老头儿说着皱了皱眉。

"我把上面的山羊给你赶下来吧。"乌日图纳森说道。

"好孩子，长命百岁呀。"呼和老头儿说道。

三

等到了下午凉快些的时候，衮楚克喇嘛就回庙里去了。衮楚克喇嘛走了不一会儿，额尔敦就挺身坐起来不再躺着一声声哼唧了。

"唉呀，真是疼得要命啊，这胸口冷不丁就像针扎似的疼起来了……"额尔敦一边揉着胸口一边说着。

"真是疼那么厉害呀？谁知道呢。"腊月瞥了他一眼说。

这时候外面响起来狗叫声和一阵脚步声。

"是我阿爸来了吧，可能……"乌日图纳森忍不住说道。

额尔敦、腊月两人相互看了一眼，脸上显得不安起来。让个打更的老头儿去放羊，夫妻俩却守在家里闲待着，这心里发慌也是应该的，乌日图纳森不禁替呼和老头儿这样想到。

乌日图纳森的预感还真是应验了。敦如布果真是从马群牧铺那儿过来了。额尔敦、腊月两人争先恐后跑了出去，在拴马桩那边接应了敦如布。敦如布阴沉着脸、背着手站在外面，仔细观察起了牧铺周围的草场情况。也不知道被雇的羊倌儿是怎么给牧主人问的安好。反正等乌日图纳森出了毡房站在门旁挠头的时候，羊倌额尔敦已经骑上赖青毛奔山上去了。腊月不知说什么好似的搓着手站在了敦如布近前。过了片刻，敦如布也没问腊月什么话，而是举起马鞭抽打了几下袍襟上的尘土，向那几辆转场用的勒勒车走了过去。那几辆车轮都有些翘干了的勒勒车，卧在齐轴深的草丛里，看着都有些荒废的样子了。又过了片刻，马倌齐木德道尔吉也牵着马赶过来了，看着也是一脸不高兴的样子。乌日图纳森走到拴马桩前看着两匹好马过了过眼瘾后，小心翼翼地来到了两个大人旁边。

"许是索伦来的马匪给赶走了……"敦如布说道。

"要是找到博格达山那儿的话就会有结果了。"齐木德道尔吉说着把勒勒车的车辋踢得吱呀作响。

"不管怎么说明天起早就出发吧。把额尔敦也带上。多一个人就多一双眼睛。"敦如布说完，把儿子乌日图纳森浑身上下打量了起来。这时候，额尔敦骑着赖青毛抓了一只羊急匆匆跑回来交给了马倌。齐木德道尔吉只一会儿工夫就把那只羊杀完收拾好了。

毡房外面，额尔敦在几块大石头上架好铁锅煮起了羊肉。因为算卦用的羊扇骨也在锅里煮着，所以腊月是不能上手的。毡房里敦如布、齐木德道尔吉两人在说话。乌日图纳森在一边听着等起了熟羊肉上桌。天黑下来后羊群也都消停了。腊月从外面走进来点着了油灯。

"草场都快吃光了。这要是没人说的话，看样子还真是不想挪窝儿了呀。"敦如布不像是针对谁似的训说了后，接着又说，"就算额尔敦不太熟悉这牧铺转场的事儿吧。可是呼和老头儿应该知道到了羊群吃山葱的时候了吧！"

"那老家伙，天天码踪都码得犯糊涂了。"齐木德道尔吉说道。

敦如布思量了片刻便回头对儿子乌日图纳森说："去把你呼和阿伯叫来！"

乌日图纳森赶忙跑出毡房，很快又气喘吁吁地跑回来说：

"呼和阿伯在收拾牛车呢，说没空过来。"

"你没说是我叫他来吗？！"

"说了。可能是不管谁叫都不来吧！"

敦如布听了气呼呼地瞪了一眼儿子，忽然又转了脸色呵呵笑了笑说："这老山鸡。"

外面响起了掀锅盖的动静，新鲜羊肉汤的香味随风飘进了毡房。

"先把羊扇骨端到呼和老头儿那儿去！"敦如布对门外的羊倌吩咐道。

呼和老头儿虽然接过了本该是众人分享的一对羊扇骨，但是他以天色已晚为由，没给走丢的马群算卦定方位。

"阿爸让我睡在车里呢。"乌日图纳森吃饱了羊肉来到呼和老头儿近前说。

"那就睡吧。"呼和老头儿说。

乌日图纳森把自己没舍得吃的一对羊腰子递给了呼和老头儿。一老一少两人相互推让了一会儿便一人一只吃了羊腰子。随后呼和老头儿就坐在熏蚊子的蒿子烟里喝起了茶。透过烟雾，乌日图纳森听见了他时不时咔哧、咔哧的挠头皮声。乌日图纳森呆坐在迎风处，一直等到哈欠连天才钻进了篷车里。乌日图纳森从篷勒勒车里看着星光闪烁的夜空，耳边传来了一阵阵的羊群反刍声。头下枕着的碎皮瓢枕头散发出好闻的皮硝味，乌日图纳森感到眼皮开始发沉，很快就吧嗒着嘴角进入了梦乡……在烈日炎炎下，乌日图纳森没羞没臊地穿着开裆裤走呢。他手里握着两颗狍子踝骨般大的漂亮圆石头，冬营盘的家就在身后不远处。他把那两颗圆石头轻轻一碰就闪出了火星。这要是有干草的话，没有火镰、火绒也可以点着火撑子里的干牛粪了。乌日图纳森心里这样想着，要把这神奇的石头显摆给额吉看。可是他刚一转身，身后冬营盘的家就不见了……焦急的乌日图纳森睁开眼一看，原来是远处的山头上闪起了闪电。篷车外面，有几个人说着话围站在火堆旁，好像议论着什么东西。这时候启明星已升上天空，天快要亮了。

"看样子这方位是在东北方向。"呼和老头儿说道。敦如布、齐木德道尔吉、额尔敦三人相互看了一眼后，又同时看向了呼和老头儿。呼和老头儿颇感无奈似的双手搓膝坐在了一旁。

"还有呢……"齐木德道尔吉一脸等不及的样子捅了捅呼和老头儿的胳膊。

"我知道的就这些了。"呼和老头儿低声说着把茶锅放在了火堆上。

敦如布、额尔敦两人在火堆旁犹豫了一下便转身走过去套鞍辔马，发出了一阵马镫、马嚼子的叮当磕碰声。

"真是可惜了，这羊扇子骨！"齐木德道尔吉喃喃自语着，轻拍了两下呼和老头儿的肩膀后，连连清着嗓子跟着那两位去了。当急促的马蹄声远去后，四周又冷清起来了……

"这一有空就朝这儿来了。哎，咱这喇嘛爷哟。"呼和老头儿嘴里自言自语地说着。裹着羊皮袍坐在篷车上打盹儿的乌日图纳森，被呼和老头儿的嘟囔声惊醒后眯着眼偷偷看了看。呼和老头儿身边一个人都没有，他那就是说给碗和勺子听呢！天已经放亮了，一阵清晨的凉风吹进篷车里，憋尿憋得直胀痛的乌日图纳森急忙溜下了车。只见拴马桩那边拴着一匹银泡钉鞍子的枣红马，乌日图纳森认出了那是他喇嘛叔叔的坐骑。转场用的勒勒车都挪了地方，套车用的牛也被拴在车辕前头了。看样子是要转场了，乌日图纳森一边尿着一边想道。

"用来算卦的羊扇骨说是齐木德道尔吉出的。他是怕卦象错了呢。"乌日图纳森说着坐在呼和老头儿身边，在发红的炭火上烤了烤手。他是昨天晚上从敦如布、齐木德道尔吉两人的交谈中知道了此事。因为刚撒了一大泡热尿，乌日图纳森感到身上一阵发冷。

"我知道。那是齐木德道尔吉家的黑头羊。我也尽可能给他好好算了。这算卦其实也没什么，信了就信了，不信也就那样了。"呼和老头儿说着看向了额尔敦家的毡房。额尔敦家的毡房顶上没有炊烟升起，而且门和天窗也都紧闭着。

"昨天晚上我阿爸其实没叫我睡篷车里。我就是想睡你这车里就撒谎了！"

"我知道呢！"

"咱们今天就转场吗？我阿爸是叫你们转场到野葱甸子那儿去了吧？"

"就算你阿爸不说，我也知道到了该赶山葱的时候了。我就是看在额尔敦的面子上才等到现在这样子了。这可真是丢老脸了哎！"呼和老头儿说完后，从装碗的袋子里拿出一只没用过的新木碗，放一把炒米递给了乌日图纳森。

太阳升起来后，趴卧着的羊纷纷站起来，那几头奶牛也都领着犊子要出发的样子了。呼和老头儿一直看着额尔敦家的毡房门口，显得都有些不愿意说话了。那毡房里大概发生着不好明说的隐秘之事，这种不好明说的事，就连乌日图纳森也都猜到几分了。看来，那毡房的毡门今天应该是从内而外被卷起来了。呼和老头儿把所有用具、家当都装进篷勒勒车里，随后又挖个坑把灰堆填埋好后，把生火用的撑腿石并排压在了上面。在篷勒勒车的左边，已经认了犊子的红毛犍牛，正安详地闭着眼卧在那儿嚼口反刍呢。

"孩子啊，你就骑上马帮我把羊群引过去吧。他们要是起来了，你就说去野葱甸子了……"

"咱俩一起去吧。我现在就过去从外面喊给他们听！"

呼和老头儿一听乌日图纳森这样说，顿时吓得瞪眼用双手在头顶划拉着，转身就去套牛车了。呼和老头儿把牛脖子上套偏了的牛鞅子重新套正后，看着乌日图纳森向不远处的赖青毛努了努嘴。

乌日图纳森一直把羊群引到去往野葱甸子的谷口后才停了下来。呼和老头儿牵引着篷勒勒车走去的背影，仿佛是一块硕大的黑石头，跟随着山谷里的白云渐渐远去了。这时候太阳已经冒出了山头，乌日图纳森掉转马头返回了牧铺。当乌日图纳森回到牧铺时，喇嘛叔叔和腊月两人正站在毡房外向南山梁眺望着。

"你呼和阿伯把羊群赶哪儿去了？"衮楚克喇嘛满脸不高兴地问道。

"向西赶着去野葱甸子了……"乌日图纳森下了马说道。

"你怎么不一起去，怎么还回来了？他一个人赶哪个的是呀，又要赶车、又要赶羊的？！"

"让我回来传话……"

"传什么话？"

"说是朝野葱甸子……"

"快去。把草场上的母牛和犊子一起赶着快追上去！"

衮楚克喇嘛这样斥责了一番后，径直走到勒勒车那面站着撒起了尿。这回怎么没像女人似的蹲着撒尿呢，乌日图纳森心里这样想着又害怕又好奇，于是急忙又上了马。

"呼和老头儿倒是没事。那红毛犍牛在他手里牵着就像条大狗似的跟着的。咱们三个一起跟着过去吧。"腊月从背后看着方便完了正在抖腿的衮楚克喇嘛说道。

"去，快去！怎么还在那儿呆愣着听大人说呢。"衮楚克喇嘛边提裤子边对乌日图纳森呵斥道。

转场到野葱甸子的路途很远，有近一天一宿的行程。乌日图纳森赶着那几头母牛和小牛犊沿山谷中间一直走着，到了中午时分追上了呼和老头儿。在一处柞树围绕的林间水洼空地上，呼和老头儿把羊群圈住后摆弄起了架火用的垫石。

"要是把车停在这里，那后面的山坡上就可以搭毡房了。"乌日图纳森像是很明白似的叉腰说着，打趣儿地看起勒勒车下吐着舌头的那两条大花狗来。呼和老头儿被烟呛得连连咳嗽着擦了擦眼说："这可是盗贼出没的地方，别说是落牧铺了，就连过宿都不可以呀。"

"那到野葱甸子还有很远吧？"乌日图纳森说着把赖青毛的肚带松开，让它拖着缰绳走开了。呼和老头儿没回答孩子的问话，而是在蹿起的火苗上添着湿锦鸡儿说：

"可别小看这马老实，去把它前腿给绊上。"

乌日图纳森呱嗒呱嗒地踩着故意弄湿凉快的布靴子走过去，用缰绳把马的前腿绊上后回来了。呼和老头儿这时候把黎明时算卦剩下的另一只羊扇骨拿出来，准备再算一卦。他把羊扇骨上的肉剔割到两只碗里后，双手微颤着把刮干净的羊扇骨放在了熄焰的火堆上。当羊扇骨上的那几根白草开始扭曲着发黄时，呼和老头儿跪在火堆前闭目合十祷告了起来。

"还是奔东北方向去了。"呼和老头儿把烧焦了的羊扇骨反复端详着说道。天还没亮时候算的那一卦看来是没错，乌日图纳森也知道呼和老头儿这是彻底放心了……

四

牧铺转场来到野葱甸子后，在一座名叫"布日古德罕"的大山东山腰上落脚已经两天了。这两天羊群一直在山后的野葱甸子上吃着结籽的野葱，所以呼和老头儿就牵着自己的篷勒勒车放羊野炊，直到快天黑时才回到牧铺上。乌日图纳森闲着没事，整天骑着赖青毛在牧铺和羊群间来回溜跑着。

"赶山葱的羊群可要看住了。你呼和阿伯自己忙不过来呢吧！"

一起转场过来的衮楚克喇嘛反复嘱咐着乌日图纳森说。衮楚克喇嘛这两天也不再动辄发脾气了。而且坐在毡房里的时候，还时不时双手抚膝露出微笑的模样来。腊月在衮楚克喇嘛近前也是毫不顾忌地哼着小曲儿，摆弄着锅碗瓢盆。到了挤牛奶的时候，她就会说笑着把衮楚克喇嘛领到桩绳那边帮着牵牛犊。有时两人还肩挨着肩边走边笑起来。来到野葱甸子的头一天晚上，当听见牛桩绳那边的笑声时，呼和老头儿竟然捂住耳朵、闭上眼呆坐在篷勒勒车旁了。乌日图纳森对此很是惊讶和好奇。因为在乌日图纳森看来，腊月那欢快活泼的举止是很让人喜欢的。可要是跟额尔敦在一起，腊月就会整天板着脸，说不上几句话就会和额尔敦相互挖苦着吵起架来。而且那样一吵架的话，她煮的奶茶就会不好喝了。额尔敦几乎从来不帮腊月干什么家务，也就为吃上牛奶帮她牵个牛犊、给乳牛上个绊套什么的，但除此之外让他干什么都是装聋作哑、一动不动。然而衮楚克喇嘛却和额尔敦不一样，衮楚克喇嘛和腊月现在是拉水也一起去，拉檬毡也是一前一后，就像被绳子拴在一起了似的。

转场到野葱甸子的头天夜里，乌日图纳森不知道喇嘛叔叔是睡在毡房的哪个位置了。当他早晨醒来的时候，腊月正躺在右侧的铺位上像是热了似的露着脚丫睡着了。乌日图纳森心想喇嘛叔叔应该是起早回庙里去了。可过了不一会儿喇嘛叔叔却回来了，原来他是一大早蹚着露水去看马了。只见他一进毡房就抖了抖被露水打湿的裤子，站在那儿看着腊月大咧咧的睡姿，忍不住咧嘴笑了起来。

等到了第三天早晨醒来的时候，乌日图纳森发现腊月的身边多了一个枕头。毡房顶上响着雨水滴落的拍打声，腊月像是有点冷了，把腿脚都裹在袍子里睡着呢。乌日图纳森心想衮楚克喇嘛又是出去看马了。可是衮楚克喇嘛这时候却抱着雨水滴答的木柴回来了。下雨天的早晨毡房里很暗，所以衮楚克喇嘛这次没有看着腊月的睡态咧嘴笑，而是把她踢到脚边的披盖轻轻抖了抖盖在她身上了。

来到野葱甸子后，腊月也不天天按时挤牛奶了，这样一来兑奶茶的牛奶也开始断顿了。

"看来喇嘛爷要是不回庙里的话，想喝上奶茶是有些难了。"呼和老头儿等着羊群趴卧了后煮着茶说道。

"我拿着奶盆去问问。"乌日图纳森说道。

"别问了。要是挤奶了的话早都送来了。可能是让牛犊子吃了吧。"呼和老头儿说道。

乌日图纳森开始观望起傍晚时分升向天空的烟柱来。看那烟柱的走向，出去找马群的人今天是不能回来了。马群也许找到了？！要是没找到的话，阿爸可不止板着脸站在那儿了，没准一来气就把马倌齐木德道尔吉枪毙了呢，乌日图纳森这样胡乱猜想着。现在真是除了赖青毛没别的马可骑了！可是齐木德道尔吉明明能预感到马群要丢，却为何不给自己套一匹好马骑呢？让阿爸枪毙了也是活该！乌日图纳森接着又胡乱想了些。呼和老头儿给煮茶的火堆添着木柴，一脸不理人的样子。于是乌日图纳森坐在篷勒勒车旁揪了一把细草算起卦来了。"马群找到了""马群丢了"……乌日图纳森自言自语着一根一根地扔着手里的草。

"咋还在湿地上坐着呀！快起来铺上皮垫子。"呼和老头儿头也没回地说着乌日图纳森，伸手把茶锅从火堆上端了下来。

乌日图纳森一脸不高兴地从呼和老头儿那儿回到了毡房里。他躺在自己的铺位上，背对着两个大人，偷偷听起了他们的谈话。油灯的灯芯吱吱响着都要快没油了，可是两个大人也不铺开自己的铺位，也不给油灯添油，一直坐在那儿说着悄悄话。于是乌日图纳森故意吧嗒几下嘴装作睡着了，两人的说话声果然稍微大起来，也容易被听到了。

"要是去个谁都不认识的地方过日子该多好呀。"腊月小声说着。

"那是啊！喇嘛们一个两个地往外溜走着，现在庙里都快没人了。看来是到了不用有庙的时候了。"衮楚克喇嘛说着咯吱咯吱地挠起脖颈时，乌日图纳森悄悄眯着一只眼隐约看到了他的样子。油灯越来越暗很快就灭了。随着一两声叹气和唏嘘声，毡房的毡门像是被撩开了，一阵凉风轻轻吹了进来……

乌日图纳森梦见自己在一座大山的山脊上骑马游山呢。那大山名叫"老鹰山"，马的名字叫"飞骏青"。这飞骏青是一匹性情生猛的烈马，所以一定要拉紧缰绳，否则稍不留神它就会从山脊上一跃跳过嶙峋的崖石，一跳就跳到山脚下去的。乌日图纳森小心翼翼地骑着这匹飞骏青，很怕它一跃而起跳到山下去。可是走了好长时间也看不见山顶，陡立的悬崖在马蹄下面颤悠着让人头晕眼花……乌日图纳森突然从梦中惊醒，再也睡不着了。这时候，乌日图纳森不禁又想起了冬营盘的家，仿佛额吉那微笑的脸庞正在毡房黑暗的角落里闪现。温热的泪水淌在他的脸上，慢慢洇湿了枕头。西侧铺位上那柔和均匀的呼吸声，连接着另一侧时有时无的打鼾声……过了好长时间后，从毡房的天窗缝里闪进了黎明的亮光，毡房里的鼾声也变成穿衣服的窸窣声了。

从这天早晨开始日子变得和往常一样了。腊月一个人去挤了牛奶，随后掏灰生火、烧水煮茶的时候也没让衮楚克喇嘛搭手。乌日图纳森给呼和老头儿送去了兑奶茶用的牛奶后，坐在喇嘛叔叔身旁喝起了早茶。

"喝完茶后去告诉你呼和阿伯，别牵着牛车去放羊了。多丧气啊，牧铺就在跟前呢还赶个牛车去放羊……"衮楚克喇嘛很是生气地说着，把手里的茶碗啪的一声就撂在桌上了。腊月捋了捋鬓角的头发给他斟满茶后，退到火撑子旁单腿盘坐了下来。

"阿爸他们快找到马群回来了吧。"乌日图纳森说着舔起了手里的茶碗。

"到时候还不回来嘛。"衮楚克喇嘛说道。

因为有了衮楚克喇嘛的吩咐，呼和老头儿就把篷勒勒车留在了牧铺，挎着羊鞭跟羊群走了。乌日图纳森把拴在车轮上的红毛犍牛解开绳后，心里盘算起了怎么消磨这一天。衮楚克喇嘛在给枣红马套鞍子，乌日图纳森以为喇嘛叔叔是要回庙里去，不禁一脸羡慕地看着那匹鞍笼齐整的枣红马。衮楚克喇嘛鞴好了马后，挺胸站了一会儿就向乌日图纳森招了招手让他过去。

"学过玩儿鹿连吗？"衮楚克喇嘛一边问一边撅着手里的干树枝。乌日图纳森点点头从怀里掏出了那两颗公狍子踝骨。

"呵呵，这可真是一对大鹿连儿。"衮楚克喇嘛看着那对公狍子踝骨，那一大早就阴着的脸顿时展露笑容，选了一处平整的硬地画起了棋盘。

头一回合中，乌日图纳森的两头"大鹿"还没来得及上山，就被喇嘛叔叔的小木棍儿狗们给截杀了。

"我的狗可还剩下四个呢。"衮楚克喇嘛有点扫兴似的说道。

乌日图纳森也知道若不能棋逢对手的话，这游戏玩着就会没意思的。于是从第二回合开始，乌日图纳森不让自己的"大鹿"乱走了。他一边抽着鼻涕一边在心里仔细琢磨着。随后他让自己的"大鹿"遥相呼应着分别穿过山谷草甸、林间空地后，占领了山梁和谷口的险要位置，最终把喇嘛叔叔的二十四条小木棍儿狗杀得只剩下一半了。衮楚克喇嘛只好认输把自己的"猎狗"收起来，盘起双腿一屁股坐到地上，也不怕地湿垫腿坐着了。腊月这时拿来两个毡垫给他俩垫上，双手拄腿、弯腰低头站在衮楚克喇嘛身后看起玩鹿连来了。

鹿连游戏在缓缓升高的太阳下一直进行到了晌午时分，衮楚克喇嘛的身旁都已经放上喝午茶的茶碗了。

"去找马群的人回来了。"腊月在收起衮楚克喇嘛的茶碗时悄悄对他说道。衮楚克喇嘛瞥了一眼腊月，接着又玩起了鹿连儿。拴马桩那边开始有人拴马，乌日图纳森想要站起来看时，衮楚克喇嘛压低了嗓音说："坐下！"

去找马群的人们只赶回来了一部分马匹。说是马群里的好马都被索伦的马匪给赶走了。喝午茶的时候，敦如布端坐在上首位，说了些马群、牛群都要赶来野葱甸子，要给畜群招福禳灾之类的事项。额尔敦像是在找马群的路上丢了魂儿似的不停地进进出出、坐立不安。他那双眼睛布满了血丝，像是要从脑门上蹦出去似的骨碌碌乱转着，简直是魔怔了一样。

到了下午，齐木德道尔吉为把马群牧铺迁过来就最先回去了。

"阿爸，我也跟你们一起去吧。"乌日图纳森央求着说。他是有些害怕留在额尔敦这里了。乌日图纳森总觉得这几个大人走了后，额尔敦就会闹出什么事端来。敦如布拉紧着马肚带说："我回去把牛群牧铺迁过来，你就先在这儿等着吧。"

等到牧铺上没了身强力壮的人之后，额尔敦果然是肆无忌惮地做起来了。衮楚克喇嘛讨好腊月修好的那个木桶最先遭了殃，额尔敦抡起木桶摔到地上四处乱滚，紧接着就追上去一阵猛踹。可是那木桶仗着铁箍圈得牢靠根本就不散架。额尔敦气急败坏地走进毡房拿来了一把斧子。一顿猛砍猛砸过后，好端端的木桶就变成一堆碎木头了。额尔敦把叮当作响的那两个铁箍圈撇出老远后，眨巴着眼四处东张西望起来。乌日图纳森躲在守夜的篷勒勒车后面看着额尔敦的一举一动。额尔敦一手拎着斧子，一手抓挠着自己的头发，显出一番很有架势的样子朝毡房走了去。腊月满脸不在乎地站在毡房门外，目不转睛地看着额尔敦。乌日图纳森从篷车轮辐的空隙间紧张地偷看着，额尔敦手里那把寒光闪闪的斧子把他吓得急忙闭上了眼、捂上了耳朵。等到过了一会儿睁眼再看时，毡房门口已经没人了。乌日图纳森从篷勒勒车后面哆嗦着双腿站起来后，头也不回地一路奔跑跟跄着，来到一处山嘴阴凉下喘着粗气停了下来。被叫作布日古德罕的那座大山在不远处的雾气中朦胧巍峨着。自从转场到野葱甸子的那天起，乌日图纳森就为这座山的名不副实困惑不已。是自己看的位置不对，还是自己脑子笨没有想象力？反正是不管他怎么看、怎么联想，这座山都看不出有老鹰的样子。不过此刻他从山嘴下再仔细一看时，这座山竟忽然露出了它的真面目——这座大山的形态，原来真的是一副雄鹰拍翅、探爪俯冲的勇猛姿态呢。此时此刻，这座大山的气势，已在不经意间沁入了少年的心胸，涤荡了他心中恐惧的混浊。乌日图纳森顿时觉得心跳平缓、浑身放松，双腿也不发抖了。所以当他向山梁走去时，布日古德罕山的姿态无论怎么看都更像是一只巨大的雄鹰了。

当他走到山后的野葱甸子时，呼和老头儿正坐在一棵老榆树的树荫下用针茅草绑着笤帚。

"呼和阿伯，我昨夜里梦见这山的名字了呢。"乌日图纳森这样说时，呼和老头儿也不禁向布日古德罕山看了过去。乌日图纳森想把额尔敦闹魔怔的事也说给呼和老头儿听，但他没敢说出口。

"去年秋天我还从这山的胸窝那儿看好一个布鲁棒①了呢。"呼和老头儿一边绑着笤帚一边又说道，"我好像看着去找马群的人回来了，又都走了。也不知道马群到底怎么样了？！"

……

五

等到了给畜群招福的时候，牛倌苏都纳木家的牧铺毡房被装饰成主房，齐木德道尔吉、额尔敦两家的毡房各司左右当作了偏房。人们在三个毡房间来回穿梭忙碌着，准备招福的事项。腊月不仅没被耍威逼能的额尔敦吓住，而且身上也没受一丁点伤，所

---

① 布鲁棒：一种投掷猎具，端头粗、柄端稍细的弯形硬木短棒，一般端头还系有金属球坠。

以她也和另外几个女人一样欢声笑语地闹腾着忙这忙那呢。晚饭过后，炊烟笼罩的东山腰渐渐被布日古德罕山的阴影遮盖了起来。这时候，乌日图纳森看见额尔敦腰上掖了一根布鲁棒向东去了。乌日图纳森很想跟过去一探究竟，可是又觉得徒步跟踪的话有些害怕，于是就去找马倌齐木德道尔吉了。在乌日图纳森看来，放丢了马群的齐木德道尔吉已经不像从前那样蛮横了。

"那赖青毛马我都没怎么骑呢！"乌日图纳森边说边打量起了拴马桩上的那匹黑马。

"看上我的黑马了？骑就骑吧！"齐木德道尔吉说着把马鞭递给了他。

"可别跟我阿爸说呀！"乌日图纳森说道。

齐木德道尔吉笑着点了点头。乌日图纳森牵着那匹黑马，一直频频回头走到毡房后面的小高地上，确信没人看到他后就立刻上马走去了。这匹黑马有着草头飘般的轻快小走步法，乌日图纳森不禁想起了梦中骑的那匹飞骏青来。马镫下面针茅草的银白色缨穗，随风晃动着让人有些眼花缭乱。明天转福袋的时候一定要骑上这匹黑马，乌日图纳森不禁在心里这样想着。当到了额尔敦刚走过去的一座大坡上回头看时，乌日图纳森看见呼和老头儿正在接应走向牧铺的羊群。额尔敦像是刚把羊群交给呼和老头儿照应了。看来额尔敦要做的事呼和阿伯也知道了！可是呼和阿伯我俩谁也不会把秘密说出去，乌日图纳森在心里这样嘀咕着。黑马一路小跑着走过了好几段转场的土路。到了黄昏时分，远处的山头开始模糊难辨，上旬的月亮也快落到布日古德罕山那边了。

此时，额尔敦走到一棵大榆树下面便不再往前走了。乌日图纳森躲在离额尔敦一布鲁棒远的路边苇丛里，看着到底要出什么事。月亮已经落在山后了，不远处的额尔敦，像化进大榆树里了一样看不见了……乌日图纳森伏卧在鞍鞒上，默默观望着在星光下暗显轮廓的转场路，忍不住轻轻打了几个哈欠。突然，从大榆树的那边传来了急促的马蹄声。乌日图纳森急忙勒住缰绳防止黑马嘶鸣。可是焦躁的黑马咔哒、咔哒踢踏着脚下的芦苇根难以站稳。那个在夜幕中骑马奔来的人，奔到大榆树下后"呼咿、嗨"地喝喊了起来。额尔敦大概是使出了布鲁棒，随着"砰"的一声闷响，紧接着传出了惊悚的痛叫声……

乌日图纳森吓得浑身无力，来不及多想就骑着马顺原路跑回去了。这时候牧铺上的人们正在喝酒吃肉，唱歌欢聚。在篝火的照耀下，毡房和人们的身影飘忽跳荡着，四周的山峦都已陶醉在长调歌声的旋律中了。

"怎么走了这长时间呀？天都黑了。"齐木德道尔吉接过自己的黑马说道。他像是没少喝酒，脚下踉跄着牵马走了。围坐在篝火边的人们，没有谁注意到乌日图纳森回来了。他们彼此敞开心扉开怀畅饮，兴高采烈地谈论着留存在心里的那些陈年往事和奇闻趣事，时不时响起一阵开心的欢笑声。乌日图纳森小心躲避着火光来到了守夜的篷车旁。这时呼和老头儿已经躺在车里了。

"额尔敦这下可报仇了。"乌日图纳森钻进车辕中间站着说。

"跟谁？！你在说谁呢呀？"呼和老头儿像是毫不知情似的说道。

"他把衮楚克喇嘛截在转场路上的那棵大榆树下了……"

"就是刚才吗？！傍黑天时候骑马奔东坡去的就是你吗？"呼和老头儿轻声"哎哟"着挺起身，把篷车的毡帘撂了下来。

"衮楚克喇嘛要是被杀了，明天招福可就没人念经了……"乌日图纳森嘟哝着，趁着篝火的亮光看了看呼和老头儿的脸。呼和老头儿的脸上并没显出什么悲欢的表情来。因为觉得有人分担了自己的秘密，所以乌日图纳森很放心地离开呼和老头儿，径直去额尔敦家的毡房了。额尔敦正坐在昏暗的油灯下满脸惬意地喝着茶，就像什么事也没发生过一样。那个布鲁棒也像是没动过似的，在哈那的夹缝里披着呢。

"哎，外面闹腾就闹腾着吧。我可是要睡了。"额尔敦说完就把碗里的剩茶随手泼到地上，低头吹灭了油灯。

在外面闹腾了半宿的人们，横七竖八地躺在毡房里睡了一觉后，天刚放亮就纷纷走出毡房到泉边洗脸去了。乌日图纳森从泉边洗了脸回来时，竟然在牛倌苏都纳木的毡房门口看见扶腿站着的衮楚克喇嘛了。乌日图纳森简直不敢相信自己的眼睛，他反复揉了揉眼睛，又用力掐了掐自己的耳朵。耳朵有点疼，看来不是在做梦！难道是额尔敦看错人了？正当乌日图纳森这样胡乱猜想时，齐木德道尔吉来到他身旁悄声问道："你昨天傍黑天时往东去，没碰见两个骑马的人吗？到路边大榆树那儿了吗？"乌日图纳森被问得无话可说，只好默不作声低头看着自己的靴尖儿。

"走吧，咱俩去那儿。"齐木德道尔吉说完向守夜篷车那儿努了努下巴。乌日图纳森被马倌粗粝的手掌牵扯着来到呼和老头儿那里时，呼和老头儿像是不煮早茶了似的敞着毡帘躺在车里呢。

"喇嘛爷说有两个人截他的路了。等我们到的时候，喇嘛爷手脚都被榆树枝子拧捆着躺在地上了。可是马匪没把他的马抢走，只是把缰绳系在后鞍鞒上走了。"齐木德道尔吉想了一会儿又问道：

"是喇嘛爷给你什么兆头了吗？！要不然你怎么知道深更半夜时候，喇嘛爷会在路边大榆树那儿出事呀？！"

可是呼和老头儿听了齐木德道尔吉的问话，竟然什么也不说闭上眼睛了。齐木德道尔吉看到这情形顿时气得窝了一股火，抬起腿照着车轮猛踢一脚，把篷勒勒车踢得直晃悠后扭头就走了。

"阿伯，你是不是在我睡觉的时候去告诉他了？！"乌日图纳森委屈地带着哭腔说着，眼睛都要落下泪来了。呼和老头儿眯着眼看了他一会儿说：

"去泉子那儿把脸洗干净，过会儿就要让你转招福袋呢！"

乌日图纳森走进牛倌苏都纳木的毡房时，他阿爸和喇嘛叔叔两人正坐在里面等着上早茶。可是乌日图纳森偷偷打量了好一会儿，也没看出喇嘛叔叔身上有受伤的样子。这时盛盘的奶食和熬好的奶茶被端上了桌。衮楚克喇嘛把左手伸向了盘子里的奶食。奶茶碗也是用左手接过来。他把右手放在胸前一动没动。由此看来，额尔敦的布鲁棒是打在他右胳膊上了，乌日图纳森这么猜想着。

"这招福的事啊，眼下看来是不行了。冬营盘那儿还没来得及告诉呢！"敦如布很惋惜地说道。

"那几个说串子话的蒙古人，看来真是不简单呀。把我们的庙也给变成空庙了！"衮楚克喇嘛说着，用左手轻轻抓了抓发木的右肩膀。

"肿消了吗？真是想要你命的话，再往上偏一点就……"敦如布不忍心地说道。

"该死的混账东西！那两个混蛋是装成熟人把我害了。要不然我的藤把儿马鞭也不是吃素的。"衮楚克喇嘛说完很不甘心似的摇了摇头。看来说谎的人还会摇头呢，乌日图纳森这样想道。这时候，牛倌苏都纳木的妻子嫲吉，端来一碗嚼克^①拌炒米给乌日图纳森吃。可是乌日图纳森还惦记着躺在篷车里的呼和老头儿，于是他推开碗就走出了毡房。嫲吉急忙跟上去问道：

"哎呀，这孩子，怎么还不愿意吃饭了呢？"

"有兑茶的奶子就给我吧。"

"哎哟，看这孩子说的，兑茶的奶子不多的是吗。那么多乳牛挤的奶子还不够你兑茶喝呀？"嫲吉说完，慌里慌张地领着乌日图纳森去了存放牛奶的奶房。

"我就在这儿吃吧！"

"行啊……"

---

① 嚼克：稀奶油，鲜牛奶静止存放后的表层凝结物。

于是乌日图纳森就坐在那些盛牛奶用的瓦盆、瓦罐中间，接过那碗嚼克拌炒米吃了起来。嫡吉眨着眼站在旁边像在琢磨什么似的，站了一会儿就走了。乌日图纳森吃完了炒米，随手带上半袋子嚼克来到篷车旁时，呼和老头儿还闭着眼躺在车上呢。

"阿伯，我带来嚼克了。还不起来煮茶喝吗？"乌日图纳森紧张得有点气喘吁吁地说道。呼和老头儿的眼皮微微抽动了一下，过了一会儿才睁开了眼。

"喇嘛爷的右手端不起碗来了。"乌日图纳森说道。正在这时，毡房那边好像是要开招福宴，就听有人喊到乌日图纳森的名字。乌日图纳森把嚼克袋子挂在一个显眼处，随后拿起那把茅草笤帚，在呼和老头儿的白胡子脸上呼扇起苍蝇来。呼和老头儿长吁了一口气后，半睁开眼拄着胳膊肘慢慢抬起了身。

"用嚼克兑茶喝吧。"乌日图纳森边说边把茅草笤帚放在了他的枕边。

"怎么连袋子都拎过来了。嫡吉还不得四处找呀。"呼和老头儿低声嘟囔着又说，"没听见他们在叫你吗？"

"把嚼克留下吧。"乌日图纳森说着就把呼和老头儿的碗拿过来，把一些嚼克撸到碗里了。

"我要去布日古德罕山看那个布鲁棒料子。你快把嚼克袋子送回去，跟着大人们去招福吧。"呼和老头儿像是有气无力似的低声催促着说。

招福仪式临时改为在毡房里举行了。在一个小木桶里装上粮食、德吉①等供品，并把招福用的一件小法器插在上面后，拎起小木桶围着火撑子"呼瑞、呼瑞"地召唤、转走着招福了起来。毡房里的人们把手里的奶茶、鼻烟壶也都恭敬地端举着，一起招福了起来。随后便是开宴入席，大人们迫不及待地喝起了马奶

----

① 德吉：敬献饮食的第一口。兼有"敬口福"之意。

酒。这样小排场的招福仪式，是不可能找回先前敖包祭祀时丢掉的荣光了，因此招福仪式过后，乌日图纳森便心里很是委屈着走出毡房，径直向呼和老头儿的篷车去了。

可是当他来到守夜的篷车前看时，呼和老头儿并不在车里。在周围走了走再一看时，只见水泉那边的沙砾地上，腊月、额尔敦两个正互相撕扯着扭打着。可能是腊月不好在人多的地方和喇嘛叔叔在一起，她这是在外面闲逛着被额尔敦逮住教训呢，乌日图纳森不禁这样想道。两人撕扯了老半天后，腊月一屁股坐到了地上，额尔敦一晃一晃地走着直接去苏都纳木家了。苏都纳木家的毡房外，人们正围着一个木炭画好的小牛皮棋盘看玩鹿连。要是喇嘛叔叔也在玩鹿连的话，他肯定是用左手呢，乌日图纳森这样猜想着跟在额尔敦后面进了毡房。

"我不干了。现在就把羊群交给你，我要回老家去了。"额尔敦一进毡房就对着敦如布说道。敦如布满脸惊讶地看着额尔敦，一时间不知说什么好了。这时候，旁边的衮楚克喇嘛左肩倚着小木柜，看也不看一眼额尔敦，只顾半躺着身子仰看天窗。衮楚克喇嘛因为伤疼得厉害，所以也没在招福仪式上念经祈福。

"怎么了呀？是不是这有肉有奶的吃不惯呀？"敦如布问道。

"问问你那喇嘛爷弟弟吧……"

敦如布连忙用右手在胸前挥了挥，打断额尔敦的话后说道：

"就算要回老家去，也得等到散席吧。你半年的工钱我给你一头带犊子乳牛。"

"你什么都不给也没事。只要保证让我平平安安回到家就可以了。"额尔敦说完瞥了一眼衮楚克喇嘛。衮楚克喇嘛像是什么也没听见似的，还在一旁仰头看着天窗发呆。

原本是为了走马招福而装饰一新的主毡房也没显出什么排场来，人们喝光了几坛子马奶酒，热闹了一天一宿也就算完事了。没进行搏克比赛，也没赛马。玩鹿连的那几个人也是没等到谁输谁赢，最后是争抢着那张画着棋盘的牛犊皮散伙了。天都要黑了，呼和老头儿还不见回来。乌日图纳森有些担心地去齐木德道尔吉家找阿爸。

"这样一来可就找不到羊倌了。"敦如布跟齐木德道尔吉说着。

"阿爸，不去找一找呼和阿伯吗？他说是去找布鲁棒料子了，说是早先在布日古德罕山上看好的了。"乌日图纳森看着自己的阿爸说。

"这雇到羊倌之前，看来是要让呼和老头儿先放着羊了。"

敦如布这样说时，齐木德道尔吉也点了点头。这时衮楚克喇嘛斜歪着肩膀走进来说："本来想眯一会儿觉了。可这碎嘴婆子嫡吉说是袋子里的嚼克少了嘟囔个没完，真是烦人。"

衮楚克喇嘛说完就把火撑子右侧的乌日图纳森推开，拽过来木枕头躺下了。其实乌日图纳森偷拿的那半袋子嚼克没被送回奶房，而是被装了块石头扔进水泉子的淤泥里了。这样一来，半袋子嚼克的事也就和乌日图纳森无关了。乌日图纳森趁着撒尿的工夫又一次跑到守夜篷车那儿看时，只见那篷车的敞口像是刚把主人生吞了似的黑咕隆咚地敞开着，看起来真有些毛骨悚然。

"呼和阿伯！呼和……"乌日图纳森接连叫了好几声。旁边的羊群都被他叫得有些惊乱了。又回到齐木德道尔吉家的毡房里时，阿爸和齐木德道尔吉已经躺下要睡觉了。

"阿爸，不去找呼和阿伯呀？！"乌日图纳森有点哽咽着嘟哝道。

"睡吧，快睡吧。"齐木德道尔吉在一旁催促着说。

乌日图纳森除了搓手干着急也没别的办法，只好挤在鼾声如蟒古思①的衮楚克喇嘛身边躺下了。油灯被吹灭后毡房里漆黑一片，从大人们无所谓的样子来看，呼和阿伯应该是没什么事。乌日图纳森这样想着，仿佛看见呼和老头儿腰里掖着一把新布鲁棒

---

① 蟒古思：蒙古族神话传说中长有十二个脑袋的恶魔。

回来了。那把新布鲁棒，是他从布日古德罕山的胸窝下好不容易得到的。他还看见呼和老头儿和先前一样弯腰走在山梁上细心码踪呢……乌日图纳森的心思慢慢落进梦境的迷雾中了。不知过了多久，突然醒来后又是想起了呼和老头儿，这时毡房里已经照进阳光，大人们也都不在，就剩他自己一个人了。乌日图纳森急忙穿上靴子跑到外面看时，只见远处的山头白雾缭绕，水泉洼地上也升腾起了淡淡的水汽。守夜的篷勒勒车依旧是空荡荡的。乌日图纳森独自站在篷勒勒车旁，目不转睛地远眺着布日古德罕山的东山腰，希望能看到那熟悉的身影。可就在这时，羊倌额尔敦来到近前说：

"过一会儿我们就要回老家去了。还会路过你家的冬营盘。你不跟你阿爸说说和我们一起回家吗？"

"呼和阿伯他……"

"哎，不知道啊，不知道。就在刚才，齐木德道尔吉急急忙忙跑了回来，脚都没落地拿了块白布就走了。很可能是在山上住一宿冻坏了，人不行了吧。"额尔敦一脸无奈地说道。

乌日图纳森暗自琢磨了一下额尔敦的话后，感觉从昨晚就蒙蔽着自己身心的那层无形的帡幪，瞬间被刺破了。

"别忘了跟你阿爸说自己要回家的事！"

"呼和阿伯真的是死了？！"

乌日图纳森像个刚学会走路的孩子似的跟着额尔敦进了他家的毡房。毡房里的腊月正在梳头发。她见额尔敦和乌日图纳森进来了便说：

"我要不是个女人的话，我也会尽到人送人最后一程的礼数呢！"腊月说完便向毡房门外看了过去。

"你咋不从老羊耙子那儿借个大泡卵子呀？"额尔敦说完自己满了一碗茶。

乌日图纳森听着他俩的奇言怪语不禁心生厌烦，恍惚着走出了毡房。这时他看见拴马桩前的那几捆干木柴已经着起了火。从山上回来的人们，在火堆上烤了烤手后走向了苏都纳木家的毡房。走进苏都纳木家的毡房时，媚吉正忙着盛查干阿木苏①。

正当人们都低头吃阿木苏的时候，额尔敦进来说自己要走了。

"等找到羊倌再走吧，再等几天。"敦如布一脸不高兴地说道。额尔敦从满屋的人里特意看了几眼乌日图纳森后退出了毡房。

六

野葱甸子上最后就剩下羊群牧铺了。衮楚克喇嘛的肩伤已经好了，可还是没有要走的样子。额尔敦、喇嘛叔叔两个现在是谁也拿谁没办法了，乌日图纳森心里不禁这样想着。腊月现在是一天煮三四次素油茶。那几头挤奶的母牛都带着犊子随牛群走了，所以也没什么挤奶的事了。呼和老头儿留下来的篷勒勒车和那头红毛犍牛，被当作遗产送给了牛倌苏都纳木，因为他的妻子媚吉是呼和老头儿的堂亲。平时不愿骑的赖青毛也跟着马群走了。牧铺上除了衮楚克喇嘛的那匹枣红马外，连一头大畜都没了。而且一到了晚上，外面围着毡房趴卧的羊群就会发出噪耳的反刍声，腊月这时候就会把油灯吹灭了。并且油灯一灭，就会有个人咯吱、咯吱地磨起牙来。乌日图纳森想到衮楚克喇嘛、额尔敦两个好像谁也没有睡觉磨牙的习惯，也不知道这是怎么了。乌日图纳森急切地盼望着阿爸快点找个羊倌来，同时还担心着两个大人闹出什么事来，他就在这种苦闷中忐忑难安着。

"你要是看着秃脑袋好看的话，我也可以剃个光头。"额尔敦腋下夹着煮茶的勺子，边洗着手边这样说道。

---

① 查干阿木苏：加有黄油、糖、红枣等辅料的什锦稠粥。

腊月看了一眼还没起来的衮楚克喇嘛，头也不回地对额尔敦说："随你便吧。别说剃头了，就算把脖子剃下来也没人挡你！"

额尔敦洗完脸后上前把衮楚克喇嘛拽起来说："咱俩就把今天早上说好的事定下来吧！"

衮楚克喇嘛睡眼惺忪打着哈欠坐了起来。腊月也忘了端茶水，呆愣愣地看起了相互扯着胳膊的两个冤家。

额尔敦、衮楚克喇嘛两人一直到喝完早茶也没说出他俩说好的那件事。喝完早茶，两人便一前一后走出了毡房。走在前面的衮楚克喇嘛从拴马桩上解下自己的枣红马，把马鞭和缰绳一并递给了额尔敦。额尔敦伸手摸了摸枣红马的银泡钉马鞍，随后便踩镫上马、压鞴挺身跑去了。那两条大花狗也跟在他后面跑了。

"连这狗也跟着去了。"衮楚克喇嘛嘴里嘟囔着返回了毡房。

"你怎么把自己的马给那个熊货骑了？"腊月问道。

"他要是说话算数一去不回的话，带鞍子的马不多的是吗？"衮楚克喇嘛不以为然地说道。

乌日图纳森站在毡房门外一边看着走远的额尔敦，一边听着毡房里的对话。正在这时，外面的羊群突然被冲开，已经走远的额尔敦又跑回来了。衮楚克喇嘛和腊月也听到动静出了毡房，惊讶地看着横握马鞭耸骑在马背上的额尔敦。

"还来我门口干什么！"衮楚克喇嘛瞪眼怒喝道。一个"我"字，衮楚克喇嘛说得很是自信有力。额尔敦瞪着眼催马向前，一步步逼近衮楚克喇嘛。衮楚克喇嘛步步后退着一直退到了门框下。额尔敦突然哈哈大笑着拉住缰绳，随后便对腊月喊道："快上来！"

但是腊月摇头拒绝了他。额尔敦咬牙切齿地说着："等你生个兔崽子看我怎么收拾你！"随即便调转马头冲开羊群急奔而去。这一次两条大花狗留在家门口了。

七

衮楚克喇嘛也开始时不时拿起羊鞭跟在羊群后面放羊了。山头上的草木已经开始发黄，说好去找羊倌的敦如布到现在也没个消息。乌日图纳森时常游荡在布日古德罕山的阳坡山林中，反复寻找着呼和老头儿的安息之处，都已经找得有些灰心了。他也没敢问衮楚克喇嘛，只能一天天等着迁回冬营盘的日子。到时候还会去老师那里学习蒙古文字母呢，每当这样想的时候，乌日图纳森那些烦恼的枯黄色中，就好似冒出了一棵绿色嫩芽。

"泉子都要结冰了。看来是没人想起咱们三个了吧。"衮楚克喇嘛一大早喝完了茶，随后扎腰带时这样说着。

"有这一大群羊怎么也不会忘了吧。"腊月说完，满脸灿笑着帮他整理腰带和袍子。腊月随后便在牛眼大的小镜子里看着自己的脸，把夏天时候晾收好的红花瓣儿当作胭脂，往脸上搽抹了起来。

"这破靴子走起来磨脚跟不说，那几个灰山羊也太能跑了。肉是好吃，可这放羊的差事可真受不了。还不如待在庙里盘腿念经了。"

"谁逼你了？！"

"你呀。就是你那俩眼睛呀！"

就在他俩这样旁若无人地说着话时，乌日图纳森把自己的碗舔干净，放进自己随身携带的袋子里了。

"你先去把羊群引到南坡那儿。"衮楚克喇嘛一边指使着乌日图纳森，一边又把磨蹭了一早上才扎好的腰带解了起来。乌日图纳森一瞥一瞥地回头看着他俩走到毡房门口时，就听衮楚克喇嘛说着："我今天就好好告诉你，是谁逼我留在这牧铺上了。"随即就把腊月按坐在左侧铺位上了。

羊群开始吃草后，乌日图纳森把沿沟边长高的羊草揉搓着垫坐在下面，呆呆地看起了对面的布日古德罕山。这个时节，牧草成熟的香气扑入鼻孔令人心旷神怡。布日古德罕山的雄姿，在他慢慢眯起眼细看的瞬间豁然生动了起来。巨大的翅膀都变成黄褐色的那只大怪鸟，在他眯缝的眼中忽然腾空飞起——转眼间又泰然落地了般耸立着。原来呼和阿伯就是被这大鸟抓住吞下去了呀！可我是会长命百岁的，因为呼和阿伯没少这样说过我。我的名字用铅笔写在纸上是有三个肚子①的。有三个肚子的人，就有三条命。乌日图纳森这样联想了一番后舒心地长出了一口气。冻僵的蝈蝈、蚂蚱们把薄薄的翅膀弄得噼啪作响，想要跳起来却又原地打了个滚儿。蝈蝈只有一个肚子，羊有两个肚子，乌日图纳森接着这样想道。离群走远的那十来只灰山羊早已经登上了山崖。喇嘛叔叔就是为了把它们赶下来，只蹬了一次崖就把脚崴了。山羊的名字要是写在纸上，它的犄角②就会长到后背上，乌日图纳森又接着想道。这时候腊月踩着沙沙作响的秋草来到了他的近前。已经快到中午了。

"哎哟，这该死的山羊，怎么又跑到山上去了。"腊月大呼小叫着说道。腊月那没系好扣的前襟随风飘荡着，不禁让乌日图纳森想起了断绳的帐篷。喇嘛叔叔大概是把留在牧铺上的原因说到快中午了才让她来的。沿着山梁走上来的腊月，前胸像鼹鼠刚拱出来的小土堆一样动弹着。

"你阿爸像是要来了。"腊月说完，抬头看起咕嘎鸣叫着向南飞去的雁阵来。可是那南飞的雁阵，刚飞过山头就看不见了。腊月用自己头巾的一角擦了擦眼睛说："都已经半年了。"

她这样说的时候，她那没有雀斑的好看的脸上，两个眼圈都已经发红了。

---

① 肚子：指"字肚"，蒙古文字母笔画名称。

② 犄角：指"字瓣"，蒙古文字母笔画名称。

"我阿爸说找到了羊倌就让我回家去呢。"

"我看着有几辆车走过东山坡过来了。可能是你阿爸领着羊倌来了吧。"腊月说完轻轻叹了口气。

乌日图纳森把羊群交给了腊月后，顺着山梁上的羊肠小道一口气跑到山脚下，直感到一阵头晕眼花后，才气喘吁吁地大踏步走了起来。再绕过一个山嘴，就会看见那些赶车来的人。阿爸是领来什么样的人家了呢？是有孩子跟我玩猜谜语的人家吗？那家的孩子玩输了会不会哭呢？他会玩鹿连吗？我可是除了鹿连还会玩十二连呢，乌日图纳森忍不住高兴地这样想着。

自从和衮楚克喇嘛玩过一次鹿连后，乌日图纳森就很想和大人们玩鹿连一决高下了。可是从那以后再怎么想玩也没机会了。额尔敦和喇嘛叔叔闹别扭的那些日子里，两人就像要顶犄角的大牤牛似的谁也不理谁。别说是和他们玩鹿连了，躲还躲不过来呢。额尔敦像个断犄角牤牛似的跑了以后，腊月也变得像三岁母牛一样没脾气了，她也不躲着喇嘛叔叔了，喇嘛叔叔哪还会想起和他玩鹿连呢……乌日图纳森一番胡思乱想着绕过山嘴看时，只见牧铺的前面根本没有牛勒勒车来。腊月可能是把臭李丛子看成牛车了吧，乌日图纳森这样猜想时，脚步顿时像发僵一样慢了下来。他走到泉水边蹲下喝了一口水，随后用泉水拍打起汗透的脏头发来。冰凉的泉水从头顶流进了脖颈，乌日图纳森不禁打了个寒颤。装了石头扔进泉水深处的那个嚼克袋子，此时已从泥沙里探出了袋口的边沿。乌日图纳森见此便往水里扔几块石头压住袋口，把它藏好后又把脑袋拍湿了。

"我阿爸也没来呀！"乌日图纳森进了毡房就嘀咕着说道。

乌日图纳森看见喇嘛叔叔正光着上身、脸朝着卷起的哈那上首位一侧躺着。听见了乌日图纳森的嘀咕，他伸着懒腰坐了起来。他那满胸的胸毛看着就像黑羊羔皮一样。

"破白毛三岁子，跟我撒谎了。"

"你说什么？！什么白毛三岁子……"

"我阿爸也没来呀！臭腊月，你等着！"

"你瞎说什么呢，混账东西你个。我看你是皮痒了吧！"

等衮楚克喇嘛拿起鞭子光脚追出来的时候，乌日图纳森已经跑到牧铺后面的小草坡上了。可是当他站在草坡顶上向西看去时，还真看见远处有几辆牛勒勒车过来了。

"小兔崽子，看我不扒了你的皮。"衮楚克喇嘛在后面大声喊着。

乌日图纳森则立刻摆出一副骑马的架势，径直追向了那几辆牛车。只见他侧歪着脑袋右手举个空鞭子，左手拉着一个空缰绳，右腿当作马的两条前腿，左腿当作马的两条后腿，一路颠哒小跑着跑远了。此时天上飘浮着好看的羊羔云，清凉的风迎面吹佛着令人倍感舒爽。

"腊月，喇嘛，母牛，牤牛。母牛，牤牛，腊月，喇嘛……"

伴随着奔跑的节拍，这四个词儿不断变换着顺序上下旋转着……脑袋开始冒汗了，奔跑的节拍一点点慢下来，最后只能拖拉着靴子一步一步走了。可是，眼看就要追上的牛车却突然就不见了。"这眼看就要转场了，车怎么还往西走呢？！"乌日图纳森来到一棵结满了果子的山楂树下停下来这样想道。看着结满了树的红山楂，乌日图纳森的嘴里顿时流出了口水，他顾不得棘刺的扎痛，伸手摘了好几把红彤彤的野果，核也没吐就吃了起来。被摘了果子的山楂树，有一搭无一搭地掉落着发黄了的叶子。当他穿过这片浅黄色的山林时，长袍的袖口都已经被扯烂，胳膊手腕也都落满鲜红的血道道了。乌日图纳森不由得无家可归般伤心了起来。他抬头看了看布日古德罕山的背面，只见那雄鹰的姿态已经变成躬腰站立的巨人模样了。他感到一阵呼吸紧促，眼窝里隐隐含起了泪水。大山背面的山头上劲风呼啸，一团团的灰云在山顶上匆匆飘过。乌日图纳森用自己的烂袖口擦了擦脸上的汗和泪，再次寻看牛勒勒车的踪影时，只见山下面对着太阳的一处山洼地，就像个巨大的洞口一样黑洞洞地朝向了他。

"直接走下来！"只听远处有人朝他大喊了一声。乌日图纳森沿着沟壑边沿走下去，穿过一片野蕨丛，接着又在枝蔓缠绕的蒿丛里走了好一会儿才看见了前面的情形。只见一座新搭的毡帐篷前，马倌齐木德道尔吉在磨斧子呢。

"你这没头没脑地乱跑什么呀！"齐木德道尔吉说着用手指试了试斧子刃。

"我阿爸没来吗？！"

"你阿爸过几天来。"

"来这地方要干什么呀？"

"还能干什么，过冬呗。"

齐木德道尔吉把手里的磨石塞进毡帐篷下面后，走到车那边拎来了一个坏把子的破镐头。

"用这坏把子镐头干什么呀？"

"换个好把子刨栅栏沟用。"

"不是到了转场冬营盘的时候了吗？"

"今年冬天就在这儿过冬了。"齐木德道尔吉说完就把毡帐篷的毡帘放下，在帐篷外用斧子砍修起新镐把子来了。从齐木德道尔吉口中听到了再次确认的答复后，乌日图纳森也不再心有疑虑、问这问那的了。

"你去人石头①那儿拎一桶水来。"齐木德道尔吉说着指了指车上的水桶。

"什么？人石头……"

"就是拴牛的这边！"

乌日图纳森拎了一桶水从蹲立着的人石头那儿回来时，太

---

① 人石头：孤立的圆锥形大岩石。

阳都要落山了。准备生火的齐木德道尔吉立了几块架锅石，点着了柴火后，转身走到车跟前，从奶桶里拿来了一个不太大的圆东西。齐木德道尔吉在那个圆东西上到处乱按着发出噼噼啪啪的响声，紧接着那东西就散发出刺鼻的怪味来了。

"这可是从布里亚特人那儿捞到的好东西呢！"齐木德道尔吉说着，用带火苗的木条往那东西的肚子上捅咕了起来。那东西从肚子里冒出一股黑烟着起火来后，齐木德道尔吉又啪的一声按了一下。于是那东西就在玻璃罩里亮堂堂地亮起来了。原来这是一个从没见过的油灯呢。

"这可是不怕风又不怕雨的好东西呀！"齐木德道尔吉说道。喝茶的时候，两人聊起了初夏时节一起牧马的那段悠闲时光，不免有些怀念起来。

"吃惯了马奶就不想闻牛奶的味了。'伊曼察哈尔'是说那些吃山羊奶的人。索伦那边的山上还有挤鹿奶吃的人呢。"齐木德道尔吉说道。可是乌日图纳森虽然跟着齐木德道尔吉在马群牧铺上待了一个多月，也跟着吃惯了马奶，但也没到不想吃牛奶的程度。

"马奶和牛奶对我来说没什么两样。"乌日图纳森说道。

"哎，你还差着远呢。我放了二十年马才吃出马奶……"齐木德道尔吉话说到一半突然停下来，听了听动静就立刻把那个油灯弄灭了。乌日图纳森急忙屏住呼吸，暗自数了十个数才看清了周围的样子。只听不远处传来了牛的反刍声。

"是牛反刍的声。"乌日图纳森说道。

"不对，还有马嚼子声。"齐木德道尔吉说着把乌日图纳森推进毡帐篷里，伸手摸起斧子来。乌日图纳森靠着帐篷柱子蜷起身子，侧耳细听外面的动静。他知道，齐木德道尔吉以前在外过夜的时候从没这样惊慌过，乌日图纳森不禁心跳得厉害，吓得闭上了眼。这时候帐篷外面响起了向外走去的脚步声。

"嘿，添上点柴火。要喝茶呀！"只听人石头那儿传来了一个人的喊声。乌日图纳森眯缝着眼再一看时，只见齐木德道尔吉不声不响地走了回来，顺手把斧子一扔就拨弄起火堆来了。黑夜里的危险也随即消散，在人石头那边饮了马的额尔敦，扛着马鞍子走过来了。

"你不是说跟喇嘛爷该换的都换了，各走各路了吗？怎么还黑灯瞎火地逛游呢。"齐木德道尔吉边吹着火边闭眼说道。

"我去敦如布那儿要我的带犊子乳牛了。可是他说让我帮着把栅栏围起来，还说是再给个二岁子牛呢。谁还不想捞个好处呀！"额尔敦说着，把他的银马鞍子放在了车上。

"你可是一下子发财了！"

"这算发什么财。要是多几个大牲畜的话，腊月那样的女人在哪儿都能找到。"

"你这用两条腿的换个四条腿的了，还多两条腿的捞头呢。"

"其实我还不愿意换呢。你也没尝过女人的滋味，你是不知道啊。"

这时候乌日图纳森从帐篷后面提了提裤子，很不情愿地走过来了。

"嗨哟，这小兔崽子原来是在这儿呀！"额尔敦说完，像个炸毛狗似的耸了耸身又说道，"我看趁着他阿爸不在，把他解决了远走他乡算了。"

"别吓着孩子。你真是个混蛋家伙。"齐木德道尔吉怒喝道。

"没事儿，就是逗着玩呢。"额尔敦接着又皮笑肉不笑地说，"就算跟他阿爸和喇嘛叔有仇，也不怪孩子什么事呀。"

位于布日古德罕山背面的这处山洼地，早先叫作障山洼。这处山洼很是隐蔽，一般这里若是不升起烟火来的话，远处寻踪的人是怎么也想不到这里还会有人家的。齐木德道尔吉、额尔敦两人从山后的林子里砍来了几车柞树杈、山榆树枝子，打算连夜围栅栏了。

"这可倒好，白天没干晚上干。忙着要死似的。"额尔敦看着已经黑下来的天色说道。

"把黑天变成白天的办法我可是有呢！"齐木德道尔吉说着，把那个带玻璃笼子的灯拎了过来。

"呸！你还想用这破东西照亮呀。日本人提着这风吹不灭的灯来回走的样子我可看得多了。"额尔敦说完，回头看了看自己的银马鞍。

"等到天大黑了再说吧。"齐木德道尔吉说完扭头又对乌日图纳森说，"你去捡些干碎柴火来准备煮茶。"

可是这时候中旬的月亮当空亮着，也没个云彩遮着，真是有些耽搁干活。

"嗨哟老哥，你要是懒得动弹的话，我也是不愿自己抡镐头呀。"额尔敦边说着边剔起牙来。齐木德道尔吉看一眼月亮，又看一眼远处的云彩，只好又鼓捣着把那个灯点亮了。随后两人便开工围起栅栏来了。

额尔敦刨栅栏沟刨出两庹长时，齐木德道尔吉就用榆树枝子横条绑好一庹多长的栅栏，随后坐在一边等额尔敦接着刨沟。而且齐木德道尔吉绑栅栏的时候，额尔敦也会撂下镐头在一旁干看着、干等着，两人各干各的互不插手。

"月亮到云彩后头去了。"乌日图纳森在一旁递榆树枝子横条时说道。

"这下好了。没月亮抢亮的话，这灯就会更亮的。"齐木德道尔吉说着看起了夜空。可就在这时候，吊在三脚木架下面的灯突然暗了下来。

"看来没了月亮这灯也跟着不亮了呀！"额尔敦擦着脖子上的汗说着笑了起来。齐木德道尔吉走到那灯跟前鼓捣了好一阵子。可是那灯的灯芯在玻璃笼子里伸出了好长一截也没管用，最后还是灭了。

"哎呀，真是佛爷保佑啊。"额尔敦说着就把镐头扔到一边，向帐篷走去了。

正当围栅栏的活计干得起劲时，敦如布骑着马来了。

"在这障山洼里过个冬试试看。别的真是找不到好地方了。"敦如布一来到就这样说着。

"这东西也不怎么吃油啊。用火烤着灯芯也是嗞啦嗞啦响着不起灯苗。"齐木德道尔吉有些着急地说着。天都要大黑了，他把烤化的羊油倒进灯肚子里接着鼓捣了起来。

"它那肚子里哗啦哗啦响的稀臭油要是没了的话，就成废物一个了。"敦如布说着从马鞍的皮鞘绳上解下来一些东西，一手提着走到了帐篷前。

"马群现在到哪儿了？"齐木德道尔吉把烤着底座的灯放到一边问道。

"在野葱甸子呢。我把你的马和套马杆都留给衮楚克就来这儿了。庙里没他待的地方了，想着跟咱们一起过冬呢。他也应该出点力了。"

"让喇嘛爷去放马，怕是咱们的福分消受不起呀。"

"放羊放二十多天都行了，这要让他放马的话，没准还会带来好运气呢。"

两人这样说着彼此会心笑起来时，额尔敦牵着马过来了。

"过来吧，就等着你呢。"敦如布对额尔敦说着，把毡口袋装的大玻璃酒瓶打开了塞子。额尔敦顿时闻到了一股汉人烧酒的香味。

"你这栅栏也快围完了。把答应我的三条牛说出来吧。我回去的时候从牛倌那儿赶走就行了。"额尔敦说着在火堆对面坐了下来。

"你过来往里坐。不就是三条牛的事吗！"敦如布说着把倒满的三碗酒递给了他一碗。

"我现在没心思喝那呛鼻子的东西。"额尔敦说着撅柴添了一把火。

"你就留在这儿和我们一起过冬吧。开春以后你那三条牛没准就成了三三得九呢。"敦如布一脸得意地说道。

"这话可要说了算数!"额尔敦盯着敦如布的脸说完便伸了个懒腰,随手把火堆旁的那碗酒端了起来。乌日图纳森在一旁翻动着火堆上的烤肉条,时不时发出嗞啦嗞啦的油滴落火声,他抬眼看着接连蹿起的油烟火苗,忍不住打起了哈欠。

"快去帐篷里睡觉!"齐木德道尔吉说道。乌日图纳森听了刚要站起来走时,敦如布却说:"等一会儿!"乌日图纳森一时间不知道听谁的好,坐在一旁呆愣了起来。

"我想让这孩子认你当义父,你看行不?!"敦如布一边从怀里掏着东西,一边看着齐木德道尔吉说道。接着两人就促膝而坐,像是刚相识般举手胸前,互道了安好。因为是黑天里,乌日图纳森没看见他们又做了什么动作,只是过了一会儿就听敦如布说:"儿子啊,快起来!给你义父跪下磕头。"

馋着喝酒的额尔敦这时候却手脚乱动着说:"别磕头。让齐木德道尔吉当你阿爸,多可惜了你这脑袋。"

在黑夜里仓促进行的跪拜仪式,等到额尔敦仰头醉倒、鼾声大作后才得以顺利进行。

"把这没心没肺的家伙留下来有什么用。围栅栏的活一干完就让他走人吧。"齐木德道尔吉生气地说着。

"哎,就眼下这形势,恨不得把一捆草都变成人使唤呢!南北山甸子上身强力壮的都被叫去扛枪当民兵了,一些事儿都反着来呢呀!"敦如布一脸忧虑地说道。

"你牛群上有人。喇嘛爷也不可能回庙里去了,羊群他就可以照看。马群就交给我好了。留这么个饭桶有什么用。"

"苏都纳木一家去冬营盘了。我从卜日合嘎其格①那儿把甘珠尔找来暂时看着牛群呢。"

"甘珠尔可是个好人！就愁没个帮挤奶牛的女人了……"

"甘珠尔也不想把家迁过来。"

"他就是那么个人，常年打猎捞山货，都捞出门道来了。"

乌日图纳森这时候已经枕着一块石头睡着了。额尔敦嘴角流着唾沫沫子，咯吱咯吱地磨着牙在一旁骨碌着睡呢。敦如布又倒满一碗酒时，齐木德道尔吉把乌日图纳森抱进帐篷里转身走了出来。

"好几代人攒下的家产，到我手上就要败光了呀！"敦如布长叹了一口气，把一碗酒一饮而尽。三斤装的大玻璃酒瓶都要见底了。

"要我看没那么邪乎吧？"齐木德道尔吉在一旁说道。

"真是到了厉害时候了。要是那些扛枪的过来了可怎么办？！"

"我倒是没什么怕的。大不了拿枪打就是了！"

"就几个民兵追过来倒也没什么……"

"这里实在待不下去就往别处躲呗。难不成他们是个犄角旮旯都不落下……"

"先忍着吧。听天由命吧……"

八

秋天的晚荏草也都开始落黄了。接连飞来的喜鹊，在杀牛宰羊备冬储肉的院子里翘着尾来回蹦跳、喳喳叫着。

"这喜鹊不把人引到这儿来就行了！"敦如布边擦着枪边说

---

① 卜日合嘎其格：地名音译。位于内蒙古扎鲁特旗阿日昆都楞种畜场南。

着。一直提心吊胆等到了晚上才敢生火的这时节，这些烦人的喜鹊却从远处飞过来惹出了麻烦。

"把这些肠子肚子，都拉到后山坡那儿去吧。"齐木德道尔吉说着把一张湿牛皮铺在车板上，将牛羊肠肚子装上车。

"脑袋、蹄子也都别留下，都扔了吧。"敦如布吩咐道。

乌日图纳森牵着拉牛羊肠肚子的车走时，腊月也跟在了后面。腊月身后还跟着几条大牧狗。除了跟车，腊月确实也没什么可干的。杀牛宰羊的活计是额尔敦、齐木德道尔吉两个人的事，所以腊月也不好插手。想留下来烧水煮茶也怕冒烟惹麻烦。勒勒车绕过坡梁后，穿过一片锦鸡儿丛来到一处长满臭李子树的深山沟边上了。

"那死鬼怎么来这儿了？！"腊月问道。

"我阿爸说要给额尔敦九条牛。"乌日图纳森说。

车上的牛羊肠肚子被扔进深沟里后，已经冻挺了的湿牛皮，却不知拿它如何是好了。不少喜鹊飞了过来，在沟边戏弄起那几条牧狗来。

"真是可惜了。"腊月说道。

"要是喜鹊再跟着飞过来就不好了，扔了吧。"乌日图纳森说。

勒勒车上只剩下了光车板。吃饱了的狗都懒得下沟闻那些肠子肚子，纷纷追着勒勒车向冬营地跑去。

"那死鬼怎么还赖着不走了呢？！"腊月双手插袖坐在车上又嘟囔道。

"等到了开春以后才给额尔敦九条牛呢。"乌日图纳森说完朝牛屁股上抽了一缰绳……

把羊群圈回了障山洼，大家正在忙着煮肉的时候，出去圈马的齐木德道尔吉回来说："西山岗子南坡上来了一些人。也不知道是干什么的。远远的走来走去看不清楚。"

齐木德道尔吉说完也没下马，他的坐骑咬着嚼子原地踢踏了起来。

"都鞴鞍上马!"敦如布说完向大家环视了一眼,随即转身走进帐篷,很快便脖子上挂一只望远镜、手提着两杆快枪走了出来。乌日图纳森赶紧给自己的马套上鞍子。衮楚克喇嘛、额尔敦两人相互瞥了几眼后各自鞴了一匹马。腊月把一杆枪递给衮楚克喇嘛背上后,搓着手站在了一旁。敦如布自己背上一杆枪,另一杆枪递给了正在踏马兜圈的齐木德道尔吉,随后从额尔敦手中接过了自己的马缰绳。就这样,三个有枪、一个没枪的四位骑手奔去后,乌日图纳森也骑上马追过去了。

"你阿爸不是说让咱俩看家了吗?"腊月急得直跺脚地叫喊道。

"没事的。我从远处看看就行……"

"看你阿爸不宰了你!"

腊月那难听的叫喊声很快消失在乌日图纳森耳边,坐下的马蹄声开始在山谷崖壁间传荡开来。乌日图纳森跑出障山洼,在疾驰的马背上注视着前方,向来了一些人的西山岗南坡望去。只见从一片黑黝黝的山丁子树林那边升起了一道烟柱。"还是被他们落下了!"乌日图纳森像在赌气似的自言自语着,噙泪的眼里近处的草木山石都模糊了起来。他继续催马疾奔穿过山丁子林,还没来得及收紧沿坡斜奔的马缰,就突然出现在那伙人的近前了。

"嘿嘿,怎么来了个骑不住马的小家伙了。"坐在火堆旁的一个人急忙站起来拉住他的马缰这样说时,其余几个人都一哄而笑了起来。

"阿爸……阿爸!"

"看看,原来是找不见自己阿爸了,可怜的孩子。你家在哪儿呀?我们去住一宿吧。"正当拉着马缰的那个人这样说时,从东西两侧突然跑来几个骑手,举枪对准了那几个围火盘坐的人。

"我们都是走盐队的人。饶命,饶命……"围着火堆吃饭的那几个人纷纷哀求着说。乌日图纳森拽回自己的缰绳后借着火光先看了看阿爸的脸。

"你们不能在这儿过夜，赶紧走！"敦如布冷着脸命令道。

"这些辕牛都累坏了。走不动了呀！"一个头戴狐皮帽的老人，边说边从火苗上方盯看着敦如布。

"不想走的话把命留在这儿吧！"齐木德道尔吉说着把枪栓拉得咔咔作响。这时候额尔敦已经下马，开始搜查那车队的辎重了。

"等辕牛歇一歇就走，行吧？"戴狐皮帽的那个长者回头看了看辎重便低头说道。

"我看把这些牛都杀了，用牛皮把这几个裹着扔山沟里算了。"齐木德道尔吉话音刚落，就听砰的一声枪响了。那伙人顿时吓得扔了碗筷一起趴地跪下了。还在马背上的敦如布、齐木德道尔吉、衮楚克喇嘛、乌日图纳森四人也是猛然一惊，同时扽紧缰绳回头看了过去。

只见正在搜查车队辎重的额尔敦已经应声倒在车辕下了。紧接着，额尔敦便"哎哟、哎哟……"一边疼叫一边揉着大腿根勉强站了起来。

"老弟你可真厉害，把喂了药的枪给摸响了吧！"衮楚克喇嘛见此情形笑着说道。额尔敦虽然揉着胯下疼痛难忍，但还是从辎重袋子下面拽着那杆枪和一张狐皮没撒手。一看是额尔敦中了枪，那伙人急忙牵着牛套起车来。

"都快滚！"敦如布呵斥道。

那伙人的辎重车吱扭作响着走下山坡后，额尔敦便双腿一软摔趴在地上疼叫了起来。

"真是个馋沙枪子儿的家伙！"衮楚克喇嘛在马背上嘲笑着说。敦如布虽然把额尔敦扶了起来，可是额尔敦就像被断骨抽筋了似的挺不起身来。

"看样子是不行了吧。再来一枪就痛快了。"齐木德道尔吉说道。

"别，别价。别开枪！"额尔敦急忙疼得直叫唤着慢慢站了起来。

把额尔敦横卧在马背上后，齐木德道尔吉牵着缰绳走在了前面。敦如布把他那不愿撒手的沙枪一把抢过来，和自己的快枪一起背在了身后。而那条狐肷皮还在额尔敦的腰上披着。衮楚克喇嘛则连连磕腿催马，甩下敦如布等人独自跑没影儿了。额尔敦随着马背的颠簸疼得直哼唧也没忘问他的枪。这时齐木德道尔吉就说："我看把你从山崖上飘下去算了，那就不疼了。"

听了齐木德道尔吉的话，额尔敦立刻一声也不敢哼唧了。

"荒山野岭一伙不认识的人，你就敢直接跑到人家喝茶的火堆前，你那脑子是让狗舔了吧！"敦如布对儿子乌日图纳森训斥道。

"我没来得及看，阿爸……"

"你脑门底下的不是眼睛是窟窿吗？"

"眼睛、窟窿哪个都不是，是眉毛呗。"齐木德道尔吉这时接过敦如布的话笑着说道，"还真是够快的呢，这孩子。他从山丁子树林里刚一冒头我就上马追过去了。可是我稍一放眼的工夫他就跑到人家火堆前了。"

"真是个生脑瓜子……"敦如布接着又嘟囔道。

回到冬营地后，额尔敦被扶进了齐木德道尔吉的毡帐篷。此时额尔敦已经被枪伤折腾得面色惨白、满脸汗珠了。腊月抱来一把木柴生火的同时左一眼右一眼地瞥着额尔敦。

"把枪给我拿过来吧。"额尔敦央求着说。但是没人搭理他说的话。

"先把靴子扯下来。"敦如布说着在火撑子上烤了烤手。齐木德道尔吉脱下额尔敦的靴子后，开始脱起了他的衣袍。额尔敦穿的皮裤裤裆已经是血红一片了。乌日图纳森在一旁举着油灯照亮却怯眼手抖了起来，衮楚克喇嘛见状便拿过油灯说："哎，这欠生的东西。"

把额尔敦的裤子脱下来时，额尔敦低声哼叫了几下就没动静了。敦如布、齐木德道尔吉两人在油灯昏暗的光亮下捣弄着额尔敦的大腿根，忙活了好长时间。

"散出去的几颗铁砂扎进肉里去了。要不然这下胯就没法要了。"衮楚克喇嘛说着把油灯放在了小木柜上。随后齐木德道尔吉举起油灯，敦如布用冒着烟的毛毡块烫起伤口来。一股难闻的焦煳味随即弥漫开来，腊月捂着口鼻出了帐篷，衮楚克喇嘛也跟着走了出去。额尔敦被烫得像个下羔子的山羊似的惨叫一声醒过来了，接着便有气无力地哼唧了起来。

"说是有几个大畜的话姑娘就多得是的这混蛋。应该给他连根儿烫没了才对呢。"齐木德道尔吉说着给额尔敦的下半身盖上皮大衣，走到帐篷口喝水洗了手。敦如布把用在马匹身上的放血针等用具擦干净包好后说："把走盐队的那伙人吓跑了倒也没什么。可是把人家这杆沙枪留下来，不会是成了祸根吧？！"

敦如布说罢叹了口气。

原载《花的原野》2003 年第 10 期

译于 2021 年

十 三 渡

额敦桑布 著

包文学 译

额敦桑布

蒙古族，中国作家协会会员，编审，1949年生于内蒙古巴林右旗。毕业于内蒙古大学中文系。文学生涯始于1972年，出版文集有《绿野清泉》《秋蝉声声》（汉文版）《遥望》《青柳绿叶》《萧瑟秋风》《十三渡》《额敦桑布文集》等。荣获第七届"中国韬奋出版奖"、内蒙古自治区文学创作"索龙嘎"奖、"敖德斯尔"文学奖、"花的原野"文学奖等。

包文学

蒙古族，1962年出生于通辽市科左中旗。曾任《内蒙古少年报》总编辑，高级编辑，内蒙古翻译家协会理事。在内蒙古日报社从事新闻工作四十年。曾获全区新闻战线征文比赛一等奖，自治区"五个一工程"奖。合作完成蒙译汉影视剧三十余部。报告文学《咱们的铁哈吉》收入报告文学集《走进前列》，多篇翻译作品收录到"优秀蒙古文文学作品翻译工程"。

一

闭门家中坐，祸从天上来。天已转热，我们正准备返回套车的当口，民兵过来通知我们不能走。说是昨晚在供销社出大事了。

供销社在大队办公室东边的高墙大院里。去东边两个大队的路正好从门前经过。现在围着供销社安排了岗哨，看来情况十分不妙。不一会儿，大队门前也过来两个民兵站岗，说老大哥我俩没有他们的许可不能离开。我们电影队的温都日娜作为女生住在外边，因此没受到禁令限制。老大哥拉西的倔脾气上来了：

"我们是公社电影队的，你们大队可没有限制我们人身自由的权力。"对他们大发雷霆。站在旁边的民兵微微一笑，有些不好意思地说：

"真没办法，我们供销社出了大事。大队规定，在上边派来专门检查人员之前，禁止人员进出。"

可老大哥还是没消气：

"从你们那个屁大点儿的供销社能拿点啥，我们能惹啥事呢？"他非常气愤地把铺盖卷扔到炕上解开行李绳。起初想着也就顶多丢了一点东西，万万没想到会是出了命案子。

"没办法，既然出了这档子祸事，那只有等的份儿了。事情尽快水落石出，对谁都好。"我边说边铺开行李休息。昨晚没睡好，现在可要打会儿盹。老大哥为找他的好友田喜来往供销社跑了好几趟，加之这两天夜不归宿在外面瞎折腾难免引人注意。看他也不像什么惹事的主。我胡思乱想着，是不是他那个供销社的朋友惹事也怀疑起他了。

从这里骑马先到公社报案，公社再向旗公安局报案。从那边过来，骑马的人也得一天的路程。我躺着算计，来回走怎么也得两天的时间。

过了晌午，天阴沉下来，麻雀聚栖在墙头上不停地喧闹。估摸着要来一场大雪，临近黄昏时真的飘起了雪。鹅毛大雪漫天卷，丝毫没有停住的意思。看着天色，我们越发担心。若是大雪掩盖了脚印，那这案子会更加麻烦。更让人心里不舒服的是，去老乡家吃饭喝水，抑或饮马喂料都有民兵跟着。大队门前一直有岗哨盯着，我俩也就不咋说话。静静地睡了一夜起来时，外面竟下了没鞋厚的雪，大地统统披上了银白色的铠甲。

晚饭后，温都日娜要从包里取些衣物来到大队。她收拾完东西出门时在我身边掉下一个纸团。我捡起那个纸团展开，上边连笔字写道：

"供销社出了命案，田喜来和王打更的被杀了。来博日和以来与田喜来有密切来往的老大哥成为被怀疑对象。昨天拂晓时分，玩了一宿天九牌的两人路过供销社门口看见门开着。他俩寻思供销社咋这么早开门？想买二两酒喝上暖暖身子，进门便看到田喜来和王打更的在炕上睡觉。一个在西边面朝西，另一个在东边脸背过去和衣睡着。'嗨！起来，起来！怎么连衣服都没脱就睡着呢？'边说边推他们时两人一动不动，再仔细一瞧，两人均已死去。两个赌徒吓得魂飞魄散，赶紧跑过去禀报给供销社主任田炳文。田主任领人过来一看，饭桌上摆放着他们吃喝的饭菜、碗筷、杯盏等，火炉早已熄灭。从这些情况来看应是前半夜出的事。嫌犯打开供销社的门进去只拿了现金、粮票、布票，其他像布匹、吃喝的东西一概没动。现在供销社不但加强了民兵站岗放哨，已经召开了几次群众大会、小会做审查。旗公安局的也过来了。我住的田双喜家，一家人挺好的，非常照顾我，因此不必担心！"

真是出了意想不到的事情。我把纸条扔进火炉，手不由自主地颤抖着。我躺在床上看着天花板胡思乱想。

唉！这次出来住了五天，竟然还被这样的命案缠了身……

<h1 style="text-align:center">二</h1>

我们出来的那天特别冷。唯有我们的马车行驶在舍格尔图山梁北端。初春，荒山野岭阴面的积雪依旧白茫茫一片。沿着白色的山路，铁青马匀速颠起来时，随着车轮扬起微微的白雪。老大哥拉西一边扯起缰绳，一边唱起歌来。

你心地善良
犹如镜子一般透彻
你俊秀美丽端庄
怎么看也看不够
……

嗓子虽然有点沙哑，但是依然委婉动听。温都日娜背向车辕而坐，用红头巾的角捂嘴微笑。她那白皙的瓜子脸冻得红扑扑的越发好看。我们电影队里为有这样一位美女而非常地自豪和活跃。

我们电影队三位青年当中接近三十岁的只有拉西。所以我们称他为老大哥。他是位退伍军人。我们这项工作起早贪黑，拉上箱包走村串户的非常单调。整天奔波在黄尘飞扬的乡间土路上，我们彼此间无拘无束，要么扯起嗓子瞎唱一番，要么讲段幽默诙谐的小段子消磨时光。荒草野甸的也不怕有个长辈会听到。可谓疯狂至极。这项工作只有拉西大哥做得好，让我俩捧腹大笑。

"倒也是，只顾唱歌有损嗓子，老大哥不念念你那野外自由经吗？"我请求道。温都日娜已经是个免费听惯了的主。老大哥显出答应的样子，闪动着黑眼睛微笑前行。

拉西摔鞭抽打了一下铁青马打开话匣子：

"很久以前，一个赶路人找到一户人家求宿。婆媳二人在家。因为太阳快要落山，所以想休憩坐骑求宿一晚。儿媳显出不愿意的样子；而婆婆却露出同情的脸色，出门在外，谁还背着家走呢？怪可怜的住下再走吧，表示了同意。临睡前儿媳指着躺在牛皮上的小花猫说，去！丑东西，你若要偷吃了肉小心要你的命，说完她和衣入睡了。第二天清晨儿媳起早挤完牛奶回来时此路人却在婆婆的床上。婆婆似乎非常害羞，喝完茶婆婆长长叹了口气：唉！生命诚可贵！这不有利于舒舒气儿嘛，要不然，谁还愿意呢。"

老大哥就这样讲完"舒舒气儿"的故事后，一脸若无其事的样子看路前行。我实在憋不住捧腹大笑，而坐在车尾的温都日娜也扑哧一笑腾地跳下车跑进路边灌木丛后头解手去了。只见她的两条长长的辫子在背后甩来甩去。老大哥目送她嘿嘿地笑着。

马车越过一道坎，缓缓前行在沙坨上。温都日娜甩开臂膀边笑边从车后头追了上来，将要抓到辕头时，老大哥却轻轻一挥鞭，铁青马撒腿就跑了起来，把温都日娜又甩在后头。当温都日娜不再追趔趄地走着，马车也慢了下来。几经折腾后温都日娜才上了车。连跑带笑、上气不接下气的温都日娜坐在车尾摁住胸口直喘粗气。

“嗯，啥时候下的车呀？哥咋没看见呢。”老大哥笑着说。温都日娜也笑起来：

“行了，行了！我原以为世上只有一个老大哥，可谁承想差点把我扔在荒野上。”说着她便深情地回望了我一眼。我怎不知道此话矛头指向哪里？接上话茬说：

“你老大哥呀虽然外表狠点，但是心里却爱着你呢。可别有意见把你扔下哦。”说完笑起来。老大哥可是个见缝插针的主：“就算哥哥把你扔下，那队长可不答应啊！”似乎他占了便宜，嘿嘿地笑着。

花蕊当中含着蜜

蜜蜂欲采甜蜜蜜啊呼

你俊俏美丽的容颜呼呼呼

怎么看也看不够哒呼

好美哟，真心喜欢你啊呼！

三

太阳下山时分，我们绕过旋有豁口的河岸沙坨来到固日本芒哈大队。在沙漠雪道上，铁青马挺起脖子用力向前冲。从清晨出牧时出发整整赶了一天路的我们，别提有多饥饿和寒冷。到村口时，望见铁青马车的孩子们高呼：“公社电影队来了！”他们似乎认出了我们，争先恐后地向我们跑来。曾记得，小时候为了吃到几块糖远远地跑去迎接上供销社回来的妈妈。看到这些孩子犹如回到了童年。都是没离开过放牛犊草场的一群孩子，对他们来说看电影比见到娘舅还高兴哩。有的孩子用袖口擦拭着鼻涕向你咧嘴微笑时，能见到从牙缝间露出的红红的牙床。当我们看到这帮脸蛋黝黑的孩子穿着皮袍相拥而跑的样子时，浑身的疲劳顿时烟消云散。对他们来说，在偏僻的乡村看一场电影是何等不容易的事情啊，连个电视什么的也没有的地方那更加不易了。我们几个下了车。淘气的孩子们有的已坐到车尾。有的从前后跑过来套近乎地询问："是什么电影啊？"几个小女孩拽扯着温都日娜的手。乡村的孩子们对人就是这般亲近。赶到大队办公室时几个大人迎接了我们。这里的大队办公室同小学在一个院子里。

趁老大哥卸车给马喂草料时，温都日娜和我也已把机器设备搬进了大队办公室。不管到哪里，趁天亮先选好场地挂上银幕便成了我们最重要的工作，也算做了广告。要不等天黑了人们都聚集时摸黑弄这些才麻烦着哩。把银幕展展地挂起来别提心里有多亮堂。冬天打桩困难，只好从两座房子的屋檐下扯起绳索挂银幕。在孩子们的课桌上放上凳子，我站了上去。温都日娜打下手将东西举给我时，袖口处露出的手腕像剥好的葱段般嫩白好看。从高处俯瞰，温都日娜的眉毛越发弯弯的、眼睛大大的，脸蛋白里透红更加好看。银幕上方往两边拉抻系好，下方吊两块砖头固定好。其他机器设备在饭后安装都来得及。大队老领导根敦是位非常慎重老到之人，给拉西和我在大队办公室安排住宿，让温都日娜住到了女教师宿舍。我正准备给温都日娜送去行李，作为军人出身的老大哥手脚麻利，早已背上行李跑过去了。其实我早就看出在温都日娜面前他总是抢着比我先献殷勤。温都日娜笑眯眯地随他而去。

我们三人在根敦家吃了晚饭，待填饱肚子时天已黑了下来，人们也已聚满了院落。许多人放置了横木，上面坐得满满的。有的还搬来学生椅子坐下。好奇的一帮人站在我们周围看我们安装机器设备。

我们的放映机是台 8.75 毫米窄胶片微型机。跟它对应的 AFD 型发电机更是一绝，就像把没轮子的两辆自行车并排支了一样。

两人骑上去像蹬自行车似的蹬起脚镫子时，后面的横轴转动起来摩擦发电，如果蹬得缓慢不但银幕上的光线暗下来，而且声音也含混不清，甚至有机器熄火的危险。这款机器是针对未通电的农村偏僻地区设计制成的，可折叠背挎着走。我们三人便带上如此乡村版的轻便机器设备放映。虽然规定每月开三十元的工资，但是立马拿到手的没那么多。公社先发给我们十二元的伙食费，其余的到了年底从各个大队收取解决。也就是说我们一天伙食费只有四角钱。家乡地广人稀，加之手头紧巴，我们饥饿的日子较多，为了节省一角钱还经常一天吃两顿饭。考虑到我们带的行李和机器设备，公社把唯一的一辆马车给我们用，倒是件幸运之事。肚子饿了没关系，当我们坐上马车笑呵呵地赶起路来，觉得生活还是美滋滋的。

那天晚上我让温都日娜放映，老大哥我俩在她的旁边蹬起那辆"自行车"。放的电影是《地道战》。那时候可播放的电影很少，不是《地道战》，就是《地雷战》，或者就是《沙家浜》《红色娘子军》《智取威虎山》《红灯记》等有数的几部影片。我们的电影顺利地播放着。老大哥我俩也一个劲儿地蹬着那台机器。年轻人来到我们身后请求"让我蹬一蹬看看"，如果蹬得不匀速会影响到灯光和音响，因此我们尽量不换人。电影在继续，人们入迷地看着。放映机旁头戴红头巾、身穿花衣裳的温都日娜亭亭玉立站着，在放映机模糊昏黄的灯光下，她的动作是那么的娴熟好看。春暖时节还好受些，要是在数九隆冬夜晚几小时站在机器旁也是件苦差事。我们时常想起捂着手哈气、轮番跺脚的那段日子。播放最后一盘胶带前，温都日娜替换了老大哥。以为是体贴关心老大哥，他显出心里美滋滋的样子。其实我看出温都日娜是愿意与我亲近。趁着暮色幽暗我俩对视了一下。我俩都抓着前面的横把子身子前倾像骑自行车爬坡似的一个劲地蹬脚镫。蹬得时间长腰背浸透了汗水。我俩的胳膊相互摩擦，她的左手挨着我的右手并排抓把手。突然间她的小拇指压住了我的小拇指。是不是向前用力时她的小拇指无意间向外撑开了？真的不知道了。不管怎样，我的全部知觉瞬间集中在小拇指上，一股暖流涌遍全身。我极力克制着自己。如果脚失去了节奏会影响电影的灯光和音效，那就在大家面前丢了丑。两个小拇指一直叠加到电影演完为止，也不必掩饰不时心潮澎湃的那份情愫。就这样，直到电影结尾的歌声响起：

> 地道战嘿地道战
> 埋伏下神兵千百万……
> 千里大平原展开了游击战
> 村与村户与户地道连成片
> 侵略者他敢来
> 打得他魂飞胆也颤
> ……

不觉间电影真的结束了，人们扶老携幼慢慢散去。在老大哥收拾放映机的空当，温都日娜我俩也收好了脚踏机卸下了银幕。温都日娜抱着卷好的洁白的银幕仰望天上的一轮圆月："哦，多美的月夜啊！"她发出轻轻的赞叹。

四

大队三间房，东屋有北炕。挨着窗户放着一张办公桌和两把椅子。我铺床正准备睡觉时，老大哥从外面哼着小曲进来，非常高兴。他说出去看马了。

"真乖巧，我的铁青马是匹通人性的牲畜哩，听见我的脚步声便认出了我向大门口点着头小跑过来，它用蹄子刨着地打着响鼻用头蹭我的身子。我在簸箕里给它倒点饲料，它一下子吃了个精光。"他笑着摘下帽子扔到桌子上。因为老大哥当过骑兵，所以他出奇地爱马。因此赶车、打理马的事情自然就成了老大哥的工作任务。温都日娜真心喜欢他勤快与爱干净的样子。老大哥不忘每晚洗脚，他说这是军人的习性。老大哥洗完脚上炕仰面躺下。他躺着用一只脚趾非常巧妙地挠着另一只脚的脚脖和趾缝，突然又坐了起来，从书包里拿出笔和纸放在膝盖上写了起来。他撕下几张本子上的纸用笔头蹭着头皮在思考着。那时我正摩挲着小脚趾在想另一个小脚趾。我穿上鞋子出去看马，想起了温都日娜"哦，多美的月夜啊"那句话来。这句话似乎给了我什么暗示似的。我在院子里发呆站了许久，外面非常安静，皎洁的月光洒满大地。教师宿舍透出亮光，但谁也没出来。我站了很久进屋时老大哥朝我微笑着说：

"策德布，过来！你过来！老哥写了段小诗，你给我看看，比起我来你还算是文化人。"

"嗯，俺老哥咋还诗兴大发了呢？"我向他投去惊奇的目光。

"说是诗，其实就是押韵了一点而已，你先给我看看。"老大哥说着拿给我他写的东西。他有一张红黄脸，五官端正，自来卷头发，身材笔挺。因为他下巴颏向前凸起，所以微笑时先露出下边的牙齿。那无题诗里写道：

似迎春绽放的洁白的花朵

俊俏美丽的黑眼睛姑娘你

按捺不住激荡的心

我爱上了你想念你

我愿是带着草香的一阵风

撒着欢儿飘来吻你的嘴唇

我愿做天上飞翔的百灵鸟

为你鸣唱悦耳动听的歌谣

我愿成为开在草原的花朵

百花烂漫要让你大饱眼福

我愿做匹疾驰如飞的骏马

为你消除一路的旅途劳顿

哦，我是一名退伍军人

越看越爱上黑眼睛姑娘你

"喂，你看看！俺老大哥不但民歌唱得好，还有诗人的天赋哩。喜欢上谁了？还真有那范儿。"听见此番表扬，老大哥显出得意扬扬的样子微笑道：

"其实也没什么，哥只知道近千段民歌。"说完他捋了捋胡子。

"从诗文的内容看有点像写给温都日娜哦。"说完我睁大眼睛朝他看了一下，他脸色立马红了起来：

"没有，哪里的事！人家姑娘怎会看上我呢？哥就随便写着玩的，外边溜达突然闪进来这么几段！诗兴大发原来是这么回事。即兴诗人沙格德尔是我的先祖。"他移开目光爬上了炕。我倏然反应过来，这爷们儿在有意试探我。虽然表面大大咧咧，但是内心还是挺细的。我躺了很久没有睡意，彻底失眠了。从来没有如此心痛过。现在才深知我已经爱上了温都日娜。军人出身的老大哥处事果断，比我先拉起了警戒线，让我心痛懊恼。我眼前再次浮现戴红头巾的姑娘在放映机昏暗的灯光下操作的倩影，还有露出洁白的牙齿微笑的模样。老大哥射了箭藏了弓佯装入睡打起呼噜。我索性坐起来。老榆树树杈的影子打在窗户玻璃上晃动着，狗儿们不知因何动静偶尔吠叫两下。多么漫长的夜啊！

温都日娜我俩从小在一个班里上学。刚入学时我们班来的那个大大的黑眼睛新生，便是温都日娜。那时她大概也就七岁，比我小一岁，是一个非常瘦小的姑娘。她坐在我前排，我俩彼此照应。都是些乳臭未干的孩子哩。她每次从班级出去的时候都回望我一下。我们村有个名叫嘎瓦的孩子同我一起上学，他有小偷小摸的坏毛病，因为学习远不如我可能心生嫉妒，他老想埋汰我，并且为造我的谣而心满意足。温都日娜的钢笔坏了，她借用我的一支裂了笔帽的旧钢笔，这事让嘎瓦知道后给编了个故事，"有人把金笔赠给了情人"的故事传遍整个校园。他把这个谣言带到中学说给每个人听，当成口头禅逢人便说，后来我和温都日娜就相互躲着走。虽然是个谣言，但是谁也无法堵住谁的嘴。后来我们都返乡了，被公社电影队招进去，我俩自然再相见了。这时候温都日娜已出落成梳着长长的三股辫子的、二十出头的漂亮大姑娘了。哦，我的温都日娜，你是好人之女，良马之驹啊！

五

翌日，老大哥起早饮好了马。他进来拿上棉袄找温都日娜钉扣子去了。想到他是否把那首诗放到棉袄兜里时我心里忐忑不安，成为让我捉摸不定的事情。刚洗漱完，根敦老兄过来领我们去他家喝早茶。到了大门口我瞥见温都日娜的刹那间，她绯红了脸朝下看去。

早春的太阳初升在东边的沙坨上，照亮了每家每户的房舍、院落。外边冷飕飕的，说倒春寒真也没错。家家户户把牛赶往草场。待天暖和些再赶出羊儿。根敦老兄的老伴儿在院外迎候着我们，在她的后面，有个孩子搂着四眼狗的脖子站着。

他们家奶茶熬得好。有奶豆腐和黄油，还有玉米炒面。

"怎么好意思让孩子们吃上玉米炒面就回去呢，阿妈烙了几张黄油饼，孩子们吃好了再走，客气了路上会饿肚子的。"根敦的老伴儿说着端进来已烙好的黄油饼。那时候牧区的粮食从粮站供应，主要是玉米，上面再优惠供应几斤白面，还有几两豆油。大队自己种点漫撒庄稼，若是遇上了干旱之年就颗粒无收。老大哥我俩盘腿坐到炕桌的里边，温都日娜坐在炕沿上喝茶。出来时，我们算了两顿饭的钱，将每人的三角钱、七两粮票悄悄地放在饭桌底下。

"嗯，看看这几个孩子咋这么客气呢，就吃了两顿饭还给什么钱呀票的，正赶上春天油水紧缺的季节，也没给你们吃上一顿像样的饭哩。"根敦老兄的老伴拿起钱塞进温都日娜的衣兜里。趁他们不注意温都日娜把钱票放在了柜子上，我们三人匆忙跑出来时却被花狗拦在了大门口。我们被狗吓得往后退缩的当口，根敦老兄跨步上前不由分说将钱票使劲塞进温都日娜的衣兜里。我们非常清楚那时谁也手头都不宽裕。可真难却了牧人家的这般盛情，我们只好红着脸从他们家出来。老大哥牵过来铁青马套上了车。

"孩子们这会儿往哪里去呀？"老支书问。

"阿爸，今天我们要奔往西布日和村。"

"唉！要说博日和村可是个封闭村哩，去那里要渡过弯弯曲曲的十三渡，那可得吃紧苦头喽。去过的人还好说。路上可千万要小心！黄土路神会保佑你们的！再有新电影下来孩子们可要往这边来啊。"根敦老兄再三发出邀请。他同学校的师生们一起向我们招手送别。淘气的孩子们跟着车跑丢了靴子，让大家嗤笑不已。

铁青马碎步小跑而去，车到沙坨边时他们依然站在原地向我们招手。温都日娜回过头拿起头巾向他们挥舞致意。不知怎的，我的心异常发紧。温都日娜坐到车尾系紧红头巾又瞟了我几眼。她似乎看出我的脸色有点不对劲。我装出若无其事的样子斜视着远方发呆。

昨晚是不是看到老大哥的诗后心神不宁？看样子温都日娜他俩似乎真的有了亲密关系。我想起了温都日娜看到老大哥的外衣腋下开线时拿出针线给缝好的情景。她被针扎破了手指头渗出鲜血时，老大哥慌忙从军挎里掏出白纱布给包扎好："多可怜呀！你看这鲜红的血，大哥看得出真的疼哩。"老大哥说着笑起来，温都日娜捶了捶他的肩头。如果真的是那样，我何必在他们中间做"成事不足败事有余"的事情呢？正心烦意乱之时，老大哥哼起歌打破了宁静。

> 大豆的种子已播撒到地里哟
> 长得茂盛与否
> 就让大豆自己知道去吧
> 想在心里的话儿哥哥要对你讲
> 放在心上哪还是不予理睬
> 就让包金花知道吧！

我强作笑容："温都日娜，你可千万别忘了哥哥想你说的两句话，你老大哥好可怜哦。"我朝温都日娜看了一下，温都日娜瞥了我一眼莞尔一笑：

"是的是的，哥哥们的话都金贵，哪句也忘不掉，我都记在心上嘞。光听民歌怎么行呢，我给你俩用蒙古语唱《地道战》主题歌吧，是在放映的间隙我自己翻译的，不知准确与否。"

> 庄稼汉嘿庄稼汉
> 武装起来千千万
> 嘿武装起来千千万
> 一手拿锄头
> 一手拿枪杆

英勇顽强

神出鬼没展开了地道战

侵略者他敢来

地上地下一齐打

……

她的歌声婉转动听飘荡在行进路上。黄土路蜿蜒望不到头，铁青马调整节奏似的慢下速度缓步前行。老大哥我俩也摇头晃脑附和着唱起来。我们天天放映电影，都背会了影片中的歌曲。

六

博日和村是个群山环抱着的封闭村。位于旗西端与巴西县接壤。只有从东南边进村的一条狭小的路。我们的马车不停地快步前行，过了晌午才到达博日和村东南面的亚西里图大山谷。

那天艳阳高照。和煦的春风吹拂着脸，亚西里图山谷沉浸在雾霭里。茂密的森林上空飞舞着喜鹊和各种鸟禽，草木下边亚西里河蜿蜒流淌。因此这里也被称作弯弯曲曲的十三渡。要想跨越这深山幽谷就得十三次渡过亚西里河。

"凸起的那座蓝幽幽的山叫作头盔麦拉素泰山，位于博日和村的北端。因上面的山峰极像戴了一顶帽子而得此名。据说山上柏树居多。博日和村的西山叫松贵纳图山，南山叫哈木图山，眼前的这座东山叫作三鼎山。我们渡过弯弯曲曲的十三渡正好从三鼎山峡谷往西北方向插去。"老大哥抬起下巴指给我们说他当邮递员时经常路过此地。

马车到达第一渡。立春时分山坡阳面的积雪早已融化，亚西里河也已解冻。它从茂密的草丛和树林中间潺潺流淌，形成河窄水深的河道，狭窄处胆大的人似乎能一跃而过。河水蜿蜒曲折而水流湍急。一块块冰凌接踵旋转而过，有的地方还堆积了冰凌。河底沉有大石块，马车驶过来回晃悠时溅起的水花弄湿了我们的衣服和车上的东西。有的地方河水深到车辕。我们不厌其烦地一个个渡过，到了最后一渡时河道变得更加狭窄，河水幽深打着旋儿而过。铁青马也显出疲倦的样子，到了水边抖动身子前腿蹬地后退不前。打着响鼻低头不愿前行的它随着老大哥的挥鞭指令才下了水。没走几步扑通一声陷了进去，河水没过马肚子。受了惊吓的铁青马一跃而起，两条前腿腾地跨上了河对岸，再猛地一拽便把车晃晃悠悠拉上细窄的河对岸。然而在马的猛然牵动下车轮撞到河岸上，车尾一颠将坐在后面的温都日娜和老大哥的行李卷掉到了水里。幸好温都日娜抓到车辕把手，一条腿在水面踢蹬了两下便上了河岸，可是另一条腿却湿到了膝盖，鞋里灌满了水。对于长年累月行走在外的我们来说，什么困难没遇到过呢？我跳到车辕外侧去追老大哥顺水流走的行李卷，好不容易抓到它抱过来时，温都日娜却露出整齐洁白的牙齿嘻嘻地笑着拎上包跑向灌木丛后面换衣服去了。想必老大哥怕温都日娜着凉抱起了军大衣：

"温都日娜，温都日娜！风大着呢，快披上大哥的大衣。"说着去追温都日娜。拖起缰绳的铁青马抖掉身上的水珠向前走两步吃起路边的草。我按捺不住笑起来：

"活雷锋，说的就是俺老大哥哩。不管自己的行李流走了，脱掉身上的衣服还去追别人呢。"黄脸人容易脸红，老大哥的脸骤然变成枣红色嘿嘿地笑着：

"可不是嘛，阶级感情可能指的就是这个。"他返回来下意识地整理一番铁青马的搭腰、肚带。我接着话茬说：

"谁知是阶级感情还是恋情呢？只有我傻乎乎地去追了行李。"我抱过来湿漉漉的行李放在车上，这时温都日娜拎着包哆嗦着从灌木丛后面走了出来。她瞥见我抿嘴一笑：

"要我说呀，你俩都是爱想别人不想自己的活雷锋。"她悄悄对我说。她清楚地把"自己"说成"自己的"。老大哥过来了。我拍打着他的行李说：

"哇塞，老大哥的行李是湿透了，不知今晚如何睡觉？"

"没事的，有兄妹你俩在肯定不会让哥哥光腚睡吧！说不定会钻进哪一个的被窝里。"老大哥轮番看着我俩笑。我看了一下温都日娜：

"要钻哪就钻进温都日娜的被窝吧，我是怕你那浑身毛茸茸的身子。"温都日娜听罢跑过来捶打我的肩头。老大哥拿起鞭子坐上了车：

"别再推推搡搡的啦，不是说'有钱难买我愿意'嘛。要是还真有愿意让胡子拉碴磨蹭的人怎么办呢？"老大哥以为自己占了便宜而嘿嘿笑着向前走。

从那里往西北走没多远迎来一座高山，峡谷越发狭窄起来。马车继续往前走。垂直幽深的山谷像一把打开的火钳，崖壁上草木丛生。凸起的山石似乎随时可能从头顶上掉落下来。看来山谷里经常发洪水，细细的峡谷间冲出了近丈深的水沟。山路沿峡谷间河边攀援而去。尚不能错车的这细沟底，淤积了随洪水泥石流沉积的沙土和浅埋于其间的块块大石头，无法前行。车轮每碾过一块石头都险些要翻车似的晃悠着。抬头望峡谷两侧黑幽幽的崖壁要塌下来似的可怕。让你顿悟此地人迹罕至的原因。茂密的森林中猞猁来回穿行于道路两旁，受惊的铁青马时而打响鼻子剪动着俩耳左顾右盼。就这样往西北走了两公里多地势渐渐缓和下来，透过山谷森林的缝隙见到前方村落炊烟袅袅。

"快看，博日和村，博日和村到了！"我们三个擦了擦额头上的汗珠同声高呼。温都日娜激动得两眼噙满泪花，鼻尖微微发颤，继而泪水止不住地沿着面颊流了下来。她用针织红头巾的一角擦拭着泪水破涕为笑道：

"太可怕了，如果这深沟两侧的崖壁要塌下来或巨石滚下来，我们三人可就连车带人都被压扁了，那就真应了'未经走过的路是地狱，未曾谋面的诺彦是阎王'那句话了。"

"我也没过来好几年了，这沟谷越发幽深可怕了。"老大哥说。

<h1 style="text-align:center">七</h1>

博日和大队分为东博日和、中博日和、西博日和三个小队。这里的人不甚了解外面的情况，更没见过电影是何物，因此非常好奇，进行各种猜测彼此询问。我们到达时已日落西山。因为这里四面环山，所以太阳升得晚落得早。

这里的住户以来自喀喇沁和土默特的蒙古族为主。东博日和聚住着高氏，中博日和、西博日和分别聚住着赵氏和田氏。我们费了好大劲才打听到在东博日和的大队办公室。这里的人们好像见到了有三只眼四只手的人一样怪异地看着我们，似乎好奇我们的穿戴，成群结队地跟在车后头。不一会儿，大队党支部老支书高尊德在一帮人的簇拥下过来了。这是一位大个儿、高鼻梁，将稀疏的白发梳背头的年近知天命的长者。在这个博日和大队仅有几人到过旗所在镇，被称为见过世面开了眼界的人。其中一人就是高书记，另一个则是供销社的田炳文主任。除了他们再没有人离开过这山凹。高书记非常熟悉我们老大哥，说老大哥前几次过来都住在他家。"哎，这不是我们的邮递员青年吗？"高书记爽朗地笑着，他指使小队长高秉不仅为我俩在大队办公室安排了住宿，而且还让温都日娜去他家里和他的独生女高金花一起住。我们仨卸下车后趁天还亮选好放映场地挂好了银幕。高书记背着手站在我们旁边，"我看电影这东西有点像我们小时候说的皮影戏哩。"他对大家说。我们差点扑哧笑出来。高书记带我们三人到他家里杀鸡盛情款待，我们吃得饱饱的。待我们到大队时人们早已扶老携幼挤满了院子，就连墙头也坐满了人。从人群中突然跑出来一位穿旧军装的年轻人搂住我们老大哥的脖子，那便是曾和他在一个连队的战友田喜来。他在供销社工作，是西博日和人。他们俩相拥嘘寒问暖。我安装好了机器设备，并调试好灯光音响交给了温都日娜。老大哥我俩主要忙于苦力活，蹬上脚踏发电机忙活起来。电影一开始人们立时鸦雀无声瞪大眼睛盯着银幕。接着十分好奇银幕上的影像是如何像活人一样动起来，又说起话来。倏地十多二十来个孩童从座位上站起来径直跑向银幕后头。显然他们以为银幕后头肯定有人在演戏。然而银幕后头什么也没有，他们又诧异地挠着头快快地回到原位坐下。电影在继续。我俩蹬电机疲惫不堪，这时老大哥的好友田喜来过来替换了老大哥。

高书记的独生女儿高金花穿一件红花棉袄，是位嫩白瓜子脸的任性姑娘。她站在温都日娜的身旁不时偷看俺老大哥。似乎她的眼睛看电影不如看老大哥的多。不知何时她已凑过来，贴近老大哥的身旁亲昵地站着问机器设备等，不时还用手捂住嘴笑着。那时是姑娘们视嫁给军人为时尚的年代。即便退伍了也没关系，只要是穿过绿军装的均受青睐。绿军帽、粗布绿军挎都是让人稀罕的宝物。俺老大哥也不是个没话的主，更何况作为老相识彼此间亲密得似有着说不完的话。这天晚上没风，是个繁星闪烁的非常宁静的夜晚。

不一会儿电影顺利地放完。我们正准备拆卸机器设备时一群人吵闹着跑过来：

"怎么停了呢？没别的电影了吗？"

"是的，没别的电影吗？"

正当人们七嘴八舌吵闹的时候，高书记从人群中走过来：

"孩子们，没别的电影吗？有了继续放呗！还没看够呢。"

"没别的了，就这一部电影，都演完了。一个地方只演一次。

再放也一样。机器也会发热的。"我解释道。

"没事的！那就把这部电影再演一次吧。"高书记说。

"发热？发热就发热呗，那铁东西还怕化了不成？重放吧……"大家一个接一个地各种叫喊着。我们仨也没了辙。不放吧，看样他们会打起来。大多数观众坐在原地没起来。我们机器小，放的时间长真的会发热。但也没办法，只能满足观众的需求了。我指使温都日娜重放，我又和老大哥一起蹬起了那台脚踏发电机。甭提那些人有多高兴，都坐回了原地，现场顿时鸦雀无声。

电影还没放一半，我们的发电机坏了。"怎么了？怎么了？"顿时人声嘈杂，当听到机器坏了的消息后他们才遗憾地三三两两地散去。

我们仨把机器设备搬进大队办公室的时候，有十多二十来个人跟进来，在油灯微弱的灯光下看到已挤满了小屋。高金花也进来挨着老大哥站着。

"我不说机器热了嘛，你们就是不听。明天只能回去没别的办法了。"我对他们说。这时高书记为首的十来个人弯下腰来看了许久我们坏了的机器。

"没事的，我们博日和村有个有名的田技术员。别说你这破轴，若是有了材料就连大飞机、大炮也能给你造出来。明天让田技术员来修修吧。"高书记说。我微微一笑：

"这机器产自沈阳。村里技术员能修好吗？若不行回去后从原厂家购进零部件再说。"我无奈地说。这时站在旁边的一位叉腰说：

"你还不相信高书记吗？想当年日本鬼子未能插进来咱博日和山凹地，就是怕了我们这里山势险峻和田技术员造的火炮。我们博日和村男子汉人手有一杆火炮哩。"我不愿意和他辩论了。

"哎，不管怎么说你们明天可不能走。这坏了的是外部零件容易修复。让田技术员修理，我们还看一次电影，其他两个小队也得放几次。没有我的话别想离开博日和村。"说罢高书记领上自己的姑娘和温都日娜，背着手踩着方步走了。人们散去，我和老大哥哭笑不得只好留下来。

八

第二天早晨高金花来叫我们吃早饭。今天她打扮得很别致，身穿粉色花棉袄和条绒裤子，用红头绳扎了辫子。还不时看着老大哥微笑。老大哥出去饮马时高金花说"我跟你一起去吧"，便随他而去。

博日和确实是个好地方，简直就是个被绿树青山环抱着的静谧的世外桃源。七点多钟太阳才从哈纳峰上头懒洋洋地爬上来。天上飘浮着淡淡的白云，似睡过头的新娘子羞怯的面颊一样绯红。高书记家在村西头靠山坐北朝南。家门前横穿去往中博日和西博日的黄土路。高书记家是个盖有三间大房子，三十丈大院落的宽敞人家。高书记那黄白脸老伴儿小脚跟儿踩着地笑盈盈地走出来把我们迎进西屋。原来让温都日娜跟高金花住在东屋。早饭是黏豆包配炖猪肉白菜豆腐，还有一盘烤肉。高书记在大炕东边挺胸盘腿而坐，和我们一起用餐。老书记打开了话匣子回忆道：

"孩子们看见了吧，我们博日和山凹地可是个宁静美丽的地方。远离了世界又怎样！原来这里荒无人烟，是片放牧的草场。我们博日和人隶属于卓索图盟的喀喇沁、土默特蒙古族。据说为了躲避光绪十七年'学好队'①暴动到此旮旯隐居。这都是我爷爷辈儿时候的事情了。到现在定居此地都八十年了。那时候博日和不但草木蓊郁，而且就在图拉嘎峡谷里也没出现过这么深的沟

---

① 学好队：清光绪年间，白莲教的分支金丹道，民间称"学好队"或"红帽子"。

壑。"我同老书记攀谈间俺老大哥在不停地吃着那盘烤肉。老书记笑着用筷子指着盘子里的肉：

"这是鹿肉，是把被套住的鹿拉回来，晒的肉干。不知是谁放的铁丝套子，就是禁猎这么严的时候偷猎者还是不断，也很难找到罪魁祸首。这菜里放的也是野猪肉。我们村里人个个都是狩猎高手，吃鹿肉能补肾哩。"

我边吃边问：

"高书记，田技术员会在西博日和吧，等吃完饭我们三人赶车去一趟！修好了电机我们在那里放上电影，依次往这边过来吧，您说怎么样？"高书记坐直了腰咽下嘴里的饭：

"不行，不行！你们的一个人骑自行车过去就行啦，也不过是个指把长的小轴动用马车干啥！修好了，我们还快点接着看昨天的电影。"我们不知所措一时无语，高金花姑娘笑着说：

"我知道田技术员的家，我带路和拉西哥一起骑两辆自行车去吧。"俺老大哥显出正中下怀的样子，露出下牙笑着说：

"好的，好的。我跟金花妹去一趟吧。为不起眼的小东西大家都跑去干吗呀。"这事就这么定了。老大哥笑呵呵地包好了断轴，决定同金花姑娘骑车走一趟。

"老大哥，快去速回啊！鹿肉可没少吃，别惹出事来。"走到门口时我开玩笑似的对老大哥耳语并狠狠地捶了他一拳。老先生笑嘻嘻地跨上自行车向西奔去。博日和村就这么两辆自行车，当然一辆高书记骑，而另一辆是高金花的坐骑喽。高书记有本事，谁也不知道从哪里怎么弄过来的。我看着他俩渐渐远去。

温都日娜我俩干待着干吗，便去帮助大队干起肥的活儿。庄户人把猪屎狗便和牛粪堆在墙根天天浇水发酵。到了冬天偌大个粪堆冻成冰块，待到春天用镐头一点点刨开它送到地里施肥。温都日娜和我两人抬着一个箩筐运肥。这里缺水，水井打了五丈深，打水需两人转动起大辘轳，因此没有灌溉农田的条件。过了晌午老大哥他俩还不见踪影。我问："西博日和有多远？""也就三四公里远。"那里的人如此回答。

"这人都咋了？到现在还没影！"我有些担心。温都日娜转动黑眼珠笑着说：

"昨晚高金花问我拉西哥结没结婚来着。"

"奇怪了，她问这个干什么？"

"我哪儿知道，您说呢？"温都日娜又笑了起来，接着又说，"您是为老大哥担心，还是为高小姐担心呢？"她忽闪着长长的睫毛直视我。

"看你说的，高金花跟我有啥关系？"

"谁知道你们男的，看见人家漂亮的姑娘不都争着暗送秋波吗？"温都日娜又笑起来。

"真冤哪，都说是恶语伤人嘛。"我跟她辩论起来。

"那就行了。"她在倒掉筐里的粪肥时似乎对我有意见，眼睛里噙满了泪水，"您对我真没有别的话要说吗？这里除了山野的风谁也听不到我俩的话。"说完她扭转了头。

"想说的话酝酿了许久。可是怎知道人家在想什么呢？人家有诗人哥哥，有朝夕相处给缝补衣裳的朋友嘞！"

"请不要小题大做好吗！都一起出门在外，那有什么办法呢！而我俩就像两根琴弦一样彼此了解，是两小无猜的发小。是到了可以猜透彼此心灵的年龄了。"说完温都日娜绯红了脸低头抖落粪筐。

在和煦的春风吹拂下，温都日娜那两条长长的辫子随风飘动。她的真情和美貌让我陶醉不已，如果就两人在，我真想亲她一口。

"我知道，我爱你……"我斗胆说出来。把多少天埋藏在心里的话儿说出去心里真痛快。当我俩的视线碰在一起的刹那间脸好发烫。爱的暖流涌遍全身。

"您这句话我等了很久。"温都日娜绯红着脸微笑。

我俩对视交流站了许久，手拉着手亲密地笑着从田野返回的路上，我俩爬上一个小山包瞭望了一下老大哥。博日和山凹因四面环山相对暖和，清晨下的雪都融化了。透过树林的缝隙，山坡上的田垄清晰可见。山洪造成水土流失，在山间河流和山谷出口到处散落着饱经沧桑的卧牛石。沿山脚下显现幽黑的防空洞，印证着那个备战备荒的年代。

"太阳快要落山了，这人到底怎么了？该来了呀……"

九

日落西山时俺老大哥才通红着脸回来。他说高金花半路直接回家了。田技术员把轴承头做得相当合适，并用拇指粗的铁棒加固焊接得非常结实。真还别小看这偏僻地区的技术员，有了铁没准儿真还给你造出来掷弹筒什么的。说完三人哈哈笑起来。

没空同老大哥说更多的话，温都日娜我俩迅速拿出银幕挂起来。今晚的观众比昨天的还多，挤满了整个大队院子。放完电影老大哥我俩准备睡觉。

俺老大哥非常高兴，摇头晃脑笑嘻嘻地想给我说点什么。我很奇怪。他洗完脚上炕两手交叉枕在脑后仰面躺下，习惯性地用一只脚趾剌啦剌啦地挠着满是黑毛的小腿，突然又坐了起来。人要高兴的时候急于想把心中的话说给朋友听。不是说"兴奋的乌鸦呱呱叫"嘛，他笑着弯下腰侧身向我说道：

"策德布，你不想听听我今天修轴的故事吗？"

"睡吧，睡吧！一整天搬运肥料，再加上脚蹬发电机，这浑身的骨头要散了架似的疼痛。现在就想睡觉。"我说完故意打了个哈欠。

这家伙今天怎么了？试想是不是惹出什么故事了？如果我求着想听听，他会牛起来，或者把想说的话压在舌根底下。我装出想睡的样子，他越发着急把心里的话赶快倒出来：

"哥给你说个好听的，起来，快起来！"他把我揪起来，对我说，"你看高金花姑娘咋样？"

"能咋样，高书记的长脸黄姑娘，偏僻地儿吃着粗茶淡饭长大的村姑呗！"

"嘿嘿，你真说错了，还说村姑哩，要我说呀，可比你那城里的嘚瑟姑娘强百倍。几年前我过来时还是个小黄毛丫头，跟着我逛山玩来着。如今已出落成俊俏夺目、亭亭玉立的漂亮姑娘。不是说'不能小看姑娘和庄稼地'嘛，那身材长得真苗条！皮肤好嫩白，要用手指摁下去呀，都会摁出水来的柔嫩。"

"哎嗨，你看看，俺老大哥什么都看见了？"

"没有，没有！哈哈，哥哥只想试探一下你有何反应而已。看你还真信嘞！"俺老大哥突然不知想到啥，止住了话笑着转身躺下。是否想起说了不该说的话。

"要我说呀，你是个敢做又怕事，吹皮灯笼的主！睡吧，睡吧。"我也转身躺过去。这么去撩拨他，果真他受不了。老先生笑着又坐了起来。

"行了，行了！哥就全说给你听算了！你可不要说给别人哦。"

"你放心好了，我啥时候出卖过你，你怕就别说。"说完我又背过身去。这时老先生过来把我揪起来，两人披上棉被相对而坐，老先生笑嘻嘻咔呲咔呲挠着小腿说：

"早晨高金花我俩到了田技术员家。几公里路也不算远。老田看到高书记的女儿来了如同皇帝的公主驾到一般热情。看了看我们的轴承便说'没问题，中午过来拿吧'。在那里干等也不是个事儿，我同高金花想上山溜达一圈儿，路上巧遇田喜来。他说什么也得把我们领到他的宿舍转转。到他宿舍，他就炒了几个菜拿出酒来。不知从哪里弄来的，还有一盘烤鹿肉。这地方就是鹿肉多。别小看高金花是个未出嫁的姑娘，可是个喝酒高手。三人放倒三瓶酒。高兴得都喝过了晌午。我同高金花去田技术员家时，他已经修好了我们的轴承，令我们高兴不已。高金花我俩上路返回。她领路走着笑着，原来她喝多了酒就爱笑。不知道都走过了哪里，反正遇见了好多个防空洞。走到灌木丛生白沙绵延的细沟边时，高金花突然从自行车上摔了下来。'哎哟！摔倒了不是。'我丢下车子急忙跑过去。'没伤着吧？'当我弯下腰抱起她时她却紧紧地搂住了我的脖子……"

"那么呢？"

"那么啥呀，我也不是一块死肉！再加上刚吃过了鹿肉。"老先生庆幸自己的所作所为合不拢嘴笑着。

"嗨嗨，你惹事了。要是你高老爹知道了会卸下你的头，若要起诉你强奸了那老哥你会坐牢的。"

"不会，不会，到不了那程度。是两厢情愿的事情。顶多我成为他们家上门女婿罢了。就在这旮旯地吃鹿肉为生也没什么遗憾的。她可是个心地善良的好姑娘，你真不知道。"老先生仰面躺着，回味老半天发出啧啧的赞叹声。

"喂，你要是成了高家的女婿，那位心爱的黑眼睛姑娘咋办咧，我的老大哥？"我讥讽他。其实，我才是最在乎黑眼睛姑娘的人。为什么拿心爱的姑娘开此玩笑呢？他没话了，过了许久长叹道：

"唉！那时候哪里还顾得上那么多呢，人家都搂住你脖子不放了嘛。"我止不住扑哧一笑：

"现在可得注意了，别摊上事了，咱几个快点回去吧。"

老先生好不容易走出美妙的回忆直视着我：

"我为什么告诉你这些呢？你知道吗？"他诙谐地笑起来时露出了下边的牙，特别难看。

"怎么不知道呢,不就想分享你的快乐吗?"

"那当然,还想得到你的支持。"

"嗯,知道,知道。你想得真周到!"我用拳头捶了他一拳。他也似乎为达到目的而嘿嘿笑起来。

"要我看呀,你若不想在深山沟里枉此一生,就该悬崖勒马了,早点回吧。"我长叹一声摇了摇头。

十

第二天我们去了中博日和。离东博日和只有两公里远。隔一条干沟。大队书记是高书记的外甥赵建平。按他的建议我们把放映场安排在院外的开阔地。东西村的全来了,观众比较多。因为特别想尽快离开这里,所以心里祈祷着顺利完成今晚的工作。演完了第一场,观众又提出再看一遍的要求,而且提出更可笑的新意见:

"你们在东博日和演得那么缓慢好看,而来我们这里简直就像应付差事似的演得太快了。没顾得上细看,请再慢慢地放一次。"

"电影可以调灯光音响,速度可不能调的。转得快胶片会断掉,转得慢在强光下胶片会烧掉的。因此放映速度是固定的,在哪里演都一样。"我再三地解释好不容易才让他们相信。我们重复播放了两次,临近午夜才勉强得以休息。真是累得够呛。

晚上老大哥说上田喜来家不见了踪影,想必同高金花约会去了吧。老先生如同干渴的小鹿奔往水源地一般,我怎么能阻止人家去会朋友呢。况且人家还承诺在先。温都日娜被安排在就近人家住宿。我留在大队空房子里,独自一人遐想颇多。老大哥也有失谨严,居然失足于人家小姑娘。也真没办法。我为如何平安离开这山凹地而发愁躺着。大队的房子似乎征用了过去富人家的房舍和院落。正房是三间蓝瓦房，两侧还有厢房，东西边带有仓房的方形院落。房顶的瓦片部分掉落长满了蒿蓬草。院子里有几棵老榆树。东边的仓房里堆满木屑，是做木工房用的，窗户玻璃都碎成了黑洞洞很可怕。我睡不着躺了许久。房顶上猫头鹰的叫声有时像小孩子哭笑似的。若是老大哥在，不也有个伴嘛。

老大哥是我们西村人。他妈难产去世了，因此他在爷爷奶奶的手上受宠长大，虽没上过几天学可却能说会道，会唱好多首民歌。后来参军在侦察班锻炼了四五年，受到良好的武术、蹦跳等专业训练，拥有了健硕的体魄和丰满的胸肌，成为英俊潇洒的小伙子而颇受姑娘们的青睐。要是挺起了吃二岁牛的野狼般的胸膛，还看不上一般人。若要遇见了不顺眼的，是那种撂倒而后快鄙视对方的汉子。退伍后从邮递员的岗位来到我们电影队。快要天亮时我刚一打盹，老先生才扑棱棱摸着黑进来。

到了西博日和也一样。电影一演完俺老大哥又悄悄溜走了。很幸运的是我们在西博日和只演一场电影就可以了。在东边的两个博日和已经演了四场，多数人重复着看都到了厌倦的地步。因此今晚到了九点都休息了。我想拦住老大哥，话到嘴边又止住。正在热恋当中的人还能听进谁的话呢，明天就要走了谁知道啥时候再相见，转而一想也挺可怜的。我在西博日和大队办公室独自一人住下。清晨天刚蒙蒙亮，老先生才喘着粗气跑回来。

十一

温都日娜走了不一会儿已近黄昏。院门口站岗的民兵在来回踱步。说是公安的来了，不知道啥时候找我们谈话。

老大哥背对我躺着。成天合不拢嘴有说有笑的即兴诗人被岗哨盯着心情格外沉重。也是的，门外有人不停地监视着还能说个啥？我对是否把温都日娜刚刚送来的信息说给老大哥听而犹豫不决时，公安的两个人快步进来。一个人坐在办公桌旁抬起双脚在抖落粘在靴子上的雪。另一个让老大哥抱起行李带到别的屋去了。我俩成了重点嫌疑人，从现在开始分开隔离了。在昏暗的油灯下，只见留在屋里的是个膀大腰圆的大高个、宽胸膛、方脸黝黑的汉子。他摘下帽子放在桌上点了一支烟。他噘起嘴向上吐一口烟雾：

"我是旗公安局的干部叫巴图。"说完他从衣兜里掏出了证件亮给我看，接着问，"你是该公社电影队的策德布吧？"他掏出本子开始记起来。保持着朝下看的姿势继续问：

"这里的供销社出事了你知道吗？"说完他定睛看着我。干这一行的试图从你的面部表情想知道点什么而仔细地观察。

"听民兵那么说来着。究竟怎么回事不知道。"我坐在炕沿上回答。

"前天晚上拉西住这儿了吗？"

"住了。可是有事出去很晚才回来的。"我如实回答。

"几点走几点回来的？"他用抓笔的手顶着下巴死死盯着我。

"电影演完就走的，好像天蒙蒙亮时回来的。我睡得香而难以准确估计他几点回来的。"

"你是说天刚蒙蒙亮的时候？"他说完直视着我。

"大概就这样，我没有手表。"

"拉西晚上能去哪儿？给你说了吗？他还跟谁来往？"

"他没说。他跟高书记的姑娘高金花来往密切。他们是老相识，拉西当邮递员时每次来这里都住在他们家。最近两人更亲密了。所以我以为他去了他们家。除此之外，他跟在部队时的老战友田喜来来往，还同高书记等大队领导因工作关系相互认识。"

"拉西跟田喜来有无个人恩怨迹象？"问完他把烟头捻灭在靴底上。

"没那种情况。他俩在一个连队待过。是合得来的好弟兄。"

"前天晚上电影散场后，有人看见拉西往供销社走了。你没看出他有别的疑点？闻没闻到酒味？"

"我没注意他往哪儿走了。晚上回来从他身上也没闻到酒气，一切正常。"

屋里非常安静。那位干部在纸上沙沙地笔录着我说的话，沉默好半天，突然又说：

"你对你刚才说的真假要负法律责任的。请你签下字吧。"他叫我过去签了字，收拾好东西戴上帽子走了出去。

不知把老大哥带向了何处，他的铺位空落落地看上去很寂寥。雪停了，外面阴沉沉的一片黑暗。带枪的民兵在院子里来回踱着步，踩在雪上发出吱嘎吱嘎的响声。

我出去解手进来铺好被窝躺下，但没睡意。犹如躺在带刺的毡子上翻来覆去地折腾。很明显老大哥受命案牵连了。怎么想他也不是个惹事的人。天公有意作对似的下雪盖住了脚印，给破案带来一定的困难。估计那天晚上老大哥去了高金花家。然而高金花是个未出嫁的黄花大姑娘，所以不能证明老大哥半夜跑到高金花家。案子肯定是深更半夜出的。如果没人证明那时段老大哥在外面，那这事肯定麻烦大了。再说高书记在这里是个权威人士。顾及姑娘的颜面也好，考虑自己的名声也罢，高书记肯定不会让这事挨着自身的。他会想到，要不然自己的独生女以后就很难出嫁了。就算有人看见老大哥去了高金花家，也会怕高书记而打死也不会说的。这事难就难在这里，我翻来覆去地想了一夜，天亮了。

第二天早晨吃早饭的时候那位干部又来了。他跷起二郎腿坐在昨天的原位，拿出香烟将烟头敲打在指尖盖上问道：

"拉西有无债务？他平常问别人借钱吗？"他把香烟斜叼在嘴上，拿出笔和纸准备做笔录，直勾勾地盯着我，被烟熏到直眨巴眼睛。

"没债务，拉西虽不富裕，但手头不紧。"

"他家几口人？你知道吗？"

"在他的农村老家，有他的爷爷奶奶二位老人。三人一起生活，日子过得还可以。他妈很早就去世了，他爸另娶另立门户。因为我们是东西村，所以非常了解。两村挨得很近，鸡鸣狗叫都能听得见。"

"嗯！是吗？"他从包里掏出一个信封，再用镊子从信封里夹出一只白线手套问道：

"这只手套是从案发现场找到的。你知道这是谁的吗？"

"这种白线手套多了去了，难以辨认。"

"拉西有这种白手套吗？"

"有是有，蹬机器或赶车的时候才戴，平常不戴。也许在某个地方或从衣兜里会掉出来的。"他用鼻腔"哼"的一声发出冷笑，重又把手套装回信封里。让我在笔录上签了字便往外走，到门口又回头说：

"嗯！是这样，今天温都日娜你俩可以走啦。可是拉西等这事水落石出之前要接受调查的。"听罢我十分焦急地从座位上站了起来：

"巴图先生！你们可想想，拉西绝对不是干那种坏事的人。我们可以做证他人不坏。"我几乎喊叫着说，可他置之不理，领上民兵走了。

十二

当我愣神儿站着的时候，温都日娜走了进来。看到刚刚解除隔离的我，她不顾一切地搂住我的脖子亲吻。好像遇到什么苦难多少年未见面似的，我俩相拥站了许久激动的心情才得以平静。

"万万没想到会有如此不幸的遭遇。"温都日娜掉下了眼泪。我搂住她的肩用她的头巾给她擦干了眼泪。我示意温都日娜我俩赶紧走。怀疑屋里安放了窃听器，因此心里顿生赶紧离开这里的念头。我俩装好了放映机等机器设备，牵过来铁青马套好了车。铁青马留恋老大哥似的闻了闻我，用蹄子刨地打响鼻不肯进车辕。折腾了半天，我们才上路，见风喘了一大口气。迎面吹来徐徐微风。天空上飘浮着朵朵白云，而心里却惘然惆怅。

"三人一起来，丢下一人走也不是个事。"我说。随着马车的颠簸我俩边走边唠。

"可不是嘛，这两天把我吓得心都吊到嗓子眼了。幸亏我住的是户好人家。他们不见外我，而且不隐瞒发生的事，还给我传递外面的信息，乡下人容易成为好朋友。"温都日娜的说话声有些颤抖。我俩沉默了一会儿让铁青马缓步前行。

"我记得在西博日和放映的那天晚上田喜来没过来。因为第一天晚上在东博日和看过了，在他看来没必要重复看。按此推想，案发的那天晚上他们可能在宿舍喝了酒。此案大概发生在那天午夜，那时段老大哥应该与高金花在一起。如果证明了老大哥从九点多走到黎明一直与高金花在一起，那老大哥就清白了。"

"事情虽然是那样，但是高金花是个未出嫁的姑娘，怎能说出口她在家留宿男人一夜呢？"

我也糊涂了。温都日娜说的有道理，我也想过这事。我俩都不说话走了很远。车临近中博日和。下了雪漫山遍野白茫茫一片。村落土屋房顶上积下厚厚的白雪。雪花犹如白瓷粉末在阳光的照射下熠熠生辉。山野辽阔寂静。成群的鸟雀在飞舞觅食。偶尔从人家门前传来几声狗儿的吠叫。

"哟！忘了给你说一件事。说是从案发现场找到一只手套，好像有人证明是拉西的手套。奇怪，好奇怪啊。被害的俩人头上有被钝器击打的伤口。从直接打在脑门上来看，似乎是个受过专业训练的人干的。这点更加把我们老大哥推向了重点怀疑对象。"温都日娜说。

"谁知道呢，那种手套多了去了。再说，俺老大哥就有把破手套到处扔的坏习惯。怎知道会不会被谁捡到了呢。"

"就是嘛，可是他们肯定不那么认为。这个案子越发麻烦了。"

"这样吧，我俩到东博日和，就说你病了，怕你半路病情加重，所以要住在那里的。可能的话你住在高书记家，你跟高金花聊聊看。从她那里求得证明的话，不但老大哥没了危险，而且对找到凶手也很有利。要不然我俩回公社该如何解释另一个人怎么没回来呢？"我说。

"即便有困难，也是想到了就做才对嘛。"温都日娜同意了我的建议。

冰雪天使温都日娜的鼻尖冻得通红，显现她挨冻疲惫的样子，还说前几天因惊吓连日无法入睡。我们的车从村中穿过，奔向大队办公室的时候连出来瞄一眼的人都没有。刚来时候的那份热情劲儿荡然无存。人们就像看到了山里逃出来的土匪或杀人嫌犯似的害怕。在外面的人也纷纷跑进家里关好门或从门缝观察外面的动静。坏消息不胫而走，想必引发了"电影队的杀人了"的风波。现在到了连东博日和的鸡鸭鹅都怕我们而四处逃窜的程度。世间之事就是这样，当你兴旺发达时有头有面，而当你倒霉落魄时，人们大多离你而去。

十三

在大队门口等了许久没来一个人。无奈，我俩径直奔向高书记家。将车马拴在院门口走进院去，走到外屋门口时，黄白脸老太太小脚跟踩着地脸色难看地走了出来。

"高书记在吗？"我问。

老太太很不情愿地说：

"昨晚连夜开会早晨才回来的，感冒躺着呢。"她没请我们进屋去，洗刷起锅碗瓢盆。我们绕过她进屋时，高书记听见我们的声音坐了起来。虽然他瞥了我们一下，但是没有请我们坐下，伸手从桌底下烟盒里抽出一根香烟点上，眼睛低垂盯着手指摩挲着炕席的格子。我先开了口：

"高书记！我们这位温都日娜同志心里难受疼痛了两天。看她如此难受怕上路病情加重了荒草野甸的真没办法。因此我们想在你们东博日和歇歇脚看情况如何。不管怎么说我们是受公社指派下来的。再说了，我们的拉西同志也不是杀人放火的坏人。我们相信，事情很快就会水落石出的。自然有人会证明案发当天晚上他在哪里的。您是个谨慎的人怎会看不出来呢？您是这里的长者，除了您我们还能找谁去呢？"高书记趁弹掉烟灰转过身来，沉默了片刻说：

"我理解你们的话。可是不管怎么说，出了命案子百姓受惊吓和愤慨那是必然的。要我说你们就别久留此地啦，赶紧走为上策。等事情水落石出了那时对谁都好。"

"那道理我懂。可是我们这位同志病了身体很不舒服。这不跟您的姑娘一样吗？假如您的姑娘病了，您也不会在这样冰天雪地里撵她走吧？这大雪天我们要渡过图拉嘎峡谷和十三渡是极其困难的。"

"真要那样也没办法。去大队吧，孩子们！"

"我还没事，住在大队能行。可是温都日娜怎么办呢？求求您了！让温都日娜在您家跟高金花一起住下吧！今晚，我们在您家放映让您观看！我们的放映机很小，就在您的西墙上放映都可以。室内演得可好啦，二老舒舒服服地坐在热炕头再看一遍吧！

比起在外头看别有一番滋味。怎么样？"

我最后说的话让老书记中听，他面露微笑，话也多了起来：

"那么麻烦你们干啥哩？让那谁……那姑娘就住在这儿吧！我姑娘也感冒了不舒服，可是没办法啦。"

"不用发愁！自己发电也不耗能。甭客气。反倒我们感激不尽您的关心。就这么定吧！"

就在我们说话的当口，一个黝黑脸、尖下巴、高个子青年从墙头上瞭几眼便溜了进来。此人是中博日和小队队长赵建平的弟弟名叫赵连英，是高书记最小的外甥。他进来坐在炕沿上摊开双臂深深地打了个哈欠：

"昨晚打了一夜的牌。"

到了晚上，我们真的在屋里安置了机器，在里屋西墙上小范围播放了电影。老两口在炕头坐东朝西看了一场电影。对家庭专场电影高书记非常满意：

"哇塞！这东西在室内也能演呢。"他发出阵阵赞叹和微笑。高金花也跑出来同温都日娜攀谈起来，但脸色有点难看。由温都日娜放映，我和赵连英蹬了发电机。因为高书记家的墙是白纸糊的，所以就没用幕布。电影的爆音在室内发出阵阵轻微的回音。

电影演完之后，高书记叫人打开了大队办公室的门。我背着行李嘎吱嘎吱踏雪来到大队住下。我躺在炕上祈祷，来此目的达到与否，今晚就看温都日娜的了。

十四

吃早饭时，高金花过来叫我。她的脸上没有了往日美丽的笑容，白皙的面颊明显地憔悴了，黑白分明的眼睛里打转着忧伤的泪滴。我俩前后相随悄无声息来到她家。我向温都日娜投去疑惑的目光，她却闷闷不乐低下了头。

"高书记昨晚可休息好没有？"我上炕的同时问候道。

"嗯！睡得挺好。昨晚的电影真不错。俺老两口坐在家里也看上了电影，这要在过去做梦都想不到的事情啊。"老书记说。

"可忘了不是，我有自己做的幻灯片，不如电影好看又怎样，欣赏起来还算可以的。要是高书记愿意看，那么今晚我给您看《雷锋事迹》幻灯片。"高书记欣然答应。这样又疏通了再住一宿的渠道。对我的安排温都日娜显出高兴的样子，脉脉含情地看了我一眼。吃完饭，我带上温都日娜让这里的赤脚医生给她看病。我俩朝大队走去，一进屋温都日娜便讲起昨晚的情况来。

"高金花我俩铺床准备睡觉。我对她说：'金花，姐姐想对你说点事。'她似乎猜出我要说啥，低头坐着摆弄起棉袄衣襟。我接着说：'阿妹，我也像你是个姑娘家。女人观察生活是十分敏锐的。如果不是我猜错的话你对俺拉西哥有了感情。这也没什么好隐瞒的，不是说'有缘千里来相会'嘛。我们拉西哥可是个好人哩，心地善良且特别勤快。我为你俩高兴。可他现在却卷进了冤案接受调查，这事你是知道的，我猜测案发的那天晚上他肯定和你在一起。他是九点多钟电影散场时出来，凌晨四点多才回去的。策德布对我说是黎明时分回去的。如果真的是这样，那他绝对没有作案时间。你为什么不替你心爱的人说真话呢？'听罢此话金花说'您别说了'，便卧倒在枕头上用被子蒙住脸悄悄抽泣起来。两手不停地揉搓着被子。不知过了多久，无奈我扶起她给她擦拭眼泪哄她。我对她说：'拉西哥都是为了你而往这边跑被冤案缠身的。你有责任挽救他。他若清白了你也心里亮堂，会很快促成你俩的事情。'她越发摇头哭泣。稍有缓解后她说：'我爸反对这门亲事，他死活不答应。我爸决定把我嫁给表哥赵连英……赵连英从小在我家长大，因此我爸疼爱他。想把他招进上门女婿。可是我不愿意。他自由长大，除了吃喝玩乐啥都不会的懒汉一个。再说，我爸他们不知道拉西哥夜间来过这里。我是趁大家熟睡之后从窗户让他进来的。我爸要是知道了留宿人的事，非打烂了我的头不可。因此，我该如何证明拉西哥在我这里呢？'说完她用被子蒙起头哭着睡去。"

"现在可真没辙了。别指望高金花这边了。这回该怎么办呢？"温都日娜说完看着我。她把两条长长的辫子向前搭在右肩上缠绕手腕坐在炕沿上。我拉近她轻轻地吻在脸上。她把头依偎在我的肩上喃喃地说："老大哥这会儿在哪里呢？真可怜，别饿着肚子就好。"

"是的，若是没受体罚就好！怎知道会怎样呢？"我说。

我俩如此担心不知所措地呆了许久。为或许能听到点什么，我俩去找村医家，路上遇见了脸上带有狗咬的伤疤、中等个头、说话时飞溅唾沫星子的男人，他正是我们要找的李医生。他差点躲我们而去。他说刚从西博日和回来。温都日娜说明病情，从他那里抓了些治感冒咳嗽和胃疼的药，接着同他聊了一会儿。

"人们说不是今天就是明天把你们的那个人要抓到旗里去。要是被确认为罪犯那就性命难保了。"李医生说。此消息越发让我俩紧张起来。从那里出来不知道脚往哪里踩着。当我们到大队办公室时，意外地看见高金花正等着我们，脸上显出万般无奈痛苦难熬的表情。三人无语坐了一会儿。

"高金花，刚才听李医生说不是下午就是明天早晨把老大哥要抓到旗里去呢。"我说。

"是的，我也刚听爸爸那么说的。"高金花低着头有气无力地说，接着用颤抖的手从衣兜里掏出一沓纸：

"这是我写的证明，你们赶紧带过去把人赎出来吧。"说完递给了我。

"金花，谢谢你！你爸同意了吗？"我俩都愣住了，握住她的手，异口同声地问。

"没有！即便我爸不同意，可这是我应该做的事情。拉西哥因为我才受牵连进此案的，就算我爸打烂了我的头也没关系，我得实话实说。"她的眼泪簌簌掉了下来，被话呛住捂嘴哭着跑了出去。

"金花！金花……"温都日娜我俩追出去，她头也不回地跑掉了。她的背影在我眼里越来越高大起来。

证明里写道：

"拉西哥是我谈的对象。供销社出事的那天晚上，拉西哥放完电影九点多钟想与我告别来到东博日和的，因为第二天他就要回去了。我们博日和这地方比较偏僻，所以这次一别不知何时才能相见的想法占据着我的心。在一起的时间太短难以割舍相互依恋的心情。虽然彻夜相谈，但是总觉得未能表达全部的情爱。黎明时分，我近乎强迫送走了他。那时已经凌晨四点多。他一步三回头消失在夜色中，我依然呆呆地站在原地。他到西博日和的时间要过四点半，因此他绝对没有到其他地方或干别的事情的时间。这就是那天晚上的真实情况。这点我用生命和人格来做担保。东博日和小队的高金花特此证明。"最后她还摁了手印。

十五

临近中午，天越发暖和起来，天空中飘着淡淡的白云。屋顶的雪融化后沿屋檐滴落下来。我连午饭也没吃，跨上铁青马向西博日和奔去。马蹄溅起的泥土斑斑驳驳落在马后的雪地上。穿过中博日和村时，惊动了路边的鸡鸭鹅，它们扑棱着翅膀跑向路边。

不一会儿到了西博日和。询问层层岗哨，才从供销社办公室找到公安局的巴图先生。拿出那份证明书递给他，心想这回俺老大哥可以释放了，眼睁睁地看着他的脸色。巴图慢腾腾看完了证明书，递给了旁边的人。俩人面面相觑，巴图开口说：

"你现在可以走了。"说完点了一根香烟。

我急切地反问道：

"拉西可以走了吗？我要带他走。"巴图撇着嘴向上吐了一口烟：

"年轻人你不要着急！事情还没那么简单。我们还得召见高金花本人核查才行。就拿你这一页纸尚不能解决问题的。"说完挺胸向后坐下。

我从那里出来。心想，已经来了嘛，等到晚上看看。到了大队等到晚上也没啥消息。真是再没有比等候难耐的事情了。我感到饿得慌，饥肠咕咕叫。也不知道该去哪里，呆呆地站在门口，突然想起温都日娜住过的田双喜家。

他们家是住在村东头的三间房那户人家。田双喜的媳妇在院门口迎候我时，老额吉从屋里喊着"演电影的小子来了"，便迎了出来。她见到我不亚于见到了亲人，热情地把我迎进屋里。

"温都日娜没过来吗？你们那个人怎么样啊？从那个孩子的外表看也不像是个干那种坏事的人！听说我们这里也审了两三个人呢。"老额吉说。

"温都日娜没来，她委托我代问额吉您的好。那位同志也很快要被释放啦。额吉，我等着接他回去可是天色已晚。"我说。

额吉接着话茬：

"这都几天了，听说那两个人还没出殡。幸亏天凉着还行，要是天热了不臭才怪哩。这里有个一年不着家的于瞎子，旧社会被称为锡林好汉。现在把他抓起来审讯呢。还有个叫田酒鬼的，的确是个酒鬼，跟我们供销社的田主任要好。前不久田主任被叫到公社供销社审查过一个来月。说是内部人告的。就此怀疑有可能是田酒鬼报仇所为，也审查他呢。不管怎样很麻烦。接着开大小会议。不知道什么人干了这种杀生作孽的坏事。听说上边还要来人呢。"

我在他们家吃了晚饭才出来。到供销社院门口，不见老大哥的踪影。我去找门前岗哨求情，让他转告拉西大哥，我们在东博日和等他，这时巴图从屋内叫我：

"拉西现在可以走了。从大队接走吧！有事再找他！"

高兴的心情难于言表。我拿着巴图签字的纸条到大队找拉西，他在冷房的炕上眼皮耷拉着脸色发青地坐着。只见半碗稀粥和一盘素菜放在炕的中央。不免想到，是不是把老大哥视为命案嫌犯进行了逼供。我俩相互拥抱拍打肩膀转上几圈。老大哥强作笑容：

"两天没见如隔两年之久，大哥可见着你了。"

"没事，大哥真的没事了，这会我俩走吧。"说完我卷起大哥的行李走出去。月亮还没升起来，外面漆黑一片，隐约可见道路。我俩把东西搭在铁青马背上，穿行在村中。山村的一切朦朦胧胧，犹如梦幻般的世界。从家家户户土坯房的窗户透出亮光。俩人叽里咕噜的说话声回响在寂静的夜空。走出村庄又走了一会儿，老先生似乎恢复了不少精气神。

"他们没虐待老大哥吧？"

"没有，没有！他们哪敢那样？大哥饿了就吃，累了就躺着。"

"看你现在敢放炮了？老吹牛将。受虐了还不老实。"

"真的，我没杀人，怕什么呀？"

"法院不会断了冤案置人死地吧！"

"哪有那么简单！你以为那是杀鸡呢？"他呵呵笑起来，我也附和着笑了。

"是谁救你的，大哥你知道吗？"

"怎不知道？是你俩呗。我胸有成竹地躺在那儿想，我的弟弟妹妹是不会扔下我走的。"

"不仅于此，人家高金花证明了你没问题的。是她不顾父亲的名声、自己的颜面勇敢地说出了事实真相。你可不能抛弃人家姑娘啊！"

"嗯，怎会呢。想必是你们仨会努力的。被关起来时我也心里想那姑娘躺着嘞。就是说躺着也想高金花，站着也想高金花。怕毁了人家姑娘我从未提及过她。要不然我早就出来了不是？唉哒。"老大哥长叹了一口气。

"还痛苦什么呢？"

"怎么不痛苦呢？我有幸在这里活着，而田喜来弟弟却死去了。还是个没娶媳妇的人哩。可怜啊，太可怜了！"

我俩都沉默不语。这无头命案啥时候才能破了呀？铁青马不时打着响鼻前行……

十六

第二天清晨，我们三人踏上了返程之路。在这儿的几天里我们尝尽了人生，五味杂陈，因此心里非常复杂。当我们三人离开大队时竟然没有人送我们。这里的人们看过了我们的电影，对他们来说似乎其他没什么可观看的了。铁青马也好像知道了返程的路，舒适地碎步跑起来，车沿着砂石路颠簸前行。

老大哥像什么事也没发生过似的目视前方挥鞭赶车。他清了清嗓子：

> 这副精美的银手镯呦
> 是请沈阳市的银匠打造的
> 别再伤心地流泪哭泣
> 平安地活着会重逢的
> ……

他正在抒情地唱着，只见在不远处的小山包上，有一人向我们挥挥手中的头巾站着。那人正是高金花。俺老大哥昨晚去见她回来比较晚。他们之间是温都日娜给连线的。在哪儿见的面又做了什么就不得而知。今天高金花仍然穿了粉红色棉袄戴上了绿头巾。高挑的身材在山坡上有如画中之人一样的美。可谓博日和姑娘们的佼佼者。真也是，理解我们并相信我们的人是她。她似乎哭了，在那里不停地擦拭着眼睛，从依依惜别转向了歌唱：

> 哥哥你出村口
> 小妹妹我有句话儿留
> 走路走那大路口
> 人马多来解忧愁
> ……

她用细细的嗓子唱起了西部民歌。刹那间，俺老哥把鞭子丢在车上跳下去。一只手牵着笼头绳，另一只手挥向她跟着车跑。马车沿着下坡路很快驶入了山口，透过树林依稀可见高金花的倩影。她的绿头巾飘荡在树梢上，如柳枝在微风中摇曳。虽已看不见高金花，但老大哥依旧望向那边招手奔跑。温都日娜我俩感动地对视了一下。唉，真可怜！一对恋人的心就这样山水相隔，望穿秋月而慨叹或看湖中天鹅而落泪嘛。

"都已看不见了，大哥快上车坐下吧。"温都日娜央求道。

老大哥蓦然回过神来，坐上车他便唱起来：

> 这副灿灿的金手镯呦
> 是请远方的金匠打造的
> 别再伤心地流泪哭泣
> 安康地活着会再相见的
> ……

他眺望远方伤心地唱着。

"大哥别太难过！虽然这次我们几个担惊受怕，但是最终受益匪浅的还是您老大哥嘞。"我开起了玩笑安慰他。温都日娜也笑着说：

"真的，高金花不但人长得漂亮，而且有胆有识。不看看嘛，为了老大哥她不顾一切挺身而出。"温都日娜说得非常对，一种钦佩和感激之情在我心中油然而生。

"唉！再漂亮有什么用呢？她爸坚决不同意我们的婚事，只能默默地爱在心里。她爸决定把她嫁给她表哥。"老大哥耷拉下眼帘忧伤地说。

"你别难过了，要我说呀，干得最有保障的人是老大哥您嘞。"我想安慰他哈哈笑起来。温都日娜看着我愣了一下，似乎知道了我的用意，"哟呵，真的耶。"便捂住嘴仰天大笑。她的鬓发被风吹到脸上黑白分明更加妩媚。老大哥似乎摆脱了忧伤：

"但愿如此！如愿以偿吧。"随我们勉强地笑起来。

不知不觉车已越过细长峡谷来到了十三渡。雪后冰凌消融了许多，亚西里图河蜿蜒流淌。

十七

从博日和回来已过了一个多月。在这期间我们也转遍了东边的十来个大队。博日和的命案调查得如何，对此我们很关心。尤其是坠入痛苦深渊的老大哥拉西。他一来为忘不掉高金花而痛苦，二来为好友田喜来的死而伤悲。英年早逝，他的母亲又不知如何悲恸欲绝，想着这一切老大哥哀叹不已。温都日娜我俩也替他难过，不知如何平复老大哥的悲痛才好。

爷爷奶奶捎信叫他回去，一天老大哥骑上铁青马回了趟家。说好的住一宿就回来，可他住了三宿还不见踪影。我俩担心是否他的爷爷奶奶身体欠安。

旗里有个电影管理站，是管理我们的业务技术、机器设备、电影胶片的。第二天，我为接新片子到旗所在镇，打电话给在旗公安局工作的老同学道力格尔，约他中午一起吃饭。其实想听听博日和的命案。不一会儿，他骑着破自行车丁零当啷飞快地来到。老先生是个黑脸庞、薄嘴唇、细高个身材的青年。善言谈没的说，即便说上一天一夜，他的嘴和下巴也没个累的时候。我问他："干吗呢，最近忙不？"他说："可别说了，去两趟博日和，要说忙啊可谓屁眼儿冒青烟哩。"我俩在一小饭馆拿蓝道道瓷酒壶打了几两酒，点了俩菜喝上几盅。老先生的嘴一热便扯起博日和的命案来。

"你们拉西的那只手套是现场找到的唯一物证。再加上拉西那几天不但反复去过供销社，而且那天晚上没住在宿舍。况且两个遇害人的头部都有打瘪了的钝器伤。只有受过部队专业训练的人才能打成一命呜呼。因此拉西躲不过就是重点嫌疑人。如果不是高金花做证，你们拉西即便有五张嘴也辩护不了自己，知道了吗？"他端起酒杯吱溜一声喝下去。

"我知道他。那重点嫌疑犯找到没有啊？"我盯着他的嘴问。饭馆里没有别的顾客非常安静。

"别急呀，事出有因，怎么回事呢，我好好给你分说事情的原委。"他慢慢地夹了一口菜，还拿出一根香烟点上，从鼻孔轻轻地呼出一缕青烟。我越着急，他越装腔作势。"嗯，那么呢……"他端起酒杯一口闷下开口说：

"田喜来这人呢，父亲早年去世，母亲又改嫁了。田喜来从部队回来后对他的继父不满，就到供销社同王打更的一起住。正好中博日和还有个叫赵连英的游手好闲的人，他是高书记的外甥。"

我接住话茬问：

"是的，我们见过此人，在高书记家见的。怎么，他有事了？"

"这不说着就出来嘛，这赵连英虽说游手好闲是个赌徒，但他可会溜须他的舅舅。没两天就往舅舅家跑，迎合他的兴趣爱好赠送各种礼物而博得老书记的赏识。因此，老书记也动了心，想把女儿高金花许配给他，靠他颐养天年。并且找田主任得到一个指标，拟定让赵连英当供销社职员，正在这时田喜来复员回来了。"道力格尔夹一口菜慢慢地咀嚼，"完了呢……"他说了半句话又要夹菜。我十分着急，让他快讲。他咽下嘴里的菜，又盖了一杯酒，哈口气做出很难为情的样子许久没说话。

"田喜来回来怎么了？"

"你说怎么了？故事就从这里开始。田喜来在旗里和公社供销社有内部人，他上下跑找关系替换掉赵连英，在博日和供销社找到了工作。就这样赵连英丢掉了将要到手的金饭碗。他能不记恨吗？原来赵连英这辈子只有两个梦想。一个是依靠高书记在供销社找到一份工作。在什么都要凭票供应的短缺经济时代，供销社可谓皇仓。而另一个是妄想得到高书记的喜爱，进而得到高书记的独生女而稳坐其遗产。为想得到高金花不分昼夜往她家跑。正要美梦成真之时，你们几个却到了博日和大队。"说完道力格尔看着我微笑。

"你笑什么呢，那怎么了？"

"什么怎么了？你们不知道啊？拉西去了就钩住人家漂亮的姑娘高金花了。原来就相识的二人，很久见了一面就到了难舍难分的程度。这事能躲过在肉食上飞旋的绿头苍蝇似的赵连英吗？对他俩的早约晚会他了如指掌。眼看着他的第二个梦想也成为泡影，到了将恋人和家产一并丢掉的程度，怎不怒火中烧呢？赵连英咬牙切齿，若头还在肩上他一定要报此仇。因此他绞尽脑汁地想，如何实施连环计报了被抢金饭碗和恋人的前后两大仇恨。成事不足败事有余便是赵连英的一大本事。怎么，还想听吗？行了吧，下午我还有事哩。"道力格尔掐灭了烟头看了看表。

"喂，说，说！正在劲头上停下了那还像话吗？我点了馅饼，还没上饭呢。"说完我给他斟满了酒。

"那天晚上赵连英在大队看电影站了一会儿。他从里屋的办公桌上拿起拉西的破手套，悄悄地包在纸里揣进衣兜往供销社走去。田喜来正在宿舍，两人握手开着玩笑坐下。赵连英问：'没去看电影吗？''没有，一个电影反反复复看没啥意思。'田喜来回答。有句谚语说小人得志，那么抢了别人饭碗的人能不勤快吗？田喜来想抹平过去那龃龉事，打开柜子拿出了一瓶酒。什么都凭票供应的年代，供销社是个富庶之地。除了人的眼睛其他东西供销社都有。如果不是被他抢了，这么好的工作岗位应该就是我的……想到这些赵连英的内心翻滚很不是滋味，但他还是不失笑容。田喜来让那个王打更的炒俩菜，仨人喝上了。"听到这里我很吃惊：

"那就那个赵连英作案了呗。可是一人能杀了两个大男人吗？"

"别着急啊，我不说着嘛，三人正喝得欢，大概西院的电影散场了，鸦雀无声。王打更的不胜酒力，在赵连英的极力劝说下喝了十来杯酒脸变得通红，不一会儿枕着酒桌坐着就睡了。田喜来也是不论喝酒还是划拳，从哪点上都不是赵连英的对手。再加上有备而来的人刻意保持清醒，把酒全吐在毛巾上。到了半夜田喜来也耷拉下脑袋。赵连英出去解手顺便观察了一下外面的情况。说一个人影也没看到。他冷笑着走进来觉得他俩的死期已到，他悄悄拿起放在门后边捣茶用的斧头，朝田喜来的头部猛砸去，发出'啊'的一声一命呜呼，旁边王打更的听到声音还没来得及睁眼细看迎面就是一锤。赵连英小时候见到亲戚老爷爷用斧头这样敲击牛头宰杀的情景，觉得非常过瘾。那番绝技今天到了如此作案的程度。他把两人放倒在炕桌的两边，进到店里乱翻乱找，拿上所有的现金、粮票、布票装进包里。把自己用过的碗筷、酒盅等所有留下指纹的器物统统扔进火里。还把拉西的一只手套扔进火里，另一只丢在灶台的角落走掉了。第二天下雪覆盖了脚印。这个故事就是这样。"说完道力格尔端起酒杯一饮而尽。

"讲得真像故事一样哩，你这家伙可以当作家了。那么这案子是怎么破的呢？"我又问他。

"这可是内部秘密。就到此为止吧，上饭！"道力格尔笑着说完，"当"的一声把酒杯放到桌上。

"不想说就算了，其实是什么秘密呀。想必再往下你就不知道了呗。虽然前面不太有趣儿，但是结尾处还是挺有劲的。你这家伙讲故事还真有两下子！好了，好了。不想说就拉倒吧，也不干我的事。"说完我又给他斟满了酒，而他重又开启了话匣子：

"那有啥呢？觉得没听够那我全说给你算了！可千万别给别人说啊！我们上级非常重视此案，派来带警犬的专人了不是。让警犬去闻闻供销社的案发现场，这条警犬边闻边溜到外面去了。它很厉害，循着气味找过去，直接向中博日和跑去。后面的人跟都跟不上。看着它跑到赵连英家朝他不停地吠叫，恨不得咬住他。没等赵连英说话我们的人就把他逮了起来。警犬跑到院子里在树根底下刨挖。往下一挖，便挖出来装在坛子里埋下的现金、粮票、布票等。晚上带走赵连英连夜审讯，他全部招供。破了命案我们的人放了心，把赵连英关在大队让民兵把守，准备第二天带到旗里去。他们高兴地睡去。可是半夜这家伙从后窗户逃掉了。"

"呸！跑掉了？那赶紧让那警犬去追啊！"

"去追了，可是到了十三渡边警犬就寻不到脚印了，到现在还没找到。你们也得注意啊。特别要告诉拉西！坏人啥事还干不出来呢！"道力格尔用大拇指擦了擦嘴角。

十八

我下午回去的时候拉西已经回来了，坐在炕上脸色十分难看。

"老大哥，家里都挺好吧？怎么闷闷不乐了呢？"说完我把背过来的新片子放到桌子上。他没问是啥片子，乐天派的那兴奋劲都没了。我很奇怪。

"哥说媳妇回来的。"他低头坐着眼睛朝下看着说。

"那不是好事吗，还有啥不高兴的呢？那我们也该喝上喜酒了吧！"

"唉！真没办法，是家里老人的意思。他们想趁自己健在时看我成家。为我到快三十还没成家而着急呢不是。"

"非常正确，谁的老人还不那样着急呢！都一样，我们也想快点有个嫂子哩。新嫂子是哪里的何许姑娘啊？"

"哥不愿意也没办法，说很快就要喝定亲酒。是我们一个村的姑娘，人长得有点黑，是个大块头。在博克学校受过几个月训练回来的博克姑娘。不过爱劳动，对养畜在行勤快。要居家过日子那绝对没问题。老人们都八十出头了，饲养几头牛很疲惫。是他们看中的我也没办法。按家人的意思要在今年夏天六月份举行婚礼。"老大哥说完长叹一口气。我也替高金花他俩发愁。他站起来给我倒一杯茶。喝那茶非但不往下走，而是往上顶得咽不下去。世间万事亦如此，哪有那么称心如意之事，我有些怅然，不知说点什么好而焦虑地坐着。有道是，与其给糖吃不如哄开心。心想，不管怎样还是安慰他几句吧：

"老大哥怕啥呀，你是受过部队训练的人。嫂子再五大三粗、力量型摔跤手又怎样呢，最终还不是倒在你的身下嘛。你不但有了老婆，而且还有了为你干活的人，哥你可赚了，高兴才对呀。"

他也有点像随缘般自我安抚道：

"也是的，有什么好坏之区分呢，熄了灯还不都是一样嘛。撑起这个家，善待爷爷奶奶过好日子就行了。那我也能放心地去放电影了。"说着如此绝望的话，俩人同时笑起来。

听见我俩的笑声温都日娜走了进来。她穿了一身灰色上衣和蓝色裤子。那是七十年代崇尚的颜色。脖子上围了一条红纱巾。

"遇到什么好事这么开心呢？"温都日娜笑着问。

我憋住笑：

"嗨！是老大哥定亲了，很快给大家喝定亲酒呢。你说这是不是喜事呀？"

"哟喃！多好的事情啊，那刚才为什么愁眉不展呢？像个亏了本的老板似的。"温都日娜闪动着黑眼睛看老大哥。而老大哥却显出哭笑不得的表情：

"哪里，哪里！要娶媳妇也不是能写在额头上亮明的事。像策德布老兄似的找到心灵手巧的媳妇还行。"说话间透出几分嫉妒。温都日娜的脸立刻红了起来，她话锋一转：

"来什么新片了？"说完去看铁盒子上的标签。看那尴尬局面我立刻掉转话头：

"喂！这不就成了吵架忘了撑一拳的事嘛。可要给你们说一件重要的事情！博日和那命案已破了。是谁呀？你们知道不？"我看着他俩。老大哥瞪大俩眼要看穿似的盯着我。温都日娜放回手里拿的片子走过来。

"田喜来、王打更俩人是被中博日和小队的赵连英所杀。"

他俩听罢惊愕地张大了嘴，面面相觑。

"有何深仇大恨要两条人命呢？"温都日娜说。

我对他俩把今天听到的全盘托出："道力格尔还说了，因为嫌疑人已经跑掉了，所以让大家多加小心呢。怎知道两手沾满了人血的杀人犯会干出啥呢？"我补充说，"尤其让老大哥要注意呢。"

"真的。我们这项工作成年累月奔波在外且夜晚工作，真得引起注意了。除了田喜来他的主要冤家是老大哥您了。您不怕我还怕着呢。"说完温都日娜耸了一下肩。

"喂呀！谁还怕他嘞！那小瘪三，我会把他摔个稀巴烂的。"说完老大哥扭过头去。

"不是那么回事，现在是敌暗我明。对我们在哪里走人家可了如指掌。到啥时候也别忘了他是个杀人犯。"我又重复着说。

正在说话的当口，妇联主任赞丹其木格走进来说："温都日娜！你来一趟我办公室。"她是个扁平鼻子、脸上长黑痘、瓜子脸型、微黑的胖女人。把自己的老公经常叫成"哥"，让我们听起来多少有点怪怪的。因为带上新片子从第二天开始要下乡，所以老大哥我俩收拾东西忙了起来。吃完晚饭时却不见温都日娜的踪影。我非常奇怪。赞丹其木格主任叫去了，出了什么事？我边想边往她的宿舍走去。当我进屋时温都日娜用绿毯子蒙住头，看似忧愁地躺着。下午还好好的一个人，怎么这么快病倒了？我非常奇怪地凑到跟前：

"温都日娜！你怎么了？不吃饭吗？我去给你拿过来吧？"

"我头疼。吃不进去。"我问了几句她才蒙着头微弱地说。

"去看医生不？"我问。

"不去了，我刚吃药了。"说完她也没起来。过了好大一会儿说，"策德布！让我安静地躺一会儿，你走时带一下门。"她请求道。我发愁了。正准备下乡的时候她却病倒了？刚才还好好的，那娘儿们不知说了些什么让她一病不起？我想着这一切轻轻带上了门，悄悄地走出去。

第二天早晨，我正往温都日娜的宿舍走着，她却迎面走过来。只见她哭肿了眼睛，没等我开口，把折了三折的信件悄悄塞进我的口袋里。

那信上写道：

策德布：今夜我失眠了。因为睡不着，所以我起来给亲爱的你写这封信。赞丹其木格主任最近非常关心我，偶尔还叫我到她家吃饭。下午找我谈了很长时间。先是夸赞我鼓励我，接着又说让我向组织靠拢。说公社王登主任非常喜欢我，他说"以后要是来了招干、招工的指标就得考虑温都日娜"。我知道这些都是前言，正怕着她要说什么时她转入了正题。她站起来给我倒杯水后看我半天再坐下："姑娘你真是个万人迷，太漂亮了。现在该考虑婚姻问题了。你也不是不知道王登主任的独生子温都苏。好青年哩。虽然一条腿走路有点跛，那也没关系，什么也影响不到。小时候从墙头上摔下来成了那样。现在在旗组织部上班呢。他爸有能耐且家里富裕，小伙子也挺优秀。如果你俩成家了会幸福地过日子。你一姑娘家为放映奔波在外遭这个罪干吗？不值得。若你愿意我会促成这事的。"她的话对我来说简直就是晴天霹雳，不觉间眼泪打湿了我的眼眶。她说："姑娘你为什么哭呢？这可是喜事啊。"我哭着说："不是的，我已经跟策德布订了婚。"虽然我马上想起来这样说对你不利，但是为时已晚。成了"跑出去的马好抓，说出去的话难追"的事了。她却接着说："那没关系，未办理结婚证之前都来得及。不是说一家养女百家求嘛。这事你得好好考虑。珍惜眼前莫后悔。想好了给姐回个话。"她提醒似的说完从座位上站起来。我一晚上以泪洗面。不过没关系，你走到哪里我会跟到哪里，我会和你永结同心过好一辈子的。爱你的温都日娜。

十九

光阴似箭，日月如梭。我们越过沙漠、山岗，奔波于乡村之间，不知不觉临近农历五月，亚西里图山谷柳枝吐絮，黄绿色的树枝在微风中摇曳。在图拉嘎山阳坡、山坳里开满了粉嘟嘟的山杏花，乍一看，像羔羊般的云朵定格在那里，煞是好看。和煦的春风吹来阵阵花香，沁人心脾。

我们三人这次乘坐铁青马车第二次向着弯弯曲曲的十三渡口驶来。河湾开始泛绿嫩草飘香。陶醉在这番美景的温都日娜坐在车辕上，观赏着山水美景情不自禁地唱起了民歌：

> 铺满嫩绿小草的
> 是明媚家乡的春天哟
> 日思夜想在心里的
> 是梦中情人的爱哟！
> ……

老大哥我俩对于来到此地心情也格外地沉郁。早春的惊愕，恐怖的命案……怎能忘记最近发生的诸多事情呢。

在这里不得不提起来博日和村之前发生的一件事情。

一个星期前，我们三个在巴彦西纳放映回来的第二天。俺老大哥的爷爷奶奶跟女方约好今天要办理结婚证。温都日娜我俩给老大哥做伴在公社门口等她，正值晌午时分，四个骑马人扬尘而来。姑娘身穿绿缎子蒙古袍，脚蹬绣花靴子，浓眉大眼且颧骨微凸，是个结实憨厚之人。老大哥把她接到宿舍，嘘寒问暖给倒了一碗奶茶，坐片刻后带她到秘书办公室。在公社院里消息不胫而走，想看老大哥新媳妇好事的年轻人聚集了许多，捉弄他们要吃喜糖。我们也有备而去，从供销社带一块钱的糖块去算是对了。到秘书那里刚要拿出糖块放到办公桌上时出事了。外面来一位老汉说是找拉西的。"等等，这里有点事正忙着呢。"可他却不让。我跑出去一看，原来是博日和的高书记来了，板着个脸站着呢。

"哟！是高书记呀，您怎么过来了？"

"什么怎么过来？顺路就过来了。从博日和来一趟这里容易吗？拉西在哪儿？"他说。

"拉西有点事出去了，一会儿就回来。您老先去我的宿舍吧。"他不肯。这老爹早不来晚不来就在这节骨眼上过来要干吗？我真奇怪。

"拉西必须要出来，我有话要对他说。"老书记气冲冲吊高嗓门喊。幸亏赶上公社领导下乡，要不真的出丑。聚过来的邮电局、广播站、卫生院的年轻人们都很吃惊，就盯着老汉的嘴要说什么，一副看一场不花钱的戏而后快的架势。温都日娜我俩未能拽住老汉，他径直闯进了秘书办公室。秘书放下案头写的证书焦急地说：

"高书记，您稍等，我这儿正在办理结婚登记证呢。"

"不能给拉西这小子办理结婚登记证。我有话要说。"老书记叫喊着直接凑到拉西跟前。温都日娜我俩协助拉西连拉带拽好不容易把高书记带到宿舍，把门关上。温都日娜跑出去找女方却没找到。在他们来回拉扯时，姑娘大概知道出了事，早已走掉了。那也对，总比待在这里让人看笑话强。

"高书记，您先别生气！有话好好说，这样会让大家笑话的。"老大哥我俩央求道。

"笑话？笑话是这拉西小子惹的。你自己做的事情还不让人去说吗？上次他强奸了我的姑娘。我姑娘已经怀孕了，现在没法见人了。"听完此话我一下子蒙圈了。这该如何是好？这又说了一个媳妇。我赶紧起身给老书记倒水端茶。我说：

"高书记，我看这事……"老书记却抢先说："还有啥我看你看的呢？我要告拉西这小子，我不把这臭小子送进监狱不是我爹的儿子。"这时，俺老大哥像打烂饭碗的小孩子似的六神无主不知所措，直搓着双手站在那里。人要理亏心虚仅也如此。我握住老书记的手：

"高书记，您是个慎思明辨的人，啥道理不知道呢？如果您把这事抬到告状起诉的程度对谁都不好。您说对吗？金花和拉西哥确实有感情。因为您不同意才把这桩婚事闹到今天节外生枝的地步。事已如此，也只能水到渠成撮合成他俩就对了。"

高书记不吱声了。拉西倒一杯热茶端给他，老爷子接过去呷了一口。我看出来这事有点门道。老爷子何尝又不这么想呢，只是先敲打敲打拉西而已。我向前坐过去：

"我看这事这么办可以，我知道老大哥，他是深爱着高金花的。是不是老大哥？"

老大哥有些紧张：

"是的，是的，是这样！我确实真心爱着金花妹妹。策德布老弟知道我的。"说完向高书记弯腰行礼。

我对老大哥说：

"拉西哥，午饭时间到了，我看高书记也饿了，你去食堂打饭来！我们几个中午就一起边唠边吃吧！我们去博日和高书记不也很照顾我们嘛。"说完嘿嘿笑起来。老大哥听了我的话，看了我一眼，脚不着地儿似的向厨房高兴地跑去。想必他为心想事成而高兴吧。不一会儿，温都日娜他俩端来了几个菜外加一瓶白酒。屋内充满过了严冬春意盎然般的气氛。

"很快我们带着新片子去你们那里……借此机会我会给您喝上定亲酒……"俺老大哥红着脸向高书记敬酒……

我们三个来到弯弯曲曲的十三渡口跳下马车。这大山谷广阔又平坦，沐浴着晌午的阳光，亚西里图河穿过森林波光粼粼流向远方。我们三个人蹲坐在河岸上用手捧起清澈见底的河水喝下去，透心儿凉清爽无比。喝完河水解了渴，用衣襟擦了擦嘴，坐上车开始一一渡过十三渡。

二十

越过图拉嘎山细长的山谷来到一片平地，前方隐约可见被一片杨柳树环抱云雾缭绕的博日和村。三人兴奋地喊道："看见了博日和村啦。"拉西哥更是有说有笑，在铁青马头上不停地挥动着皮鞭，使车轮飞快地转动起来。

"老大哥！高金花知道我们过来吗？"温都日娜问道。

"给高书记说过我们一星期后要去的，应该知道！这次来顺便把婚期定了。"老大哥抽打马的当儿合不拢嘴地笑着。我跟老大哥开玩笑："哥您以后可别叫高书记啦，以后就叫'岳父大人'。"说完咯咯地笑起来。三个人如此开心地走着，不觉间车已到了村头。"电影队的来了。"孩子们迎了过来，叽叽喳喳高兴地奔跑在车的两边。因供销社的案子早已破了，人们也不再惧怕我们，恢复了往日的常态。来到大队卸车时，小队负责人高秉等过来帮我们把机器设备搬进屋里，把温都日娜安排在别人家住宿。却没看见高书记过来。温都日娜我俩动手把银幕挂上。老大哥以喂马为由走进马厩，从墙头上伸长脖子张望高书记家。真奇怪哩，像个没人的人家，门窗紧闭，我也纳闷。

"高书记不在家吗？我们有事要见面。"在去吃饭的路上，我逢人便问。村里人面面相觑，高秉接了话茬：

"嗯，高书记最近是不是出差了呀。"非常奇怪的回答。

晚上，还是放两遍《智取威虎山》。西边的两个大队也来了不少人。不免想起第一次来时，田喜来过来同老大哥相拥见面的情景。那天晚上人比较多，高金花笑眯眯地凑到老大哥的身边攀谈着。田喜来真可怜！在茫茫人海中人如一条小虫、一粒沙土不值一提，说没就没。我边蹬脚踏发电机边想这些乱七八糟的事而痛心。演完电影高书记还是没过来，高金花也没来。睡觉之前，老大哥我俩站在那里向他们家瞭望好半天。没有月亮。他们家没有灯光，黑夜里他们的院子漆黑一片。

"真的外出了？究竟遇到什么事了？"

"不知道，好奇怪哩！上次与我们约得好好的能去哪里呢？"我俩嘟囔着。我进屋锁住门悄悄给老大哥说：

"老大哥！我们得留点神睡觉！一个睡觉，另一个醒着点，没准儿赵连英这家伙会来的。要是不注意间跑出来就是好汉也很难抵挡住的，不是说'英雄难躲一发子弹，富翁难逃一场雪灾'嘛。"我找到一铁锹把，还有一根车架横木放到便于拿到的炕角处。老大哥熄灯时用鼻子"哼"了一声：

"不是说找死的老鼠爱挠花猫的屁股嘛，来了更好，我想替田喜来老兄报仇雪恨等了很久，你看着，他大爷怎么收拾他。"不一会儿俺老先生便呼呼打起了呼噜，不知真睡还是假睡。不管怎么说我是睡不着。黑夜里偶或起身向外看一眼。命案犯赵连英肯定钻进了博日和附近的深山老林中。没准他会循着今晚的电影声下山来。也许从某个黑暗的角落像妖魔一样盯着我俩。想必他一定咬牙切齿嫉恨我们，是我们过来让他丧失了幸福，夺走了他的高金花，又让他犯下了罪行。我正胡思乱想坐着时，窗前忽闪过一个黑影，令我毛骨悚然出了一身冷汗。我屏住呼吸仔细向外看，一只大鸟从西屋的屋檐上扑棱着翅膀飞去。无法形容多么惊恐，加快的心跳久久不能平静。

又躺了很久。想试探一下老大哥是否熟睡，便拿起一只鞋子抛向窗户，却扫荡了放在窗前办公桌上的茶杯等物，丁零当啷作响。老大哥"嗨"的一声腾地坐起，迅速从炕角处操起锹把跑过去把守外屋门。我憋不住笑起来："老大哥，别害怕！是我想试探一下你的警惕性嘞。"老大哥走过来重重地给我一拳，上炕躺下。其实老大哥也清醒着呢，"这会儿我俩别睡了，慢慢聊吧。"我说。老先生长叹一口气：

"唉！其实我也没睡，想安抚你装睡打呼噜而已。心里想高金花而难受。想到她面带微笑看着我。她的微笑真好看，犹如百花齐放似的微笑。她的嘴唇那么好看，牙齿整齐又洁白。我从没见过笑得如此灿烂的女人。想起上次回去时站在山梁上唱歌的情景。她现在究竟去哪里了呢？如果听见了我来的消息应该哪儿也不去才是。肯定是有什么突发事情！"看着他如此煎熬的样子，我也难受极了。

"真也是，我问了好几个人高书记去了哪里，他们都面面相觑不说什么，很奇怪。或者用'外出了吧'圆滑地回答，躲开咱们。"我说。俩人聊着聊着快到天亮时才入睡，不觉间太阳已从窗户照射进来，听见温都日娜过来敲门。

二十一

我们在中博日和大队又住了一宿，第三天来到西博日和大队。老大哥这几天连夜失眠，加上心生忧愁脸已憔悴话也不多了。这里的供销社恢复了常态，来了新人顶替田喜来和王打更的。那新职员似有"掌柜的死去腾了地方"的架势，满面春风地忙于做买卖。前来购物的人们断断续续，早已忘掉了过去的职员。

从东边的两个大队没听到有关高金花的一点消息。现在把最终的希望寄托在温都日娜住过的田双喜家。因为温都日娜跟他们比较熟悉，所以估计能听到详细可靠的消息。真是不出所料，温都日娜第二天早晨来的时候带来了有关高书记家的噩耗。因为田双喜的妹妹嫁到东博日和大队，所以对那里的事情了如指掌。

　　原来高金花不知道自己怀了孕。出现身体疲乏、恶心呕吐现象时以为食物相克所致。可是她母亲作为谨慎之人不免怀疑，经过耐心开导询问姑娘便知道了咋回事。她母亲既慌乱又紧张，"这可怎么办呢？你姑娘怀孕了。"告诉了老头事情的原委。本就爱虚荣的高书记认为自己没脸见人而骂起姑娘来，要去状告罪魁祸首拉西。他大发雷霆："要是不把贼小子送进监狱我就不是姓高的。"姑娘关起门抽泣起来。姑娘与父亲之间斡旋的除了他老伴没有别人。老伴十分着急，一边安顿老头子别生气，另一边悄悄提醒老头子只能促成此事而没有别的办法。苦思冥想最稳妥的办法也仅此而已，真的没有别的办法了。然而有多年工作经验的老书记怎会不明白，这事哪有委曲求全拉西让他毕恭毕敬地有求于自己来促成的道理呢？因为这事不能拖，所以他骑上自行车便出去了。可是抽泣着留在家里的金花姑娘只以为她爸是去告状的，却不知道是为了促成此事而去。认为我给你丢了脸，那我彻底给你死掉算了吧。她爬上北山跳崖自尽了。高金花从小娇生惯养着长大，性格偏执、骄横。还有一种说法是命案犯赵连英这家伙趁高书记不在家带他表妹上山将她杀害。不知道究竟哪个是真相。不管怎么说高金花身亡是真的。等高书记回来时已经出事了。一辈子顺顺当当的高书记安葬独生女儿时悲恸欲绝。人世间哪有比白发人送黑发人更为痛苦的事情呢？高书记的老伴儿每当走进女儿的卧室，看到女儿穿戴用过的衣物便痛哭不止茶饭不思。无奈，在外地工作的弟弟为了安抚老两口的心情把他们接到大城市。想必让他们到外面走走散散心。高金花被安葬在十三渡的入口一处杏花盛开的阳坡。值得一提的是已经逮捕了的赵连英怎能又让他跑掉呢？警犬不去追就算了，警察为什么不去找他呢？其中肯定有猫腻。他是高书记的亲外甥。你们知道就行了，别向外乱说什么，我们还得在这里生活呢。田双喜不时从窗户向外看着，向温都日娜悄悄说了这些。

老大哥当听到高金花出事的噩耗时脸色苍白，沉默寡言呆呆地坐在那里，凄然泪下从窗户往外望去。屋内连根针掉在地上都能听得见，空气像冻结了似的，胸口发闷喘不过气来。最终还是老大哥先开了口：

"东西都装好了，我们仨动身吧！走十三渡路过高金花的坟地吧？"他用极其悲痛颤抖的声音说。温都日娜我俩紧随老大哥起身。

马车从村中朝东奔去。我们三人像没了话的人一样谁也不说什么。然而，我们三人却在心里都一样思念着高金花。眼前浮现上次我们离开博日和时，高金花站在山梁上唱着歌挥动着头巾的情景。

现在可怜的她已入土九泉之下离开了人世。

行驶一个来小时，车到十三渡入口处。沿渡口缓缓而上，向东南方向延伸的小山包阳坡上开满了杏花，散发着阵阵芳香。乍一看那绽放的杏花白茫茫一片，细看树与树开的花各色不同，虽然很平凡，但是各有其独特的颜色和香气，有的雪白，有的淡粉，有的却花瓣粉白花蕊粉红，真是难以形容。有的树木从路边的崖缝里奇形怪状弯弯曲曲地生长，彰显它生存在艰难环境下的坚强品格，从而形成别具特色的景致。我们三人移开花枝穿行在树林中间，在一处树稀的缓坡上见有泥土未干的新坟。细看墓志铭，上边清楚地写着"高氏金花女士之墓"。当我们手捧着鲜花肃立在墓前鞠躬之时，老大哥悲痛地哀悼道：

悲哉啊哀哉

哀哉啊悲哉！

在人世间

虽与你相识我的恋人

但终生遗憾未能娶你
尚缺共度此生的缘分
想要兑现对老父的承诺
盼着见你从遥远赶过来
哦，亲爱的你
为何弃我而去啊
唉，多么悲伤
失去了心爱的你
就算活着一条命
还有啥个盼头啊
我的知心爱人
还未来得及过上幸福生活
还未来得及哺育我的孩儿
为了不让我蹲监牢
性格倔强的你
不惜青春韶华
过早地离开了我
真的没有想过
就这样失去你
命中注定的缘分
没想到这么短暂
是我一时的糊涂
成为一生的挫折
我拿什么报答你
对我的一片真情
将一束雪白的花
敬献给亲爱的你
深切地悼你念你

我亲爱的妹妹

安息吧!

老大哥将手捧的鲜花放在坟头上,久久肃立默哀。温都日娜我俩也和他一起向前迈步将手里的鲜花放在坟头,同老大哥一起三鞠躬,两眼早已噙满了泪水。

二十二

从那天起,老大哥成了沉默寡言的哑巴一个。偶尔长长地叹口气看外面呆呆地站着。人们都很奇怪。有的以为他中了邪从后面推他一下;还有的说应该去医院看一看;有人提醒我别让他赶马车了。温都日娜我俩担心他会病倒而跟他开着各种玩笑,可是老大哥怎么也不说话。他进马厩时我俩在后面跟着,听见他跟铁青马说了几句话。铁青马看见他,摇头晃脑地跑过来用鼻子磨蹭,他说:

"怎么了?看你没出息的样子!是不是想吃草料了?"铁青马佯装用嘴掐咬老大哥的衣襟,老大哥拍打它的头说道,"嘿!赖牲口你还掐我哩?"

"草料给多了都踩坏了,给少了还馋得不行,真拿你没办法。"他边说边给马挠痒痒。不管怎样看他说话了,温都日娜我俩也喘了口气。拉西拎上水桶去饮马。铁青马跑在前头甩头晃脑嬉戏跳跃,看见别的马匹就打响鼻。对此,老大哥叹了口气:"牲口亦如此,凡动物都愿意找同伴哪。"嘴里嘟囔着,似乎看到铁青马心里好受些。除了它,见人始终郁郁寡欢。倒也没改变其起早贪黑干活井井有条的习惯。就这样一个不是哑巴的哑巴在人间行走。

在这期间我们的脚踏发电机坏了几次。在发电机和放映机之间有一个连接的软纵轴。这个零件经常出故障给我们添了不少麻烦。在"解放"牌汽车上也有那样的软纵轴，我曾几次到驻军那里找来换上，所以没有耽误放映。这样对付着也不是什么好办法，因此我向旗电影管理站提出申请要一台小型汽油发电机。

当我如此奔忙的时候，赞丹其木格主任也没停下她来回穿梭的脚步。不是经常找温都日娜谈话，就是请她上她家吃饭。温都日娜也嫌烦，见到那主任就逃之夭夭。

一天早晨，召开公社干部大会。王登主任布置完毕公社各方面的工作后，夸了一番我们电影队的工作。给戴完了高帽子之后公布道：

"旗里给电影队一台 FD12 型发电机，因此在电影队用不着三个人了。策德布同志呢，他们大队几次找我让他去当合作医疗会计。经我们研究决定让他回原大队。电影队由温都日娜负责。"他说得如此娓娓动听，在我听来不但觉得可笑，而且我早料到会有如此结局，因此我并不觉得多么突然。人都散去后会议室里就留下老大哥我们三人。温都日娜扭过头去擦眼泪。我久久地看着她，漂亮的人笑也美哭也美啊。

查干戈壁迎来仲夏的炎热。山野一片翠绿，马儿聚集在湖心当中甩尾纳凉。人们也已换上了夏装。都说养育的故土贵如金子。看着大队的几头牛，拿根木棍去放牛那何尝不行呢？一边心想我家祖祖辈辈是牧民，一边用手去掏怀里为装饰马鞍而定做的银锭还在不在。我用木棍支背起包袱朝着家乡的方向走去。向东走了很远回头望，隐隐约约看见拉西、温都日娜两人还站在小山包上。

原载《花的原野》2019 年第 1 期

译于 2022 年

遥寄上天

特·布和毕力格 著

苏布道 译

特·布和毕力格

本名布和必力格，科尔沁人，1965年出生。现在兴安盟科右中旗一中任教，内蒙古作协会员，中国少数民族作协会员，中国作协会员。出版作品《天地男人》《风暴中的天魂》《北方的狼群》等九部。曾获内蒙古自治区文学创作"索龙嘎"奖两次，内蒙古自治区精神文明建设"五个一工程"奖以及"孛儿只斤"奖等。

苏布道

本名李苏布道，蒙古族，中国作家协会会员。现任内蒙古翻译家协会副主席兼秘书长。散文《苦苦思念的母亲》等见于《今日社会》《金钥匙》等报刊。翻译作品《怀抱太阳》等入选"优秀蒙古文文学作品翻译出版工程""中国当代文学作品选粹"。出版有蒙译汉诗集《大水之声》、汉译蒙漫画集《后西游记》。中篇小说《怀抱太阳》获第十三届内蒙古自治区文学创作"索龙嘎"奖翻译奖。

一

老天爷：

我已经死掉了，现在却要提起笔来给您写信。我不能再给您供奉香烛美酒了，只能对您倾诉我的坎坷一生，对此我并不犹豫。因为您是慈祥的神，将博爱洒满了这个多彩的世界的神！

我是父母的孩子，先是在父亲的身体里左冲右撞，后来到了母亲的身体里，再后来就来到了这个世界。母亲在自己的子宫里养育了我十个月，足月后，就把我交给了人世。来的时候，世间所有的东西都是幸福的，从内心到每个感觉器官，我都分明地体验到了。

老天，您是父亲；大地，您是母亲；还有我那犹豫的生母与和睦的生活啊！

我的家乡坐落在广袤的大草原，那里是天的尽头，凉风习习历史厚重。对我来说，这里就是世界上最美好的地方，她安全、和谐、宁静。

蓝蓝的天、柔柔的云、绿绿的草、白白的羊，这就是毕其格图草原的风貌，它就像是从羊群和白云之间的缝隙里流淌出来的河流，奔涌着，一直到天的尽头。红得像滴血一样的萨日朗，哈达一样青色的飞燕草，纯黄的金沸草，还有牛奶一样洁白的打碗花肆意地盛开着，不知不觉之间让你心旷神怡、诗兴大发。骑在马背上的父亲舒舒服服地打了个哈欠，看见远去的羊群像打碗花一样渐渐变小，他催马前行，准备把羊群赶回来。在去赶羊之前，父亲把一只刚抓到的蝴蝶放在我手心里，对我说："你在这里捧着蝴蝶等我，等我快回来的时候就把它放了吧。毕竟也是一条命啊！"

父亲又发烧了。他有严重的肺结核，身体稍微劳累一些就会发烧。母亲流泪了，叔叔们也跟着哭泣，村里人也都哭泣。看情形，这次的发烧比任何时候都要严重。刚满七岁的我面对这样的场面，还不能确定自己到底是该哭还是不该哭。正当我不知所措，转而学着大人抽泣的时候，母亲走过来对我说："你还是出去玩吧。"母亲的泪水滴落在我的光头上，我感觉到了那份滚烫的感情……

躺在炕上的父亲大喊着："与其这样受罪，还不如死了舒坦。"某一个乡邻善解人意地劝："可别这么说，大夫说了，很快就会退烧，那时候就舒服了，人家说了，你的脚也会消肿的，这样多好。"话是这样说，可他的眼泪还兀自流着。达巴拉干叔叔的泪水，一滴一滴地落在父亲消瘦的脸庞上。母亲哭着，将毛巾泡在温水里，拧干，准备放到父亲的额头上给他降温，然而泪水将拧干的毛巾再次打湿，却怎么也拧不完。特别是妹妹们，她们蜷坐在火炕的西北角，手足无措地看着父亲，再看看自己。我刚刚坐到她们中间，达巴拉干叔叔就像看见救星似的喊："博来了，这回有救啦！"

伴随我家那扇支离破碎的木门吱吱呀呀的哭泣声，一位蓄起花白胡子的古稀老头低着头从门框下面钻了进来。老人用手试探了一下父亲额头的温度，搓了一下耳垂，用右手大拇指的指甲掐了父亲的人中，然后说："还不晚。"他这才将背包从肩上卸下来放到旁边，开始从里面掏医药用具。这个时候，一只脚已经踏进鬼门关的父亲不知哪来的力气，咬着牙，哼哼着挺起小肚子，把全身的力量集中到胸部，抬起了脑袋，伴随着母亲恰到好处的一扶，竟然奇迹般地坐了起来。坐是坐了，可头晕得厉害，感觉整个房子都在旋转。我们也在转，站在父亲身旁的乡邻们也都站起身来忙活着。咳嗽，剧烈的咳嗽。浓痰几乎堵塞了气管，还是咳嗽。父亲的肩膀，甚至于全身的每个部位都在剧烈地颤抖，吐出的浓痰里面依稀展现着暗黑的血丝，父亲的眼睛瞬间失去了光泽。母亲上前抚摸着父亲的胸口，如同在抚摸父亲的生命。达巴拉干叔叔端过来温水，我看见他的泪水不停地滴在双手捧着的脸盆里。

父亲缓慢地睁开了毫无光泽的眼睛，使尽全身的力气平复了剧烈起伏的呼吸，他的这个状态，使我感到害怕。父亲低声而决绝地跟来人说："博师傅，把我送到有太阳的天空去吧！我是时候该赎罪了，因果报应该当如此啊。"说完话，父亲再次闭上眼睛躺下，他的心里想着：这个博师傅的一生也是坎坷至极啊！用了博术救活了我，那意味着他家里又将失去一口子了，五个孩子已经失去四个了！都是硬汉子啊，可惜了。我呢，也算是见识过人生的酸甜苦辣了，已经黄土埋半截了怎么还好意思把毫不相干的年轻生命往火坑里推呢。

父亲的眼睛闭着，里面流出了水晶一样的泪水。博师傅怔怔地看着父亲，仿佛在看着一个毫不认识的人，仿佛在看着一个外星人。过了一会儿，博师傅眼睛里蓄着泪水，哽咽地开了口："孩子啊，你是理解我的，我就是个命硬的人，像折不弯的弓和箭。我研究了一辈子博术，还没有见过像你这样善良、纯洁的汉子，真是一方水土养一方人啊。"他弯腰俯在父亲身旁，亲吻了父亲胡子拉碴的脸庞，又从药袋子里小心翼翼地拿出了三粒药丸整齐地摆放在枕头边上。博师傅收拾了东西，让徒弟们拿着，领着他们走了。过了一会儿，父亲也安详地去了。我的眼睛看见，父亲的表情是那么地安详、那么地和谐、那么地舒缓。如果不是母亲和叔叔们还有乡亲们失声痛哭，我一直都会认为父亲是睡着了。

在叔叔的热炕头上梦周公的时候，哥哥跑过来拉醒了我。我睡得正香，十分不情愿起床，就在那里磨起了洋工。哥哥生气了，我实在没办法，于是起身，穿上母亲亲手缝制的那件蓝色外褂。

"这么早，你叫醒我到底要干吗？"

"别说话了行不，悄悄跟我走！"

我对哥哥有着天生的惧怕，只能乖乖地滑下炕跟着他走出去，但心里还是存了不满。这黑咕隆咚的把我叫起来，我想肯定出了什么事，伴随着自己的胡思乱想，心里不免害怕，我感觉到汗毛都立了起来。果然，等我们到家的时候，看见有一群人正在从窗户往外抬一口棺材。棺椁上盖了毯子，所以看不出棺材的颜色。顺着棺材周围的人向后望去，就见用高粱秸秆扎成的篱笆将那扇窗户围成了一个半圆。这个时候，母亲、叔叔们，还有舅舅家的孩子们开始在院子里大声哭泣。见此情况，我也学着他们跪在地上，跟着大声地哭开来。

洛瑞老爹驾着村里的马车，拉着父亲的棺材出院了。马车锈蚀的轴承吱吱咕咕地叫着，顺着沙地、沟壑艰难地前行。哥哥站在马车上，泪眼婆娑地举着系了白布条的一棵小柳树。远远的有一只鸟儿阴魂不散似的跟着我们的马车，鸟喙里不时地发出类似呜咽的声音，两只翅膀还飕飕地扇着风，这情形吓得我紧紧抱住哥哥的腰在那里兀自瑟瑟发抖。我还想起村里的老人们喝着稀泥一样的浓茶，吸着自己卷的粗烟卷儿，悠闲地吐出一口一口的烟雾，然后煞有介事地谈论妖魔鬼怪的情形，他们说每个人都有灵魂，而且每个人的灵魂都各不相同，有的是红嘴巴的大白狗，有的是缸口粗的大蟒蛇，有的是鬃毛冲天的烈马……我猜测父亲的魂儿该不会就是那只鸟儿吧，肯定是父亲不舍自己劳碌一生、疾病缠身的这个尸身，这才化作一只鸟儿跟着的了。紧接着，我又担心起来，父亲的魂儿就这么跟着我们，该怎么去天堂呢？

父亲去世以后哥哥不得已辍学了，是他自己主动要求的，那一天他没有去学校，只是看着母亲和自己的书包，泪汪汪地就那么站着。那天是我独自一人去的学校。

哥哥举着的白布条上斜斜扭扭地写着几个字，我后来才明白，这些字就是"唵、嘛、呢、叭、咪、吽"六字真言。村里的人们悄无声息地跟着我们的马车，而最为伤心的母亲和姐姐们只能哭着，留在院子里。我们这里的风俗是不允许女人到坟墓上去的。我还记得当时母亲因为伤心过度晕倒之前在嘴里哼着的那一首歌：

飞鸽的翅膀成双对
地狱的门啊，只一个
你要是过了奈何桥哟
记得跪求我们的七世前缘

雄鹰的翅膀成双对
地狱的门啊，只一个
你要是过了奈何桥哟
记得跪求我们的九世前缘
……

黎明前的黑夜漆黑一片。我从车上向后望去，只见村里的人们嘴里吸的烟卷在黑暗里一明一暗的，跟我们前院的朝鲁老爹爹所说的鬼火极为相似。我害怕极了，硬生生往哥哥怀里钻。哥哥紧紧地抱着我的时候，我的脸颊分明感觉到了他那滚烫的泪水滴落下来。

我们下车了，大叔叔和村里其他几个青壮年在那里等着我们，他们也都是毫无言语。见我们到了，几个人稍微絮叨了一下，就把准备好的绳索绕在父亲的棺材上，缓缓地放入挖好的深坑里。这个时候，其他人在小声地说着位置对不对、长明灯是不是还在燃烧、棺材是不是完好无损、金秋去世的人会对子孙后代有特别的庇护等话题。接下来，开始进行埋土仪式，填土的过程中，哥哥听从长辈们的安排，将手里握着的已经栽进土里的那棵小树依次往上提了三下。干活的时候总是不容易发觉时间的流逝，我感觉只过了一小会儿，一座崭新的坟包如同莲花度母手里的寿包似的凭空耸立起来。叔叔说："五谷之籽在哪？"另一个人伸出手去，叔叔从他手里拿起来，撒在坟包上，嘴里轻诵着某种用语。仪式进行到最后，在太阳即将升起之前，大伙儿将早已备好的各类秸秆、枯木集中起来，点上了火。站在西侧的我望着这堆火，感觉真像太阳掉落到了这里一般。火堆里，人们敬献着饼干、白酒、水果等祭品，之后大家纷纷跪下来，我也跟着下了跪。耳朵里听着人们悲戚的哭声，我的鼻尖也是一酸，心里莫名地升腾出一种想哭的冲动，但我清晰地记得，当时并没有哭出来。

回去以后，依照风俗我拿着酒和吃食给村里的达木林老人送去，他因为身体原因没能参加父亲的葬礼。达木林爷爷眼里流着泪，对我说了一番祝福的话："你父亲是一个汉子！真正的汉子！树木长大了自然会分枝分权，人都会有一死的，谁也逃不过。好人会有好报的，将来你父亲一定会投胎于一个好人家。"说完之后，又在我的碗里装满了黄豆，这才让我回去。

老天啊！我想当时那个场景您老肯定没有跟我站在一起，任由黑暗将无助的我重重包围。也许您老就在那里，但只是在那里冷眼看着我挣扎，没有任何帮助。几天之后不见了父亲，我跟母亲大闹了一场，我拽着母亲的衣角让她要我的父亲回来，您老人家还是没有拿正眼哪怕瞧我就那么一下。博爱、慈祥的您老人家并没有保佑可怜的我和善良的我的母亲，不是吗？

请您原谅我的冒失，当时我真是对您失去了希望，甚至还想破口大骂的。

好了，我的内心现在混乱不已，加上身体也劳累不堪，就此搁笔吧！

二

老天爷：

您还好吗？给您请早安了。我对您充满了敬畏，我的老天。我历经人生风雨的磨炼，克服千难万阻终于长大成人，这都是您的庇佑啊！

……我的哥哥辍学以后承担起小队里每天去野地里放牧的任务。那时候放牧的人都是早出晚归，中午是不能回家吃饭的，都是在野外解决自己的午餐。有一天哥哥到家里带饭的时候，跟我约好周六那天在村子西头的大杨树下见面，我自然是兴奋不已，满口答应到时候一定让母亲做点好吃的，哥俩一起野餐。哥哥也是高兴得很，还在我的额头吻了一下，然后吹着口哨走了。

约定的日子很快就到了。那天早上我迫不及待地将母亲准备好的玉米面干粮、糠面团、葱、酱等食物装在书包里，又跑到菜地里摘了些黄瓜、辣椒、蒜等蔬菜，急匆匆就出发了。

我舍不得自己的鞋子在野地里变脏，索性就脱下鞋子拎着，光着脚丫跑了过去。村里的小桥底下有着潺潺的流水，水里游着细小的鱼虾，不过我没有心情观赏这些美景，心里只想着跟哥哥见面的事。我跑得越发快了，书包里的粮食有节奏地拍打着我的屁股，使我的身体失去了平衡继而摇晃起来。顺着新雨的泥泞，我看见哥哥的马群正在向那棵大杨树方向靠近。我可不想迟到，所以干脆离开了主路下到野草丛生的荒地里跑起来。火热的太阳仿佛要把我晒出油来，我那顶五毛钱买来的绿军帽也已经湿透了。

我边跑边想着母亲"不要离开主路，路边的野草丛中可是有饥饿的大蛇"的嘱咐。这个时候草丛里忽然噗的一声，有一只不知名的东西嘎嘎叫着飞上了天，我被这个突如其来的状况吓破了胆，甚至想到了大蛇受了惊吓会长出翅膀飞走的老话。过了一会儿，并没有什么可怕的事情发生，眼前反而出现了五颗清亮而泛白的鸟蛋，它们静静地躺在草窝里，一动不动。这种蛋我再熟悉不过了，哥哥曾经给我吃过，这是一种野鸭的蛋。我小心翼翼地将五颗鸭蛋捡起来放到帽子里，继续赶路。

我是和哥哥同时到达约定好的那棵大杨树底下的。哥哥微笑着，问我在路上有没有害怕。我没有提吓破胆的事，硬着头皮说："都二年级的学生了，还怕个什么呀？"

"弟弟，你这回真长大了，成了一个汉子喽。"哥哥说着又在我的额头上使劲地吻了一下，然后伸出手接过我的饭食、鸭蛋。

见到还有鸭蛋，哥哥拉下脸来，说："你为啥要把鸭蛋捡过来！"

我心里委屈极了。

"以后再见到这东西千万不要捡了，明白没？这也是有生命的东西呀。"过了一会儿，哥哥叹了口气，又说，"这种野鸭子对自己的蛋是非常在意的，但也有例外，比如蛋被人或其他动物看见或者有其他动物的影子覆盖过，那么野鸭就会毫不犹豫地遗弃它，野鸭也是有思想的，它们肯定觉得自己的蛋被鬼怪缠上了。你的影子已经覆盖过这几颗蛋了，即便我们给拿回去鸭子也不会要了，与其让臭鼬捡了便宜，还不如我们吃掉它呢。"

哥哥绕着这棵大杨树做起了日常的礼拜：先是顺时针转了三圈，然后把没有开吃的干粮和蔬菜拿出一些做献礼，嘴里还说着："保佑风调雨顺！保佑作物高产！保佑粮食丰收！保佑无病无灾！"

一套礼节完成了，哥哥拿起水兜跟我说："我去打点水过来，你待着。"

"哥，你为啥向长在荒郊野外的这棵杨树做献礼呀？是因为这树长得好看、枝繁叶茂？还是有其他原因？"我按捺不住自己的好奇心，这样问哥哥。

"村里的老人经常说，杨树的根往往连通着水好、清亮、无污染的水井，这样的水井里可是住着神仙的，到了晚上井里面会发出五彩的虹，这样的地方，在某一天不经意间就会长出一棵小杨树呢。向这样的杨树跪拜，敬献自己的吃食，以后不会干旱，庄稼不会有虫灾，牲畜也不会得病，总之是非常灵验的。"哥哥意味深长地说。

我接过哥哥的水兜，说："哥，我去打水吧，你待着。"

哥哥说："几天没来这里了，水井里可能生了小虫子，如果有虫子的话，记得用帽子过滤一下，不然喝了这水可要肚子疼的。你去吧，我先生火。"

我蹦蹦跳跳地跑到井边，发现井水里果然有很多不分头尾的小虫在蠕动，这些虫子灵活得很，嗖嗖地游着，一会儿漂上来，一会儿又沉入水底。我好奇地仔细研究了一会儿，然后才拿下帽子装水再往水兜里过滤。我把水灌满回到杨树底下的时候，哥哥已经生了火，幽蓝的火苗欢快地跳动着。哥哥倒水、架壶、烧水。我也没有闲着，赶紧拿起哥哥捡来的野菜、野果择干净，放在铺好的麻袋上。哥哥端坐在食物旁边倒水沏茶，然后跟我说："咱俩吃午饭喽。"这个动作在我看来，真是像极了当年的父亲。

我跟哥哥在一起，实在不愿意回家。但是哥哥不让，催促我快点回去。直到哥哥赶着牲畜转场的时候，我才极不情愿地往家的方向走。哥哥一边套着马鞍子，一边语重心长地对我说："你一定要抓紧回去，不能在路上玩，妈会担心的。"我答应着离开了哥哥。

跟哥哥分手以后，我又跑到井边，拿帽子过滤井水，然后喝了个半饱。帽子里滴落的水，流进眼睛和鼻子，呛得我异常难受。这些经历，到现在还是历历在目，宛如昨日一般。

老天爷，您总是喜欢拿我这个乳臭未干的庶民之子开玩笑，同样的玩笑，对猫咪来说是玩笑，可对老鼠来说那就是死亡啊。或许您老是故意的吧？我还是别说废话了，说说我当时的情况吧。我本来是想跟着哥哥在野地里玩上一整天才回家的，因为有旱獭的诱惑。但母亲在家里焦急地等待，我不得不回去。忽然想到哥哥逮的旱獭还在书包里，我的所有郁闷都跑到九霄云外去了，把它拿出来玩耍一番的想法完全占据了我的大脑。因为旱獭的尾巴上有哥哥早就拴好的绳子，不怕它跑掉，于是我放心大胆地打开书包的袋子，当我的手伸进去的时候，受惊的旱獭慌乱之间咬了一下我的指头。我的身体嗖的一下像过了电一样，吓得赶紧把包扔了出去。那旱獭从书包里伸出圆溜溜的脑袋，瞪着小眼睛、支棱着小胡子，朝着荒野没命地跑去。我愣了一下，赶紧用衣袖擦一擦汗，也跟着追了出去。流着汗的我在漫天的尘土里跑来跑去，不一会儿就成了泥人，可旱獭还是没有被我逮到。那旱獭的尾巴上有哥哥拴住的绳子，所以行动变得不是那么的灵敏，但还不至于被我轻而易举地拿下。可气的是，它每跑一阵，与我拉开距离之后，还要站在那里看我一眼，那神情仿佛在说，有种的话过来抓我呀，看你那个废物样，连个小东西都抓不到；又好像是在祈祷千万不要抓我，我也是有生命、有家有业、上有老下有小的啊。

我在嘴里小声地嘟囔："小旱獭呀，你不要跑啊，我把你抱回家会好好伺候你的，玩几天就会把你放回去的，求你了！别跑好吗？"

一边说，一边悄悄地摸过去想逮住它，可还是被它溜掉了，这个不懂人话的畜生。跑一会儿，它又开始重复刚才的表演。这样试了几次，我的倔脾气终于被它激发出来。我大喊着："打死你这个畜生！"就准备找东西打它，可是荒地里除了土其他什么也没有。屋漏偏逢连夜雨，就在我来回跑动的时候，我的脚不小心踩到了野蒿茬子上，蒿子茬深深地扎进了我的脚底，我狠命地哭了起来，那旱獭也早就不知所终了。一边哭着，我一边用村里的土方子在伤口处压了些红土，又在上面撒了一点尿，由于跑动过程中出了不少汗，我的尿少得可怜，使劲挤了很久才挤出那么一两滴。不知道是什么原因，我的身子不由自主地颤抖起来。书包和母亲亲手为我缝制的布鞋早就不知道扔哪去了。母亲为了给我缝制布鞋，手指头不知被针尖扎了多少次啊！而现在我却把它给丢了，为了追一个破旱獭。这样回家去，母亲不被气死才怪，况且后天我还要上学，我穿什么去上学？唉，这荒郊野岭的，我该去哪里找鞋找书包啊？漫无目的地找了很久，终究还是失败了，这不是大海捞针吗？

天也渐渐地暗了下来，孤独无助的我又怕又急，肚子也不合时宜地打起了退堂鼓。

我啪的一声坐到了地上，肚子再次不争气地咕咕叫起来，水里的虫子仿佛在肚子里蠕动。我只能蹲在那里把肚子里的东西排泄出来，两次排泄过后仅有的力气也用完了，膝盖已经不听使唤。在太阳落山之前我必须得赶回家去，母亲在家里等着我，她老人家着急上火的话就会犯头痛的病，父亲走了以后尤其如此。想到这里，我挣扎着站了起来。

眼晕目眩，天地在我眼前失去了根基，我顺势倒了下去……不行，我必须得走，天黑了恐惧会吃了我。这地方诡异得很，据说鬼火起来以后会将你勾引到恶鬼家里，还说无头的恶鬼会跟你交谈，领着孩子的花狸子会从你身边窸窸窣窣地经过，还有野孩子突然蹿出来拿住你的脚后跟……白色的狗伸出红红的鼻尖骑在毛驴子身上唱着歌儿……路边还会有一个野老头背过身去坐着，抽着烟在那里长吁短叹，当你走到跟前时，他就会扑棱棱地飞走……一群一群的人会像雪花一样飘到你的眼前，手铐脚镣叮当作响，那瘆人的哭声更加恐怖，会把你吓到汗毛直立……

想到这些，我的汗毛真的直立起来，像海浪一样在皮肤上此起彼伏。我爬了起来，向着家的方向，向着母亲的方向爬过去。太阳看了看我，摇着头跑掉了，大山在等着她。黑暗终于慢慢地将我吞噬，我想起了父亲，一个铁骨铮铮的猎人，他在野外行走从来就是枪不离身，那是一把传说里的洋枪，有着黑漆漆的枪管。有一次父亲坐在炕上喝着小酒给我讲他的趣事，他在野外放牧时看见了一只兔子。兔子在飞速地奔跑，父亲抬手就是一枪，枪火奔涌着，奔向了兔子的腋窝。中枪的兔子就地翻滚着，爬起来，跑掉了。人们有一种说法，猎物死掉了那就是碗里的美味，跑掉了呢，自然就会勾起你继续追杀的欲望。父亲扔下枪，飞速地向兔子逃跑的方向追了过去。一人一兔就这样上演了一出追逐戏，父亲跑兔子也跑，父亲停下兔子也停下，停下来的兔子两条腿立在那里，舔着伤口向父亲示威。父亲最后终于筋疲力尽了，他爬行起来，还是想抓住这只眼看到手的兔子；兔子也累了，拖着两条腿还在挣扎着前行。人和兔子僵持着，兔子睁大了眼睛，鼻子耸立着，就在前面不远处，好像一伸手就能抓到，但就是那段距离横亘在两个活物之间，不可逾越。

我的后面传来沙沙声，好像有什么东西在拖地爬行，又像是在匍匐着向我逼近。没来由的惧怕占据了我的内心，我怕了，心跳得厉害。浑身的汗毛再次竖立起来，像梳子梳过一样。到底是什么东西发现了又累又饿的我？不会是大蛇饿晕了，又恰好发现了我吧？应该不会，即使是大蛇，毕竟饿晕了，应该追不上我的。难道是千年的臭鼬？也不会的，如果是，它早用那对锋利的爪子将我蚕食掉了，连个骨头渣都不会剩下来。那到底是什么呢？还这么有耐心地只是跟着，却不下手，简直跟野狼一样有耐心。我咬了咬牙，年少的人牙齿还没有足够的硬度，没有跟传说中汉子的牙一样咬起来铮铮作响。牙齿虽然没有响，但我下定了决心是肯定的。

大人常说的"打狼计划"此时恰如其分地钻入我的脑海，决定进行持久战的我鼓起浑身的勇气，捋了捋凌乱不堪的头发，做好了出发的准备，然后趴着摘了些野菜囫囵地吞下去，向着家和母亲的方向全力地爬了过去。

每个人的思想世界里面都孕育着希望，它是远之又远而又近之又近的一处桃源，它会随着一个人生活态度的积极变化和学识的增加而变得越发富饶美丽，并且会离你愈来愈近。对于当时失去了希望的我来说，这桃源其实已经变得枯萎败落，是逐渐离我而去的，这些体验我是后来才知道。老天爷呀，人总是这样，等他真正体会到了生活的真谛，也就离死去不远了。

我吃了路边的酸草，还有苦菜硬邦邦的叶子，夜还是在流逝，我还是在爬着，脚掌上的血还是在流着……等清醒过来的时候，我已经躺在家里温暖的火炕上，额头上盖着刚刚在热水里浸泡过的毛巾，还有母亲亲切而又充满力量的呼唤声："孩子别怕，妈妈在、妈妈在！"我的灵魂真的回到了身体里，我再次体验到母亲的泪水滴落在脸上那种滚烫的感觉……

老天爷，我应该感谢您，应该虔诚地向您跪拜的！您给我带来了无尽的痛苦，但也让我沐浴在了幸福的海洋，您是慈祥的母亲啊！老天爷。

这个时候了，怎么还有人来敲我的门？好了，先到此为止吧，下次再说。

三

老天爷：

请原谅我的莽撞，说实话，现在我还没有勇气给您老写这封信。因为您博大宽广的胸怀和慈爱，我决定继续写下去了，所有的错误和茫然，我都应该如实地向您倾诉。

十三岁的时候，我进入了初中。入学给我带来莫大的兴奋和激动，我甚至几乎忘记了自己姓什么了，我想把这份喜悦和激动告诉见过的每一个人。当时确实是兴奋过头，甚至已经开始幻想崭新的散发着油漆香味的桌椅了。

俗话说，希望越大失望也会越大，等我到了学校才发现理想与现实之间有着多大的距离，当时映入眼帘的是破落衰败的校舍，裂缝的墙体和东倒西歪的烟囱，修补的玻璃，没有玻璃的窗户上塞着塑料。教室里的桌椅几乎散架，就算是这样也不能达到每人一套，我们被要求三个人坐一套桌椅。这种状态，这种失望至极的状态，简直可以用一盆凉水浇灭火热的心来形容，我的心从那时候起真的渐渐熄灭了。

学校在我们村东侧的诺木图村。开学以后，我们村里的几个孩子就开始了马不停蹄地赶路、上课、再赶路的日子。我们中午从家里带饭，这样的距离和时间根本不可能允许回家吃饭。大家带的饭无非就是米糠团子、玉米窝头等吃食，能带炒米去学校的人几乎是没有的。

有一年春天，我们那里刮起了沙尘暴，天地黑乎乎一片。我本来就不愿意去学校，又加上沙尘暴的肆虐，就索性做了一个不去学校的决定，鬼使神差地叫上同村的呼和，两个人就开始了在风暴中的游荡。

老天爷，您有的时候根本就不在我们身边，即使在我们身边也不会保佑、照料我们，或者说您永远不会跟穷困潦倒的人站在一起，至于为什么要这样，我是不可能清楚知道的。荒漠里的我们到底是怎么了？我们祖祖辈辈都住在这里，虽然不怎么吃斋念佛，可我们受过的苦一点也不少啊。

沙尘暴在我的家乡是常客，刮起来天地一色，那感觉简直可怕。猩红色的沙尘遮天蔽日地到来，我们全村的人都会迷失在里面。"沙尘暴"这个名字，也是后来的某一天专家们灵光闪现以后发明的，这以前的沙尘暴没有名字，却依然肆虐了许多年。

那天血红的太阳不见了，想必是在沙尘的外面抚慰着自己滴血的心脏吧。世界像屎壳郎一样漆黑一片，也像一缕漆黑的灵魂一样不着边际。这沙暴简直就是把地球抱起来装进乾坤袋里面的地狱使者，令人恐惧，叫人无奈。我的眼睛看不见自己，心脏在哪里我自己也不知道，前脚刚抬起来脚印就消失于无形。比我小一些的呼和跟在后面，紧张地喊："哥，你在哪里？"可是这声音刚刚到我的耳朵旁边就被风暴吹跑了，我只能转身拉住他的手，两个人艰难地前行。我们俩跌跌撞撞地走着，终于发现了一座破败的小屋子。

我们走到屋子里，开始往外吐溜进嘴里的沙子，血一样猩红的泥浆不停地从我们嘴里出来。外面的风还在肆虐，沙子还在飞，树枝也开始断裂，无根的蒿草满世界飘荡着。

"哥，这该不会是世界末日吧？"呼和怯生生地问我。

"世界末日早就到来了。"我没好气地说。

"那我们俩是死掉了吗？"

"我们早就死了。"

呼和弟弟哭了，很伤心。我也哭了。

我们所说的话，除了沙尘暴以外什么东西也不可能听见，老天爷您也许听见了，但一定是装没听见就那么过去了。

我们还在继续哭着，闹着。我们的泪水流过罩满泥土的脸颊，那印迹就像一条条黑色虫子的尸体贴在了脸上。我们柔弱的内心就这样被沙暴无情地蹂躏、强暴、埋没。

担心这个破屋子会被风吹塌的我紧张地对呼和弟弟说："我俩还是换个地方吧。"可是我也想不出还能有什么地方能避开这该死的沙暴，无奈的两个人只能闭起眼睛，躺在地上。

"东面的那一排柳树如果还在，肯定不会起这么大的风暴。"呼和不容置疑地下定论。

"还不是你那当村长的爸爸，硬命令我爸把那些防护都砍掉了？"我没好气。

"什么味啊？"呼和又说。

他的脚下，有一条腐烂的狗的尸体，正在散发着令人作呕的气味。

"你爸爸杀光了村里的狗，把狗的尸体都埋在这里了，我是听村里人说的。"我回答他。

我的肚子不合时宜地叫起来，这叫声非常无奈地在沙暴里挣扎。呼和的肚子也叫了起来，那叫声也是非常无奈地在沙暴里挣扎。肚子的抗议声夹杂了沙暴的肆虐声，太像亡灵的歌唱了，恐怖得令人打冷战。

"住在敖包的博在的话，肯定能降住这个魔鬼。"我这样说，我的话像一个个大铁球一样，掷地有声。

"他老人家在的话，他怎么降这个恶魔？"呼和揉了揉眼睛，问我。眼里的泥土被他揉到手指上，黑乎乎的像一只苍蝇。他的眼睛也像发了炎症一样生疼。

"博爷爷在的话——"我拉长了话音，接着说，"博爷爷在的话，那当然是穿上他的铠甲，擂起他的神鼓，站在风暴的中心，飞速地转到比风暴还快的速度，这样就可以了呀。"

我想看看呼和的反应，偷偷地看着他的神色。

呼和似信非信地眨了眨麻雀眼一样的小眼睛，过了很长一会儿，终于说："这个，如果沙暴不能被他降住，该怎么办？"

他眼巴巴地看着我，眼里发出的希望之光像风中的火烛一样飘摇着，又像一个老和尚的叹息一样苟延残喘。

"沙暴不能被降住的话嘛——"我特意拉长了口音，然后颇有深意地跟他说，"如果沙暴还不能被降住，那博爷爷就去那棵大杨树底下祭起口诀，这个时候就会有一匹纯黑的骏马闪着金光从太阳上飞下来。博爷爷瞅准机会揪住骏马的鬃，飞身上马，然后像一道黑色闪电一样飞到太阳那边去，一下子就砍掉作法起风那怪物的脑袋瓜，然后把砍掉的脑袋扔到一边去。"

呼和仍旧转动着他那对麻雀眼，那双眼珠就像一对玻璃珠子掉进了大坑里一样。他还想难住我，就说："那把砍掉怪物头颅的宝剑是从哪里出来的？"

"你的脑袋被驴踢了吗？还是臭鼬把尿尿在你脑子里了？那把宝剑当然藏在黑马的尾巴里了，知道不？就藏在那里！"我非常傲气地说出了自己心里的话，说话的声音像一个大铁球掉落在地上，掷地有声，就连那可恶的风也被我这句话吓到了，狠狠地跌倒在地上。

我的肚子又响了起来，像一条饥饿的蛇在那里不停地翻转，大肠要把小肠吃掉，而小肠也不是省油的灯，两个家伙就在我的肚子里干了起来。这个时候呼和的肚子也响了起来，估计肚子里也正展开一场战斗，他用两只手抱起肚子，脑袋无精打采地耷拉着。

"赶紧把午饭拿出来呀，还等啥呢？"我说话的声音软绵绵的，就像石头底下传出来的鬼叫声一样，有气无力。

"我今天没弄到粮食。"呼和的声音更低，三魂七魄早已不在其位，他的眼里闪过一丝伴有希望与祈求的光亮，然后看着我说，"哥，你的粮食呢？你就把粮食拿出来吧？"

"我早晨都没吃上个饭。"我懒得跟他说，索性闭上眼睛躺在那里，好在我还活着，生命并没有跟我一起闭上眼睛。

风渐渐地消停了。想必是刚才我提起的博爷爷让那个施法的怪物感到了恐惧，然后鬼火一样悄悄地逃窜到了哪个蛇洞或树坑里去了。

呼和弟弟本来是巴望着我能有点食物的。听了我的话，他越发感到了绝望，然后咂巴咂巴嘴，咽了一下口水对我说："你说咱们毕其格图村儿到底有没有不愁吃喝的住户呢？"

我爱搭不理地说："真正能揭开锅的人家怕是不多了。"

"那你说，谁家不缺粮食？"呼和抱着咕咕作响的肚子，心有不甘地说，他的肚子干瘪得厉害，估计早已前胸贴后背了。

"你在农区有见过白色的乌鸦吗？"我把大人们经常说的这句话拿了出来。呼和弟弟再没有跟我顶嘴，他到底理解没理解我这句话我也不清楚。

"咱俩还是到远方去吧！"

呼和黑紫脸庞上的两只麻雀眼显出惊讶的神色，说："咱们是去哪上学？"

"上个屁学，天天上课能解决温饱问题吗？"我没好气地说。

"那去远方干什么？"

"干啥也行啊，我听说东乌旗的人一天三顿饭都能吃上牛羊肉呢，牛奶等东西那就更不用说了。"

听了我的话，呼和咕噜一声咽了一下口水，迫不及待地说："东乌旗在哪呢？有多远啊？"

"我也不太清楚啊。"说这句话的时候，我自己也没有十足的把握。

呼和脸上明显露出失望的神色，眼神瞬间变得黯淡无光了。他说："不知道，不知道怎么去呀？"

"鼻子底下不是长了嘴吗？不知道我们可以问啊！"我不断地给自己打气。

"我们没有钱啊，能走到哪里去？徒步走着，被野狗叼了咋办？野外可是有很多野狗的。"

我知道呼和是这个世界上最最胆小的人，所以就吓唬他："别说那种丧气话，先走着，一切问题都会解决的。"

"那，我们先各回各家收拾收拾，这个时候爸妈都不在家，在野地里干生产队的活呢，我家还有几个鸡蛋和一些破铜烂铁，拿去卖了最起码能换点吃喝。"

"行，你回家把那些东西拿过来，我也回去找点能换钱的东西。我们在村头西面那个小桥上见面。啥时候见，啥时候走。谁不来谁就是狗屎。"

"行。"

"行。"

我又跟他交代了一些行事规则："回家的时候千万不能让村里的老家伙们看见，要不然咱俩就只有等死的份儿啦。"

"是啊，是啊，就得偷偷地走才保险。"

决定好了，我们就有了力气，像发现猎物的大猫一样猫着腰，小心翼翼地往家里摸过去。

我们按照约定的计划在小桥上见面了。呼和的眼里转动着泪花，蓄起的泪水快要流出来了，可他明显地憋着。想来他是对这个计划有点后悔了，但每天吃肉喝奶的诱惑实在太大了，他不得不赶过来。

春天的风还在肆虐，小桥底下早已不见了流水。西边光秃秃的河岸上呆坐着两只小野鼠，它们不时地来回跑，像是也在寻找食物。我的头上有一只扁头鸟，蓬乱着皮毛扇动着翅膀，嗖嗖地在原地盘旋。田埂上饿到极致的小旱獭，不时地发出有气无力的叫声。地里的人忙碌着，春耕现场上的牲畜套着犁耙艰难地行进，犁地的荡尘几乎将扶犁的人就地掩埋。干瘪的草场里，不时有几声牛犊稚嫩的哞叫传出来，随之消散。

"哥，咱们啥时候才能回来呀？"呼和走在我的屁股后面，转着他的小眼睛，怯生生地问。

我也哽咽了，但还是露出坚强的表情："咋了？想家了？这还没走呢！啥时候回来，我也无法确定啊，没办法确定，我能决定吗？只有赚到钱了，我们才会回来，那个时候家里人多高兴啊？"

"多少钱才算赚到钱了？"

我无法回答这个问题，只说了一句"把衣兜装满了就回来"。呼和的鼻子陡然一酸，悻悻地抽泣起来，他不时停下来，望着自己的家乡，用衣襟擦拭不争气的眼泪。见此情形，我的鼻子也酸酸的，但我假装什么也没有看见，继续往前走着。我不停地默念村里特西老人"开弓没有回头箭"的话，以此来坚定自己的信心。就这样，走走停停的我们经过了村里冬天放牧的牧场，曾经觉得很远的小高地，荒芜一片的荒漠小河，终于走到了旗里。

我们先找了一个废品收购站，把那些瓶瓶罐罐卖掉，换了一些钱。然后迫不及待地去买了一些糕点就地吃掉。这些糕点在我们那里可是稀缺物品，只能在过年的时候才能吃上那么一丁点。

我们到了火车站，车站里人头攒动，他们的脸上也都有着疲惫不堪的神色。我不知道去哪里买票，更不知道买到哪里的票，时间、地点一无所知。我们无奈地坐在候车室冷硬的椅子上，茫然地看着来回穿行的人们。

呼和的眼里还是流着泪水，他低着头，一句话也不说。他的这种状态影响了我，可我能怎么办？除了干着急。过了很长一会儿，他终于憋不住了，跟我说："哥，你等我一下，我想再看看家乡的父母，他们现在正在生产队里种谷子。"

"你这是不想走了，是吗？"我的声音也明显地哽咽起来。

"走，肯定走。但我不知道什么时候才能回来，爸爸妈妈总是往心里钻，挥之不去啊。"呼和说完这句话，再也止不住眼泪，大声哭了出来。

"行了，别老是挂着你那羊尿了。"说话的时候，我的泪水也不争气地流了出来。

两个人再无言语，就那么干坐着。过了一会儿，我俩还是走出了火车站。

"哥，你说的那个博爷爷会知道我们的情况吗？"呼和突然冒出这么一句，小眼睛里露出恐惧的目光。

"当然知道了，他什么都知道。"我不情愿地回答。

"那，我爸妈肯定也知道了，我这回免不了皮肉之苦了。"呼和不敢走了，停在原地。

我也怕了，感觉屎都被吓了出来。我虽然也在心惊胆战，但还是异常坚定地说："博爷爷是神明，上知天文下知地理，天上的神仙地下的鬼怪都逃不过他的掐指一算，世界上的芸芸众生，那更是不在话下了。但我们这是小事，他肯定会原谅的。"

老天爷！我不是要抛弃自己的父母毫无顾忌地远行，更不想就那样抛弃自己的故土。但我饿，我只想填饱肚子，这只是暂时离开。当时那种环境，我能跟谁诉说啊，叫天天不应叫地地不灵啊。我也怕，怕我们的事情败露，被别人知道了，引来笑话甚至打骂。这些老天爷您是知道的！我的内心世界，只有您老最为清楚！我还是祈求您的原谅！

啊，好了。心境平复了好多。我要躺一会儿了，休息一下。

四

老天爷：

您老在造人的时候，刻意地分了性别，造了男人和女人，并给予了人们美好爱情、幸福婚姻的希望。托了您的恩泽，我也拥有过一段甜蜜的火一样的爱情之旅，在那个夏日花朵一样芬芳的年岁里。

那个时候，我大概是高二了，因为学习好，还被老师特意委任为班级里的学习委员。我的长相其实很一般，可是因为自己比较诚实、比较守信，还是受到了班级里很多女生的青睐。为此，我激动得差点分不清南北了。

老师经常阻止我们谈恋爱，说早恋是影响学习的，有百害而无一利。有了这句话，身为好学生的我自然不会像别人一样跟某一个人暗送秋波，甚至心有所属，说白了，也没有那个胆儿。人在没有恋爱的时候，都不会去特意关注某个女人漂亮与否。

可是树欲静而风不止。有一天，班里的满花同学交作业迟到了，后来我才知道她是刻意为之的。其实作文早就写完了，可她翻来覆去地就那么看着，不在上面多写一个字，但就是不交给我，还说要再润色润色。我慌了，不得不慌。那可是最后一节课，老师的办公室也都锁门了，再说我们宿舍里的七个人在一个盆子里吃饭，迟到了就只有喝西北风的份儿了，即使他们会给我留点饭，那也只是残羹冷炙而已。

我实在有点着急，就跟她说："你看，班级里就剩下我们两个人了，别人看见了难免又风言风语的。"

"我现在就交。"着急的满花拉住我的手，怯生生地说。我看了她的手，这样温柔的手，我确信从来没有见过，或者说从来没有注意过。满花见我盯着她的手愣在当场，无可奈何地说了一句"你好坏"，赶忙低下头把手收了回去，然后侧身从我旁边溜走了。她雪白的脸一下子红得跟滴了血一样，我被这场景弄得手足无措，就那样呆呆站着。我的心不停地在身体里左冲右突，也不知道到底是为了什么，"满花可是个天下少有的好人"，班级里男同学们说的话不时地萦绕在耳边。

从那以后，在班级里我开始关注起满花的一举一动来。乌黑亮丽的头发拥吻着白皙的脖子，神采奕奕的两只眼球像宝石一样镶嵌在眼窝里，蝴蝶一样的睫毛不时地展翅飞翔，一弯新月似的眉毛好像也在诉说着什么，刚刚发育的两个乳房像鸽子一样推动着外衣……我平静的内心就这样被打乱了。

老天，神仙难过美人关，看来是真的呀。那么平凡的凡人，像我，在面对如此情形的时候怎么能够把持得住呢？请您原谅，我是没有守住戒律之类的东西。又有一天，满花再次留到最后交了作业。作业本上面，特意放了一张小纸条，在我的面前，她就那样把一指宽的纸条轻轻地放在了作业本上面。我看满花的时候，她也眨着两只宝石一样亮丽的眼球在看我，两个人的眼神就这样发生了碰撞，也许当时真的擦出了爱情的绚丽火花。满花没有说话，我也一样没有说话。只过了一会儿，满花就转身离开了，那身姿简直像轻盈的云彩一样灵动。我留在了班级里，心里想着刚才满花面对我的表情和眼神。她为什么要用惩罚似的眼神看我？为什么不用含情脉脉的热烈的眼神迎接我？这样胡思乱想了一阵子，我越发感觉自己的周身像掉进了冰窖里一样瑟瑟地发起抖来，然后不由自主地瘫倒在座位上。我的眼神落在了那张纸条上面，此时的小纸条却像一枚威力巨大的定时炸弹，仿佛要把我的身体连同思想和情感统统炸掉。

这东西给了我两难的选择。看还是不看？看还是不看？身体里面在做前所未有的剧烈斗争，脸变得跟纸一样白，心脏仿佛也要从嘴巴里跳出来。最后，我还是把那张折叠好的信纸拿在了手里，当时我的身体像触电一样浑身一震，觉得手里拿着的，简直就是一条毒蛇。我闭着眼睛，用自己本不熟悉和擅长的第六感猜测着纸条的内容，总是觉得那是一封含情脉脉的情书。面对困难，作为一个男人怎么可以将它绕过去？直面困难才是正确的选择啊。我给自己打了很多气，然后才慢慢地打开了那封信，一打开我就不紧张了，迅速地念了下去。信上满花是这样说的："哥，爱情应该是积极的东西，是教人向上的积极力量，绝不应该成为腐化堕落的助推剂。亲爱的哥哥，你要稳定自己，好好学习，妹子永远属于你！满花。"

淡蓝格子的信纸上，满花的字体是那样的飘逸，仿佛许多蓝莲花在盛开一样。我也跟喝了蜜一样陶醉着，兴奋着，感动着……我的泪水，我的幸福的泪水不由自主地在眼眶里打转，我甚至拿起那张附有魔力的信纸，不停地吻了好几遍。

老天！您老人家为什么总是喜欢拿我开涮啊！您既然给了我鲜花盛开的春天和夏天，让我沐浴在散发幸福光芒的海洋里，却又为什么把我扔到残秋和寒冬的束缚里，让黑暗和死亡无情地抽打？您的游戏太过残酷了，我可以向您表达我的失望吗？请原谅。

天空里彤云密布，大地上疾风肆虐。天地间有着形形色色的生命，他们的想法和作风也是千奇百怪，都在走着或深或浅的属于自己的路。有的人崇尚美，追求美，向美歌唱；而偏偏有些人却喜欢践踏美，靠着破坏来活。我可爱的满花，就是被这种人糟蹋了，甚至失去了生命，永远地离开了这个生她养她爱她的世界。老天！

暑假结束了。学生们陆陆续续地回到了学校里。我也是按照与满花的约定，来到了班级里。满花说，开学的时候会给我带一些她亲手蒸的白面馒头。说真的，我所在意的不是她蒸的馒头，这些想法，老天您是知道的。班级里空荡荡的，什么也没有，安静得出奇。我颓废地坐在座位上，心思像一团乱麻一样毫无头绪。这个暑假，满花回到家里变心了不成？不会是让哪个大学生的甜言蜜语骗走了吧？还是做梦的时候说了我们的事被父母知道了，让她停学了？不，绝不是这样。满花可不是那种翻手为云覆手为雨的人，她可是说话算话的好人，绝不会食言的。那到底是为了什么呢？为什么不按时来学校？是没有钱了吗？还是得了什么病来不了了？还是遇见了什么意外了呢？在回宿舍的路上，失魂落魄的我一直在不停地想这些毫无结果的问题。到了宿舍，舍友们发现我的脸色黑黑的，极不正常，他们都很关心我，对我嘘寒问暖，还有一个同学问我是不是感冒了，还关心地说要不上医院吧，那时候我的心情的确很糟糕，所以至今也想不起来到底是谁说了这句话。就在这个当口，满花村里的乌恩宝音背着行李进到了宿舍，我马上想到要问问满花的情况，可还是不敢开口。正想着要不把他叫到外面问问他，他却开口了："告诉你们一个不幸的消息，我们的校花满花在家里拔苗的时候被一个蒙面的恶贼强奸了，满花是一个把面子看得很重的人，她觉得自己的身体受了侮辱，不再清白了，就这样丢下如花一般的年龄和身体，自杀了。"乌恩宝音说完话哭了起来。我们宿舍的人互相拥抱着，都哭了起来。别的宿舍的人以为有什么热闹可看，都跑到我们宿舍里，可他们并没有看到什么热闹，反而跟着我们痛哭流涕。当时自己是怎么走出宿舍的，直到今天我也想不起来了，实在是不敢想。

我只记得自己一个人在小饭馆里喝闷酒的事。一瓶白酒下去了，毫无感觉，我喊叫着，让老板再给我一瓶。老板露出生气的样子，大声跟我说："这孩子今天是怎么了？平时可是滴酒不沾的呀，今天倒好，菜还没上呢就干掉了一瓶。你还要？要什么？我们可没酒让你这么糟蹋，想喝？想喝就去别的地方吧！"生气归生气，可他实在是个好人，看见我在呕吐不止，就把我扶起来，还让我在厨师的屋子里睡了一觉。老天！这些我都是后来才听说的。

老天！一年四季就这样不停地更替着，我开始对这个世界失去了信心，甚至开始了愤恨。好花不常开，好景不常在啊，这个世界就是这么残酷。我没有了信念，真的无法走下去了。人的思想其实是比纸还要薄的，别说一个指头就可以把它捅破，就是稍微地沾点水，它也会自己破掉的啊。一个人，学点好是那样的艰难，甚至要付出一生的代价，而学起坏来，却总是那么容易，就在一念之间。老天啊，这就是您创造出来的黑白分明、善恶有别、绚丽夺目的世界吗？我就这样一下子从高山之巅跌落到泥泞、腥臭、颓废的污滩里去了。我学会了抽烟还学会了喝酒。这期间，亲爱的满花有好几次飘到梦里跟我哭泣，她还是劝我要悬崖勒马，甚至有的时候说我还以为你是个顶天立地光宗耀祖的男子汉呢，呸，一个女人就把你整成这副德行了？早知道我是绝对不会管你叫哥的。看来，你连狗屎都不如，认识你我真是瞎了眼了。

老天！我又何尝不想走出心灵的困境，去好好学习，争取好的未来啊。可是堕入黑暗的人还能从哪里去追寻光明呢？更可怕的是，我的满花每每来到梦里，我就越发地愤恨那些混蛋，恨不得一把火烧光他们！

老天！放了寒假，我回到了家里。母亲见我消瘦的样子，流着眼泪跟我说："孩子，你怎么瘦成麻秆儿了？吃喝不好吗？还是得了什么病了？哪里不舒服？还是遇见什么过不去的坎儿了？"母子连心啊，我的心也像刀割一样地疼啊。我分明看见母亲的心在滴血，也分明地感受到了已经去世的父亲的灵魂在那里滴血。但我还是装作什么事也没有，还是满村地晃荡，还是去找酒喝，我改不了。

老天，请原谅我的消沉吧。

五

老天爷：

我参加了好几次高考，最后都落榜了。1993年，我遇见了好的政策，高校开始扩招了，我这才勉强地上了一所大学。其实，我是非常排斥读书的，上了大学又能怎样呢？能上天还是能入地？可是母亲不干，她老人家又哭开了，捶胸顿足的。她说："你父亲死的时候就嘱咐我，一定要把你培养成一个大学生，做一个有文化的人。你爸的遗愿我是完不成喽，日后到了九泉之下，我该怎么跟他说啊！"我没有办法，不能让母亲这样伤心，这才再次复读，上了大学。

大学校园对我来说，并没有多少温馨的感觉。我感觉校园里那些红色的花蕊在散发着血的腥味，那些白色的花就像灵堂里的假花一样，紫色的花瓣呢？就跟老家荒淫的喇嘛的灿笑一样无聊，我走到哪里都是一片哀伤。我觉得成双入对的那些学子都在欺骗彼此的感情；上课的老师们也只是为了按时领到自己的那点工资；食堂的铁门像野兽饥饿的大口；来往穿梭的人们仿佛都没有灵魂一样。我已经彻底地忘记了满花。临行之前，我特意去了一趟她的村子，想看一眼她的坟墓。村里人说，自杀的女人是没有坟墓的。满花的父母从村里每户人家拿了柴火，将她就地火化了，骨灰被撒进了辽宁兴城的一处温泉河里。现在，我已经回忆不起满花的脸庞和音容笑貌了。往事如烟啊，过去了就永远地过去了。

学校的管理异常松散，学生找不到班主任，也没有早自习和晚自习。高中时代紧张有序、拼命学习的劲头一下子得到了释放。学生们尽情地享受着难得的闲情逸致，实际上他们就像一捆野草被砍掉了包带，无序而杂乱。每个人都在忙着找对象，还要在校外租房子，还管这个叫试婚。他们不进学校的课堂，而是进医院的手术室，女同学们好几个都坐起了"小月子"。我也不例外，整日流连于酒吧和夜店，与其说是被人影响了，还不如说我是完全自愿的。复读的时候，我就跟着老铁去过按摩房、歌舞厅这些地方。我可不是傻子，别人不说我也会明白这些行为的意义是什么，毕竟我也是属于开过眼的人。

说实话，我还谈过几次恋爱。一个是理科班的希茹，她的颧骨高高的，眼睛有光，有着披肩的头发，学习也很不错。我跟她见了几次面，但完全没有感觉。有一次约会我跟她说："我们之间产生不了爱情，我还是把你当妹妹吧？"谁知道希茹却说："爱把谁当妹妹就把谁当妹妹！"然后潇洒地站起来拍了拍屁股上的尘土，若无其事地走掉了，屁股上拍下来的那些尘土很自然地都飘进了我的嘴里，我愣在了当场。

然后我又跟我们班的琪琪格交往了一段时间。她帮我整理书籍，帮我做值日，有时候还会往我的书桌里放一些饭票、糕点之类的东西。我们的目光很自然地发生着碰撞。琪琪格的眼里开始蓄起来水，泪水在眼眶里打着转，有几次差点就要掉下来。这是觉得我可怜？还是在怜悯我？还是真的对我发生了爱情？我实在猜不出来。我可不管那么多，飞蛾扑火也是你自愿的，有了这个想法以后的某一次晚自习下课，我把她约了出来。我想抱一下她，但她拒绝了，因此我也拒绝了她。

老天爷，人这种动物要是堕入了魔障，那可就真是着了魔。这种着魔，可是把你的大脑和思想、感知和直觉统统桎梏起来的，然后笑眯眯地看着你在那进行徒劳的表演。这个时候你的兽性，就会占据一切，肆意地透支你的身体。这些经验，也是我在死掉了以后到了阴曹地府看见往生镜才知道的。

老天啊，您可是救世主，真的期望您再次给分配一个人性给我啊！

那天晚上，我又在学校西边的巷子里喝酒。这次我要了酱牛肉和猪蹄，看起来仿佛真的是个酒鬼。我的头发梳理得油光锃亮，下巴上的胡子刮得干干净净，穿着西服和扎了领带的洁白的衬衣。有一个女人穿着高跟鞋咔咔作响地进来，坐下，然后笑眯眯地看着我。她与我相隔了一张桌子的距离。我装作不小心，故意把烟卷儿掉在地上，然后俯身去捡。就这样，我从桌子底下观察了一下，看见了白花花的大腿，这无疑是属于那个女人的。我若无其事地坐下来，见那个女人对我点了一下头，微笑起来。这是一个化了妆的女人，眉毛、睫毛、眼袋、嘴巴、头发和脸上都有化妆的痕迹。

我灿灿地笑着，跟人家说："一起吃个饭？"

那个女的继续微笑着，说："今天是遇见财主了呀，运气还不错，我说来的路上怎么有那么多喜鹊在叫呢？原来这是真的呀。"她站起身晃着身躯朝我走了过来，那身段给我的第一印象简直像一个空姐，哦，不，像一个高档饭店的礼仪小姐。我也是一个老手了，赶紧起身学着西方绅士的样子给人家摆好座位，然后非常正式地请人家就座。喝了一会儿酒，我干脆就直奔主题而去。人家倒也实在，噼里啪啦地把前因后果都给你倒了出来。她是艺术学院的学生，最近想入手一把马头琴，但没有足够的钱……还说什么男人有钱就学坏、女人学坏就有钱等等。说完话，人家还悠然自得地喝着我给点的红酒。我不管那么多，吃完饭就领着她去了一家叫不出名字的小旅馆。等我梳洗完毕走出来的时候，这个黄头发的女人早就脱了外衣，穿着若有若无的三点式躺在了床上。她的胸罩和内裤简直就跟没有一样，按我的话来说，你不把人家屁股掰开是找不到内裤的。躺在床上的她看见我过来，就从床头柜上的烟盒里掏出一支细长的南京烟夹着点上，然后直白地跟我说："来，看看你有什么本事。"

我跟这个叫丽丽的女人在一起腻了好几天，把自己的钱财和力气都花在了她的身上，然后又回到相遇的那个小饭馆喝起了小酒。

我正喝得兴起，就看见班里的巴特尔走了进来。一进来他就像看见什么奇怪物种那样怔怔地看着我，从上到下、从下到上，仿佛不认识我了。我被他看得浑身不舒服，仿佛有上万只毛毛虫在身上游走。

我实在受不了他的眼光，索性跟他嚷嚷："你这是咋了？怎么不认识我了吗？看什么看啊？想喝酒就过来坐这里，别在那杵着。"

"有一句话叫撒泡尿照照你自己，你也照一照你自己吧，后面不是有镜子吗？"巴特尔露出鄙夷的神色，对我说。

我站起来，走到镜子旁，照了照自己。这一照不要紧，连我自己都吓了一大跳。我的头发岌了起来，眼窝深陷，脸也白得像一棵大白菜，衣服皱巴巴的成了抹布，白衬衫的领子黑乎乎的令人作呕，领带也早不知道扔去哪里了。镜子里面站立着的我早已没有了灵魂，活脱脱一副吊死鬼模样。

老天！我自己都不认识自己了。在巴特尔的眼里，我一定更加恶心和难看。我这才知道了害羞是什么，耻辱是什么。就在我挠着头皮不知道如何是好的时候，又一个同学桑布跑了进来，他一见我就说："这老爷啊，学校这座大庙也容不下你了，你跑哪去了？语法考试的时候，老师让我们到处找你，你回家了不成？这回倒好，考试也结束了，分数都出来了，你倒出现了。"他替我惋惜了一阵子，又说，"系主任现在到处找你呢，人家现在气得眼珠子都要掉下来了，你小心点。"

桑布说完了，点了一碗面条津津有味地吃着。我心想：你鄙夷个什么？着急个什么？皇帝不急太监急！然后又坐到酒桌旁，故作轻松地拿起酒杯喝了两口。这个时候我又想到了考试，虽然没有参加考试，但那不是问题，只要给老师拿上几百块的好处，一切就迎刃而解了，以前我们都是这么干的。唯一的问题是，现在分数还没有到系主任手里就好了。想到系主任，我的冷汗一下子从脊背上流出来，蛇一样在我背上游动，酒也醒了一大半。

托着脖子上昏昏沉沉的脑袋，我三步两晃地来到了系主任办公室。我的哥哥也在场，他两眼闪动着泪花，局促不安地坐在沙发上。

见我进来，周身并无伤痕，哥哥就对系主任说："好了，既然弟弟安全地回来了，那就好了，给您添麻烦了。"他使出浑身力气，想从沙发上站起来，可终究没有成功，无奈地瘫倒在了沙发里。我大喊着哥哥，赶紧去拉他，想让他起来，可是哥哥好像对我很排斥，挥着手就是不让我拉。见此情形，系主任对着我一顿臭骂："你小子还是人吗？啊？我看你就是狼崽子！我看你是干不成学问了，回去好好跟着哥哥学做人吧！"

这些话和哥哥的动作给了我极大地触动，我觉得好羞，羞到了骨子里。

老天，请您原谅！我听说每个人的内心里面都住着一只鬼，只要这个人行善积德不做坏事，那么这只鬼就会在你灵魂深处给你唱赞歌，陪你过着幸福快乐的日子，如若不然就会恰恰相反。我不知道我内心深处的这只鬼是从何时开始变坏的，更不要提它指使着我做过的那些乱七八糟就像野驴一样肆无忌惮的闹腾的"光辉事迹"了。唉，其实我本身就是一只魔鬼啊。

老天，请您降福给我，拯救我一下吧。

六

老天爷：

我跟着哥哥回到了家里。看见母亲的眼睛红肿着，她老人家想送我一副见面的微笑，可努力了半天还是没有笑出来。她一句话也没有，就那样默默坐在炕沿上，手里抱着哥哥的破手套，在那里缝补。

炕上的饭桌上摆放着很多的肉和菜。哥哥拿来冰冷的白酒，咕嘟咕嘟地在那里灌自己，仿佛要把屈辱的泪水、耗费的心血、以前夜以继日的辛苦奋斗统统灌进身体里。我坐在炕上，耷拉着腿在那里晃着。秋天的苍蝇没了往日的活力，展开僵硬的翅膀飞过来，落在柜子上，冻僵的翅膀没能坚持几分钟就粘在了身上，即使是这样，它还在艰难地挪动着步伐，来回地搬动那几条细腿。院子里小麻雀稚嫩的叫声不时从窗户里传进来。屋子里的空气仿佛凝固了一般，也许是冻僵了，滴水的声音简直就像一颗颗炸弹的爆炸一样刺耳。

母亲实在是坐不住了，她想打破这可怕的沉默，就对我说："孩子，吃饭吧。"这声音仿佛是从遥远的山下传过来的一样绵软无力，又好像是从苦难的深渊里挣扎着冒出来似的毫无气力。然而母亲的声音对我有着特殊的魔力。我感觉到了老天爷的怜悯，感觉到了异常轻柔的仙乐的飘荡。我终于扑通一下跪倒在了母亲脚下，眼泪如同决堤的洪水一样瞬间奔涌了出来。老天啊，也许我的人性真的还没有完全泯灭。泪水从内心深处最为柔软的部分流出来浸润了我脆弱的胸膛，母亲的眼泪也一样，静静地流着，浸润着我的胸膛。

哥哥揉了揉眼睛，面无表情地对我说："弟弟呀，来，喝点酒？"我能听出来，哥哥的声音是如此的沉重，掺杂了太多复杂的情感。我扶着母亲，慢慢地站了起来。老天啊！我的哥哥阿古拉就是一名普通的农民，他的一辈子几乎全部都生长在了农田里。他甚至没有坐过几次火车，没有文化，没有上过学，大字不识几个，出了村子几乎就会迷路。可没有文化并不代表不会做人，在家里侍奉着老母亲的哥哥把家里的里里外外收拾得井井有条，他是一个顶天立地的男人，他有这个资格。

哥哥闷头喝酒，没有任何多余的话。他一直巴望着家里能出一个有文化的能说会道的人，做梦都在想。现在期望破灭了，这给了他巨大的打击，他只能闷头灌酒，以此来麻醉自己。他的酒杯里掺杂着泪水，混合了心血的泪水，他现在只能把这些东西统统地灌进自己的胃里。

回家后好几天我都没有走出大门，憋闷的时候也只是在院子里转一转。深秋，注定是一个充满浓厚哀怨的季节，被带着冷气的风呼地那么一吹，这种感觉就越发明显了。院子里冻僵的蚂蚱、挣扎的蝴蝶，还有败落的瓜秧给我没落的心又撒了一把盐，愁上加愁了。亲爱的满花，熟悉的学业还有曾经要命的酒桌，都不停地往脑子里钻，这些东西压得我几乎要疯掉。老天！人犯了错是要受惩罚的，也许对我的惩罚就是这些吧！

日子不紧不慢地过着。有一天我也想出去散散心，就拿起镰刀跟哥哥去割荞麦。我俩走在去地里的路上，哥哥走着走着忽然停顿了一下，紧接着嗖的一下跳到了路边，仿佛是被什么东西给吓着了。我好奇地走到哥哥刚才停顿的地方，发现有几只癞蛤蟆舒服地躺在地上晒着太阳。我觉得好笑极了，哥哥曾经为了找丢失的马，独自一人在野外好几天，甚至有时候躺在坟墓旁边休息也没有见他惧怕过什么，今天倒好，让几个癞蛤蟆给吓得屁滚尿流了。我笑了笑，然后举起镰刀就要结果它们的性命。

"你要干什么？"哥哥大声地喊我。这喊声像奔雷一样，那几只癞蛤蟆受了惊吓，啪啪地都跳进了草丛里，再也找不见了。

我赶紧跑到哥哥身边，说："哥，不过几只癞蛤蟆而已，你怕个什么？"

"哎，那倒没什么，我只是怕自己的内心再受煎熬啊。"

"哈！别开玩笑了，我刚才明明看见你慌不择路的，准是在怕那几只癞蛤蟆。"

"躲了就叫怕？我不认为这是怕。蛇和蛤蟆可是龙王的侄子，村里的老人不经常这么说的吗，踩死了它们可是要犯忌的。我只是不想杀生而已。"

"杀了就杀了，几只破蛤蟆而已，还能造什么孽？"我开始犯倔了。

"别胡说八道了，你所说的每一句话将来都是要应验的。上有老天，下有冥王，中间还有大地母亲，他们可都在听着，你可千万不能干那些杀生的事。"

"那又怎样？"我刨根问底。

哥哥拿出自己的旱烟粗粗地卷了一支，点燃后美美地吸了几口，然后打开了话匣子。

改革开放以后有一段时间雌蛙油的价格疯涨，有了市场就会有冒险者出现，那个时候很多人都进入了找雌蛙的行列里，这对青蛙来说简直就是毁灭性的灾难。水库、池塘、河流、田埂……到处都是非法捕猎者的身影。

然而就在农村的青蛙几乎要绝迹的时候，发生了一件不可思议的事。事情是这样的：有一个叫野刀的捕猎者抓到了一只雌蛙。他为了泄愤，居然用树枝把雌蛙的双眼戳瞎，用牙齿将雌蛙的四条腿嚼烂，然后将它扔到了野地里。吃疼的青蛙哭出了凄惨无比的声音，这声音陆续引来了周围许多同类，转眼间已经聚集了上千万只之多。青蛙们聚集在一起，个个开始哭泣，一时间天地环宇之内充满了悲戚而又无奈的氛围。这野刀到底是个愣种，他居然敢跑过来，再次举起屠刀。等他跑到青蛙周围的时候才发现所有的青蛙都拖着断腿，瞎着眼睛。野地里浓浓的血腥味瞬间就将野刀击倒了，他已经不知所措，吓得魂儿都没了。他想跑，这个时候青蛙们可不会再给他机会了，数尺高的青蛙墙将他围了个水泄不通。自知难逃一劫的野刀刚开口叫了一声妈，就见一只大青蛙嗖的一下蹿进了他的嘴里。

同行的人们赶过来的时候，事情已经结束了，野刀的尸体就那样躺在地里，两腮里面鼓鼓的。好奇的人们七手八脚地撬开了野刀的嘴巴，一只金蟾瞬间从嘴里飞了出来，直奔太阳而去。

哥哥聊完这个话题的时候，我们的荞麦地也出现在了眼前。

哥哥在割地，我的内心还停留在刚才的传说里，呆呆地，看着哥哥的背影。秋天真的是收获的季节，这句话你只有来到庄稼地里才能真正地了解。眼前的荞麦穗结了厚厚的一层果，成熟的荞麦黑黑地闪着光，像一株株龙葵似的。地里洋溢着蜜的芬芳，蜜蜂们还没有休息，趁着还能活动，它们一如既往地忙碌着，蝴蝶、蜻蜓也趁机会飞过来凑热闹。地里依稀可见野獾子的踪迹，还有刺猬、鼬子、犬鼠等来往穿梭的痕迹。远处的水塘边有几只旱獭站着，它们好像发现了什么好东西，机警地蹿过去，然后又猛地停下来。在我胡乱地观察这些小动物的时候，哥哥已经干得热火朝天，他割下来的荞麦株已经在身后倒伏了一大片。哥哥一边干活，一边在嘴里有感情地哼着民歌：

美酒美啊赌博顺哟

不管家来不管活哟

世间四恶即如是哟

人要染上此习惯哟

啊哈啊哈哟

老来无福又无寿哟

……

我在哥哥身后长长地叹了一口气，然后走进地垄沟里干活。收割庄稼可不是闹着玩的，没有常年劳作经历的人是很难坚持下来的。我就是一个例子，在荞麦地里没走多远，就累得直不起腰来，脊椎好像断掉了一样疼。没办法，我把镰刀扔了，索性爬到地里用双手拔起苗来。可即使这样也没能坚持多久，只过了一小会又累得爬不起来，我像青蛙一样爬着行进了一段时间，后来干脆仰天躺了下来。阳光暖暖地照在我的身上，让人异常地舒服。太阳不紧不慢地上升着，好像在嘲笑我这个废人。哥哥割完了他的荞麦，转过来又帮我割。他顺着垄沟割到我跟前的时候才发现了躺在地里的我。看到我的样子，他的肺瞬间就气炸了。哥哥在平时简直就是一头老黄牛，从来不发火的，哪怕你打他一拳。可这次不知道是怎么了，居然发这么大的火。他的眉毛倒立着，刀一样锋利，锋利到凛冽的风都能被它瞬间割断。在我的眼里哥哥怒睁的眼睛简直比他的头还大，他的胸腔像飞驰的骏马的肺子一样剧烈地起伏着，咬着牙对我呵斥："咱们的父亲，包括其他普普通通的农民前辈，他们从没有像你一样来到庄稼地里还要长吁短叹，你倒好，第一次来庄稼地就这个德行，你还是个人吗？我这脸都被你给丢尽了。你上了二十年学啊，二十年啊，没学到文化知识倒也算了，可你连基本的做人的道理都没学会？你给我滚，滚回家去！"哥哥的声音像炸雷一样。采蜜的蜜蜂嗡嗡叫着一哄而散，蝴蝶也吓跑了。荞麦地旁边的灌木上停着一只麻雀，此刻也被吓得屁滚尿流地飞走了。

老天啊！此时此刻的我简直是羞愧难当啊，简直是羞到了骨子里。哥哥大字不识几个，几乎是没有一丁点的文化，而我虽然上了那么多年的学，到头来还不如一个文盲懂得做人。我又急又羞，索性再次拿起镰刀干了起来。人在情绪激动的时候是很容易出状况的，果不其然没干多久就出状况了。我割伤了中指，鲜血瞬间流了出来。哥哥慌了，不过到底是农家子弟，他的生活经验远不是我能比的，他找了一种蘑菇弄碎敷在我的伤口处，然后找了一块破布条缠好，血不流了。做完这一切的哥哥不声不响地又投入到了他的荞麦地里。我只能回家了，在回家的路上我转回头再次看了哥哥忙碌的身影。

荞麦的种子哟

撒在了地里

长势好不好

荞麦它自己知道吧

心里的几句话儿啊

已经说给了包金花听

想着我还是不想着我

包金花她自己知道吧

……

　　哥哥唱着歌割着荞麦，他有自己为之着迷的理由和动力。美好的生活，就是这样被他一手创建起来的，他还在继续。

　　老天啊。此刻，哥哥的身影在远处仰望他的弟弟眼里变得异常高大，像一座山在那里移动。他的动作跟头戴铜盔、阳光下闪耀着铜盔上三尺盔缨、盔缨上的飞鹰腿上系着叮当作响的铃铛和五彩的绸缎、身着七彩袍佩戴九面照妖镜的博爷爷与十方妖魔决斗的情形一模一样。而我在哥哥面前，俨然是一只微不足道的鬼怪。无地自容的我此刻忽然想到了村里一个叔叔给我说过的一句话，那还是我刚刚高中毕业回家，在路上遇见人家，跟人家装蒜的时候，他对我说："你在你哥哥跟前简直就是一堆臭屎!"

七

老天爷：

　　时间总是在前行，时代也在逐渐变好。到了二十世纪九十年代，大家的生活普遍都变好了，不再为吃喝而发愁了。那个时候，我们的国家刚刚加入世贸组织，与包括蒙古国在内的许多国家展开了贸易往来。我们这个地方，由于地域和语言的关系，与蒙古国的往来是较为频繁的，或是人家过来，或是咱们过去，人们穿梭往来，俨然一副淘金热的样子。我们村的呼日乐、敖日格勒、呼和也都投入了这个滚滚的洪流，时常游走于蒙古国、北京、呼和浩特、二连等地，获利颇丰。这些传说我也是后来才听说。我在上大学的时候，也想过跟他们几个合作赚点钱，但也只是想一想而已。当时我是天之骄子，是天上翱翔的雄鹰，他们是什么？不过是树丛里忍饥挨冻的野麻雀而已。雪山之上傲然挺立的巍峨青松怎么能和河湾子里的小柳树相提并论呢？当时的大学还是包分配的，往往一毕业我们就能领到大把的工资，而且还不用劳心劳力、受苦受累。他们却连高中都没有毕业，这些粗鲁的人不做点小买卖，该怎么去养家糊口呢？天上别说是掉馅饼了，哪怕是一根毛都不会掉下来。当时的我就是这样目空一切、妄自尊大地活着，"市场经济"的名头虽然听过，却一点也不了解具体的意义。老天，有一句话叫"不知者无罪"，希望当真如此，还请您老不要加罪于我……

"喂，你是特穆尔吗？你好啊。"电话响了，手机里有一个声音如此说着。这声音既熟悉又陌生。我稍稍迟疑了一下，然后说："嗯，是。我是特穆尔，您好，哪位？"

"我是你小学同学呼和，不记得了吗？我俩可是一个村儿的呀，那感情，铁得很！你可别忘了初中的时候咱们还准备出去闯世界的那档子事儿啊。"呼和倒是很会打趣。

"噢，对对对。你现在在哪儿呢？听说你在蒙古国当了翻译，还挣了很多钱，是不是啊？"

"我现在正从北京往家里赶呢。钱倒是挣了不老少，我最近又扩大规模了，新开了几家公司，这不，手头紧了，想回家弄点钱呢。听说你回村了？回去一定见一面啊。行了，等着我。"

老天啊！人的灵魂和思想里面，的确是有无尽的欲望。它们就在那里，像是一个虎踞龙盘的陷阱。你的言行举止也时刻被它控制着，一不小心就会迷惑了你的心智，甚至会让你丢失人性，变成一个禽兽不如的东西。我就是一个活生生的例子。我知道，要满足那些粗鲁甚至有些低级趣味的欲望，必须得有钱，不光是要有钱，还得有大把的钱才行。可是钱从哪里来呢？就靠那几亩地，那是不可能的，天上何时掉过馅饼啊，更别提设置了保险柜一样，被层层防护的钱了。我只能等机会了！呼和就是我的机会，我的机遇、金钱、财宝，甚至于救星。

肉掉进嘴里，一般人是不会往外吐的，我更没有听说过什么人会跟钱有仇。我在等呼和的电话，焦急地等。只要见了呼和，那就是博爷爷的那匹黑骏马再次现世，而且它将会是我的坐骑。到了那个时候，谁还敢小看我？谁还敢对我不敬？况且还有那把惊世骇俗的宝剑，全世界的金银都将是我的囊中之物……

兴奋的我开始坐不住了，一会儿出去，一会儿进屋，好像是丢了什么东西一样，可嘴里还分明哼着某一首歌。希望和等待总是那么地漫长。正当我等到焦头烂额的时候手机响了，兴奋异常的我拿起电话就接："你终于到了？"

"我还没有到，你来村西头的加工点来，我加工了一点米，拿不动了。"是母亲的声音，她是借了别人的电话给我打的。

那天晚上我失眠了，辗转反侧就是睡不着。主要是回想当年的呼和。那时候流着鼻涕，连家也不敢出的臭小子一转眼就成了满世界转的大金主了……金戒指、金手表……初中还没有毕业的文盲啊……现在也油头粉面了……给蒙古国的人当翻译，还能当天结账，还能吃了原告吃被告，还能拿国内的东西去卖。不必投入金钱，只要蒙古袍、毡子、金银器、古董……只要不嫌累，钱可是随便赚的啊。现在这个世界，就连那些大学老师和大领导也都纷纷下海了，蒙古国也早就开始开放了……

我父亲健在的时候曾经说过，做人真难啊，甚至比做神仙还难。人们已经麻木了，被欲望之火烧昏了头，他们开始变得从不在乎人性这个东西。做人难，可是做鬼却很容易，只是那么一念之间而已，一秒钟、一小步，足以改变你的人性。

老天啊，您老将类人猿变成人的时候，不光教会了他们劳动，还在他们的思想深处夹杂了一个叫作欲望的东西，是真的？博爷爷也经常说，人的欲望之火是最为可怕的，它终有一日会变成一个无底洞，一旦发起威来轻而易举地就把你扔进欲望之海，你的那些智慧、理智和潜力在欲望面前根本就不值一提。这到底是真的还是假的？万能的老天，请你告诉我一下，好吗？

几天以后，呼和真的来到了村子里，等他要走的时候，我趁着家里没人，借了点钱跟着他跑了出来。老天啊，还请您原谅我的鲁莽，可以吗？

八

老天爷：

我这是最后一次踏上回家的路途了。我有不得不回的理由。人生最大的幸福，就是死在家乡的土地上。这个道理我懂得太晚了。朝闻道夕死可矣，这句话太对了，无所不能、无所不知的老天！

我跟着呼和到了首都北京。然后又跟着这个"金主"从北京到了雅宝路。雅宝路这个地方，当时可是中蒙经济贸易的中心，异常地繁华。呼和到底是生意人，一下车就从书包里抽出一条写有某某旅店的布条开始招揽生意。他像个街边小贩一样在穿梭的人流中喊着："来我们公司，来我们旅店，住宿了啊，干净整洁条件好，还有电脑玩。"还真有两个人被他的宣传吸引，跟着他过来了。我听他喊"公司"两个字的时候心里还特别兴奋，等他喊"旅店"两个字的时候又有了少许的失望。那天晚上，呼和、敖日格勒他们聚到了一起，每个人身边还领着所谓的蒙古国美女。囊中羞涩的我在他们面前什么话也没说，保持了沉默。村里见过世面的老人经常唠叨，做生意的人不仅会出卖自己的灵魂、人性，如果有利益的话就连自己先人的脸面也会毫不犹豫地卖掉。现在我对这句话有了更深刻的体会。酒菜上齐了，这个时候进来一位二十来岁婀娜多姿的女士，她彻底把我搞蒙了，我差点就晕过去。乌黑亮丽的头发拥吻着白皙的脖子，神采奕奕的两只眼球像宝石一样镶嵌在眼窝里，蝴蝶一样的睫毛不时地展翅飞翔，一弯新月似的眉毛好像也在诉说着什么，刚刚发育的两个乳房像鸽子一样推动着外衣……我不由自主地想到了满花，甚至叫出了满花的名字。呼日乐听见我的叫声，跟我打趣："你这是干什么？说啥？什么满花、昙花的？我给你们介绍一下吧，刚来的这位是蒙古国东方省的歌唱家额尔古纳女士，这位是……"我什么也听不进去，吃也吃不下喝也喝不动，只是在那里默默地抽着烟，时不时地偷偷观察一下跟呼日乐打情骂俏的额尔古纳姑娘……这个世界上是不会有完全相同的两件东西的，我现在对这句充满哲理的话语也产生了怀疑。

老天啊，我到了这个地方已经小两个月了，可还是没有找到像样的工作。借来的那点钱也快见底了。有一天我找了个机会，就去问呼和："你们公司在哪里呀？不是有好几家公司吗？"呼和说："现在手续已经跑得差不多了，正等蒙古国一个合适的老板。"看着他坐在那里口吐烟圈的样子，我对他的话产生了怀疑。我俩正在旅店里说话，敖日格勒领着一个人走了进来，之后又开始了他们的日常活动——打麻将。呼和这次的运气还不错，赚了不少赌资，钱就那样胡乱地堆在桌子上。桌子上还放着北京烤鸭、各类烧烤和啤酒，他们就这样胡天海地地喝着、玩着。拿着啤酒瓶子仰头喝酒的几个人也许没有想到老天爷在看着这一切，酒壮怂人胆，这话一点都不假，他们高谈阔论的吵闹声终于把警察给引了过来。这回好了，几个人被人家五花大绑着拉猪一样塞进警车里拉走了。我独自一人留在了旅店里，只能等他们回来再说，然而等了那么久，等来的却是震耳欲聋的电话铃声。是呼和的电话，我赶紧接了起来。电话里面传来呼和哭丧的声音："哥啊，救救我啊。警察把我们的钱都给没收了，我们三个都在局子里，没办法联系外面。只有哥你能救我们了，我们可是地地道道的老乡啊，山不亲水亲啊，人家要罚款，我们被罚了一万。你放心，一出去我们就会报答你，这恩情我们是不会忘的。"过了一会儿，我想再给他打个电话，可对方的电话显然已经被人家控制没了。

毕竟相识一场，我们又是地地道道的老乡，我只能救他们。可是在这个地方人生地不熟、摩肩接踵的芸芸众生里，哪一个又肯帮助我呢？我想了很多办法都失败了，现在只能返回老家去想别的办法。前几天母亲和哥哥来电话的时候，我还跟他们说自己在北京，正忙着筹建自己的公司呢。母亲和哥哥将信将疑，但打心眼里高兴却是真的。

老天啊，回到家的时候，亲爱的母亲已经完全变了一个人一样，我都认不出来了，她的眼窝深陷，手脚也瘦到不能再瘦了。以前她的眼睛可是珍珠一样明亮的，现在已经干涸了。我进城以后母亲的饭量明显减少了，话也少了，一天下来也说不了几句话，整天就站在窗户底下，望着外面出神。有的时候，不由自主地叹口气，就连哥哥都能清晰地感觉到窗户玻璃的颤动。有的时候天暖和了，她会到野外去，也不外乎站在那里巴望她儿子。这样反复折腾了几次，她的身子自然也就每况愈下了。

哥哥抽着自己卷的烟，咳嗽着，跟我唠叨母亲的近况。

"回来就好，回来就好。"捡到宝贝一样的母亲迈着她那不再健壮的两条小腿，忙着给我做饭，心情自然好了很多。看着母亲蹒跚走路的样子，我心里不免难过。当她问我有关住宿、生意、生活方面的事情的时候，我只能胡乱地搪塞，或者干脆显出一副不耐烦的样子跟她说："生意的事情你不懂，别问了。"

吃饭的时候，趁着哥嫂没有过来，我赶紧跟她说钱的事：

"妈，我准备建一个公司，手里的钱都花完了，这次回来是跟您借钱的。"说完话，我不敢看母亲的脸，羞愧地转过脑袋。

母亲没有说话，脸上高兴的神情却早已消失了。她坐在炕沿上，耷拉着两条小腿，像一尊石佛一样毫无其他动作。过了一会儿，她跟跄着，艰难地下炕，拖着两条沉重的小腿，一步一步地走到自己陈旧斑驳的大柜子旁。她就那样站在那里，发着愣，我想此刻她的内心里肯定是在波涛汹涌，但脸上却毫无表情。她终于下定了决心，从裤兜里掏出已经泛黑的红色布条，布条上坠着箱子的钥匙。拿着钥匙的母亲又在那里发呆，屋子里仿佛凝固了一般，不，我们的整个生活乃至于一切的一切都凝固了。作为儿子的我，此刻却巴望着她赶紧打开箱子，我甚至在内心里不停地祷告着打开箱子、快打开箱子。母亲最终还是把钥匙塞进了藏式大锁的锁芯里，随着啪的一个声响，我的目的达到了。母亲手扶着箱子的木板，沉重地趴在箱子上。这个时候我才发现，她额头的皱纹变得更深、更多了，像父亲当年犁过的地，也像纵横的蜘蛛网。母亲的头发已经霜白了，她的手在颤抖，身子也跟着颤抖，嘴巴嚅动着，身体里的血液仿佛也凝固了，眼睛在深陷的眼窝里也仿佛停止了转动。她自始至终没有说一句话，好像感情这种东西已经离她远去。沉闷的时间毫无感情地流逝着，终于迎来了她颇为沉重的一声叹息。在她的叹息里，房子仿佛也摇晃起来，那口大箱子也摇晃起来，桌椅也吱吱地响应，还有碗筷，也跟着发出破碎的声响。所有的这一切声音凝结到了一起，变成一种悲壮的声响，突破了大门的阻拦，冲到了外面空旷的世界。母亲打开了箱子，里面有她红色的包裹，破碎的包裹布在我的眼里还是那么地耀眼，还是那么地充满希望。母亲紧接着一个一个地打开包裹的绳结，就像打开她一生的希望，或者说是在打开绝望之门。最后，母亲拿出一堆东西放到我的面前，终于开口了："这是我结婚的时候，你姥姥送给我的头饰、银手镯、银戒指、银耳环，这对玉镯子是你爸给我的念想。"

我的内心像是被针扎了一样的疼，可我没有办法，只能把这些东西胡乱地尽快地装到我的包里。我一边装着母亲的东西，一边安慰母亲："妈，您就放心吧，等我把公司弄好了，赚了大钱，一定会给您弄一些黄金和钻石的首饰，让您老享福。"可是母亲却毫无表情，只说了一句话："妈再亲你一下。"母亲在我的额头上留下了轻轻的一吻。做完这一切，她脱下自己那身缝满补丁的大衣交给我，说，"这是你爸留给我的最后一件东西了，要是用得着，你就拿去吧。"

我逃也似的离开了家。母亲摇摇晃晃地留在了我的身后，重复着她做了不知多少次的送行仪式，嘴里还嘟囔着："世界上还会有比儿子更金贵的东西吗？"

老天爷啊！我从家里出来，走到那棵大杨树下，蜷着双腿坐了很久，哭了很久，最后崩溃了，号啕大哭。母亲跟跄的双脚……黯淡无光的双眼……站在大箱子跟前发呆的样子……掏出钥匙的动作……解开包裹的情形……像放电影一样在我面前一一闪过，我甚至想到了回家，想到了好好服侍自己的母亲，再也不外出了。但有什么办法啊，老家的三个兄弟还在监狱里关着，等着我去救命。我无奈地站起来，擦干了眼泪，面对着家乡的这棵神树（老家人也叫奶奶树）跪了下去，然后虔诚地做了一段祈祷：

　　　　您的灵丹啊
　　　　来自旷野的百花
　　　　您是神明
　　　　为我们消灾解困

　　　　您的妙药啊
　　　　来自绿野的怀抱

您是神明

为我们消灾解困

旷野的百花

造就了灵丹

您是解决离困之苦的

我的神明

绿野的花草

造就了神药

您是解决生死之困的

我的神明

……

神明啊，您一定要保佑我的母亲健康、长寿、无病、无灾，一定要让她等到我回来！

我念着祈祷词眼前一黑，差点就栽倒在那里，心里难受得很，就像用一个巨型的碾子碾压瓷碗一样，异常地痛苦。我冲着母亲的方向，反复地回头，反复地凝望着，来到了火车站。

老天啊，请您原谅我的一切过错。您是公正的，您既然给我打开了一扇阳光明媚的窗户，却为什么又要把另一扇窗户给封死，而且还要用充满亡灵的大锁？老天啊，老天！

九

老天爷啊：

我记得有一句话，叫"落叶总要归根"，不管你当初如何地枝繁叶茂。经过了多年的奔波和闯荡，我终于发现了自己并不适合高楼耸立、街道宽阔、日夜不分、真假不辨的城市生活，我也终于打算回到家乡去了。其实我也有非回家不可的理由，我总不能欺骗您的，您可是我的老天爷。

老天啊，我下了火车，走到曾经无比熟悉的那个小荒漠里。我的身体已经没有了力气，走一段路还要休息一会儿才行，腿肚子也转起了筋，我的灵魂仿佛已经弃我而去。我从没有感觉到如此的累，我的脚印留在沙地上，像一只肥胖的刺猬喝饱了深秋的露水拖着腿走过一样歪歪扭扭。我的思想很沉重，沉重到束缚了我的脚步，像戴了脚镣一样。秋天的风凉飕飕的，吹到身上让人瑟瑟发抖，风吹草木的声音也很特别，如泣如诉，难免让人感觉悲凉、郁闷。唉！老天爷啊，人世间的事情莫非都有一定的预兆？

终于到家了。远远望去，我的家无精打采地立在那里，像要倒塌掉一样。母亲果然不在家，那个大箱子也不见了，母亲的被褥也不见了。反而多了一张黑白的照片，与父亲并排挂在一起。面对这种场面，再傻的人也能知道个八九不离十。我恭敬地在父母的遗像前行了礼，然后准备到坟地拜祭，毕竟人死为大、入土为安，何况是我日思夜念的亲生母亲。

在坟地点了火化了钱，我的心里变得越发悲凉、越发苦闷：

　　　呜呼哀哉

　　　九个月啊

　　　让我躺在您的肚子里

　　　得了宝贝一样地

　　　呵护、兴奋

　　　我慈爱的母亲啊

十个月啊

让我躺在您的怀抱里

得了金子一样地

微笑、欣慰

我伟大的母亲啊

呜呼哀哉

一把屎一把尿

您把我拉扯成人

吮吸着您的乳汁

我让您彻夜无眠

每一声啼哭

都是在您的背上才能安宁

而紧张、彷徨、无助的

还是您，我慈祥的母亲啊

呜呼哀哉

我积攒天下所有露水

为您煮茶

也不能回报您

为我付出的爱呀

我的母亲啊

我夺来九天神露

献给您

又怎么报答您

哺育我哪怕一刻钟的

天大恩情啊

呜呼哀哉
真的会有来生吗？
我愿意托生为狗啊
就躺在您的门外
为您守夜

真的会有来生啊
我愿化为一匹白马
只拉着您，我的妈妈
游遍全世界

来生还会有啊
我愿再次成为您的孩子
我要托着您
去到那神仙佛祖的境地
……

"母亲的身体不行了，一天比一天严重，你不回来看看？"哥哥曾经无数次给我打电话。

"啊吗？哥哥啊，您好好侍奉着妈妈，跟人家合伙开了个公司，我最近特别忙，实在抽不开身啊。"我对哥哥撒了谎。

"你那破公司就那么重要啊？我们的母亲连你那破公司都不如？"生气的哥哥索性挂了电话，他不再跟我废话了。我被哥哥训斥得哑口无言，那个时候我浑身上下连一个铜板都没有，每天就是靠着借贷过活，这老天您是知道的，而我的哥哥一个凡夫俗子又怎么会知道呢？

两个星期以后，哥哥再次给我打电话。他说："咱们的母亲没了，你不过来见她老人家最后一面吗？给你打了多少次电话，你就是不接。"

我再次无言以对。

这次见面，是在母亲的坟地。

"那个时候你为什么不开机？你怕什么？难道是怕我花你那几张狗也不吃的破纸吗？你个钻到钱眼里的畜生。"哥哥气急败坏，狠狠地用眼神剜着我，现在的他恨我恨得牙根痒，估计想咬死我的心都有。

沉默了良久，我有气无力地说："那个时候因为公司的缘故，我在蒙古国出差呢。"

"造孽呀，简直是造孽。母亲十月怀胎生下了你，其间受了多少苦，受了多少累，这些不用我细说了吧？哼，现在看来，还不如生了一堆臭屎来得好。"哥哥愤恨地说着，眼里蓄起泪水，头也不回就回家了。

晚上侄儿到我屋里送毛巾，他噘起小嘴跟我说："奶奶走的前几天，每天晚上都会做梦，她经常坐起来喊你的名字……我妈妈也没有办法啊，只能坐起来在奶奶旁边哭……爸爸也睡不好，他也只能默默地喝他的酒……"

老天啊！您老知道我那个时候在哪里吗？我并不在蒙古国，也不在北京和呼市，我是托了呼和、呼日乐的福，被他们拉进传销组织里去了呀。被他们控制了人身自由，毫无办法脱身啊……

有一段时间，我给蒙古国的一个女老板当翻译弄了一点钱，就准备回家，我也实在不愿意在城市里待着了。就在我准备买车票，还有一些日常礼品的时候，呼日乐、呼和这两个衰鬼找到了我。他们十分兴奋，呼和吹着蓝色的烟气，大声跟我说："哎呀呀，我哥啊，快上这个轿车，赤峰老板敖日其浪要给我们结账了，前段时间我们跟他做了点皮毛生意。这不，我们有了钱了，你的钱我们也会连本带息地一并还给你，还要报答你搭救之恩呢。那个时候你再回去看婶婶，身上又揣着钱，在邻居面前也有面子，也能帮助你的哥哥不是？脸上多有光啊！"我被他们说着，半推半就地上了他们的车。

上了车我才知道，这车是他们租的。出了城，也不知道走了多久，我只记得那是一条农村常见的异常颠簸的马路，终于到了一座斑驳不堪的旧楼跟前。

下车，走步梯，上楼。

等到了四楼，我才发现这里连电也没有。昏黄的蜡烛光下，有一个人站着，嘴里噼里啪啦地不知道在说些什么。那个人前面同样站了许多人，一列一列的，听了那个人的演讲，人们呜里哇啦地喊叫着，总之让人感觉极不正常。

我这俩兄弟是疯了不成，怎么跟这种人做皮毛生意呀，我们不会是来错地方了吧？怎么觉着这些人是像传说中的传销组织啊？

我想着这些问题赶紧回头找呼和和呼日乐，可哪里还有他们的影子啊。我赶紧拿出手机要给他们打电话，可是已经晚了，几个光头不知道从什么地方蹿了出来，他们围着我，把我的身份证、手机，还有钱统统地抢了过去，然后一脚把我踢进了人群之中。

这简直就是龙潭虎穴啊，我没有任何办法，只能悻悻地找了个地方，坐着想办法。我要逃出去，还要回家看我慈祥的妈妈啊，我绝不能坐以待毙。老天啊，"恩将仇报"这句话太对了，这两个人简直是猪狗不如啊，"人心隔肚皮"这句话我总算是亲身体会到了。可是我怎么也不敢相信，这两个人怎么突然就变得如此地歹毒了，翻脸就跟翻书一样。现在看来，他们简直就不能被称之为人！一对毫无人性的畜生！我的老天啊。

夜晚深沉、安静。这些人都躺下了，他们终于进入了梦乡。

可是有的人因为白天兴奋过度，晚上就做起了发财的梦，嘴里不停地喊叫着：我赚了多少多少万了，我一夜之间成了富翁，我发财了……这声音对于刚入行的我来说简直就是鬼哭狼嚎啊，我被吓得汗毛直立，心脏里面好像有火辣虫在蠕动一样。这样的表演持续了一个月之久，后来他们终于慢慢地消停了。

夜晚还是那样地深沉、安静。这一天我终于睡到了离门口比较近的地方。躺在地铺上的男女老少在不停地放屁，有的还在说梦话，汗水、屎尿、废气的味道充斥着我的鼻子，令人作呕。但机会还是来了，我静悄悄地提着鞋，爬起来悄悄地走下楼去。二楼里那几个光头正在喝酒、打麻将。他们身边的匕首、菜刀、棍棒在我的眼里是那样地耀眼。我胆颤了，知道此路不通，于是赶紧往回走，上楼顶再说。他们发现了我，我撒腿就跑，可是最终也没有逃过被俘虏的命运。接下来的事，不用说也能想得到。他们对我动用了私刑，打的打、踢的踢、踩的踩，我终于没有了知觉。他们也许是觉得我死掉了，但还是用黑布蒙了我的眼睛，把我扔到了荒郊野外。我的身份证自然也不知道被他们扔到哪里去了。

幸运的是我捡回了一条命，我时刻没有忘记要回家看老母亲的重大目标，于是爬起来，一路要饭、乞讨，终于回到了我魂牵梦绕的家。侄儿们问我身上的伤，我只能骗他们说从二连回家的路上出了车祸，不过没什么大碍，都是皮外伤。老天，我的老天啊，我竟然对自己的侄子们也撒起了谎，罪过啊！

这次回家，我在家里待了很长时间。说实话，我也没有心思再去北京、呼市、二连、蒙古那些地方了。过去这段时间里我得到的虽然没有什么，可教训却是相当深刻，未来的路从来都不是坦途，从来都不会一帆风顺，而是伴随着荆棘、陷阱和诱惑。这段经历对我来说简直就是一场噩梦，这段噩梦对我的教育实在是太重要了，怎么做人、识人、接触社会等，的确是刻骨铭心。

可是老天，您不要忘了，人可是两面性的动物。就跟人自己造出来的镜子一样，你站在正面能看见自己的全身，站在侧面只能看见自己的半身，而站在背面你就什么也看不到。老天啊，这个时候的我其实是一个只能看见自己半身的废物，这也是我后来才想明白的。说自己是废物，是因为当时闲暇太多，整日无所事事，吃了喝、喝了吃，除此之外再无其他。那个时候，农业科技已经发展到了一定的程度，农民种地基本不会占用太多劳力，种地用播种机，拔草已被农药取代，割地用收割机，就连收粮也是用脱粒机等机器来完成。老家的人经常说的种地黄金季节，大概也是基于此吧，有钱没钱、有人没人，都能按照这个模式经营下去，不会有太大的变故。有了闲暇时间以后，我的内心世界也开始渐渐变得不稳定起来。年近三十的一个大男人，每天还跟哥嫂住在一起跟侄儿们一同摸爬滚打，这样好吃懒做下去总不是一个办法。

我终于向哥哥提出了要出去打工的想法。哥哥喝着酒，意味深长地对我说："兄弟，你也是快奔三十的人了，父母在的时候经常说孩子不能惯着，得让他们自己长大，你现在已经是该独立的时候了。也该娶妻生子、开门立户喽，咱们的香火也得传下去不是？可别跟着呼和他们在外面瞎晃了，呼和是什么人你知道吗？那个家伙简直就是个败家子啊，他可是独生子啊，后来怎么着，父亲去世了连口棺材都不给买，直接放到大柜子里草草埋葬了。去年，就在去年，人家还跑过来把父亲的坟树给卖了。这都什么做法啊？唉！近朱者赤近墨者黑啊。话再说回来，你是家里的老小，咱家的规矩你也应该知道，父母的老房子可是由你来继承的，母亲还在的时候，哥哥我已经盖好了三间房，家里的地呢，我把最好的水浇地留给你，你自己看着好好活吧。人啊，认清自己是最重要的。"

没几天，哥哥真的践行了诺言，自己搬出去了，也就是说我们正式分家了。老天啊！当时的我还没有反应过来，所以任由哥哥折腾，自己什么话也没有说。我知道，即使说了哥哥也不会听我的。

哥哥一家走了以后我更加赋闲了，父母早已不在人世，我也没有老婆孩子，独自一个人守着空荡荡的家，一点生气也没有。人在无聊的时候最容易胡思乱想，你想啊，除了吃饭、喝水、睡觉，其他什么也不做，谁能安静得下来？我越来越觉得哥哥的话说得太对了，人到了一定年龄就该开枝散叶延续香火，这是人生的铁律啊。可是问题来了，我跟谁结婚？谁肯把姑娘嫁给我？就算有人跟我，我拿什么去迎娶人家？我们这个村子的姑娘早已经四散奔逃了，有的人上了大学毕业了就再也没有回来；有的人本可以回来，可人家就是不回来，还想尽办法要留到城里，根本就不顾家里的双亲和需要照料的人，只要能留在城里，她们愿意牺牲包括自己的身子在内的一切东西，大不了留下以后再离婚；有的人进了城里去当饭店的服务员，然后就跟自己的老板勾三搭四，即使让人家原配撕破衣服、挠破脸颊，甚至在大庭广众之下让人家扒光衣服也在所不惜，这个城市待不下去了她们就会转到另一个城市重操旧业，一个城市一个城市地打游击；有的人还去城里的大小旅店当服务员，自然也会沾染一些坏习气，甚至卖淫。那里的客人都是一些乡下的穷人，钱不会很多。她们卖身的钱，旅店老板要分走十分之五，床位费十分之一，留到她们手里的只有十分之四。为了跟那些穷鬼讲价钱，为了赚取区区五六十块钱，她们会不厌其烦地跟对方讨价还价；还有稍微有些姿色、身材和知识的，都去了沿海的大城市，那里有钱人、高官、老板多，她们会给人家生孩子。生了儿子的人，对方会给楼房、金钱，生了女儿的人则什么也得不到，赔了夫人又折兵；更有甚者连自己要到哪里，要干什么也没有考虑好，只是一味地跟你要钱，为了钱她们不惜一切代价，哪怕是要了你的命。现在农村的姑娘就是这样，她们很多人已经彻底跟家里断绝了联系，真正能回来的简直比白天的星星还要少。老天啊，我们毕其格图村只是一个七十来户的小村庄，二十五到四十五之间的适婚青年居然就有七十多人，是远近闻名的光棍村。在这里，你想结婚简直比登天还要难。附近的村子情况也好不到哪去，我们这里还有一个诺木图村，这个村子据说有两百多户，而没老婆的光棍就有近一百个人。诺木图村有一个人跟我们村的另一个人为了证明谁的村子才是真正的光棍村而大打出手的事，还被附近十里八乡的人当成了笑话传着。

老天，我们东边一个村子住着一位寡妇，大概四十四五的样子，个子矮小，面相也不好看，智商还有点问题，她有两个姑娘，生活相当困苦。两个女儿是吃母乳长大的，跟母亲一样智商有所欠缺。男人嫌弃她接连生了两个女儿，却不能给他生儿子，勾搭了邻居的女人跑了。我们村里的一个光棍想跟她搭伙过日子，就准备去人家家里表现。你猜怎么着，等他去的时候人家家里早有人在忙活了，他在门口转了转，居然又发现好几个有同样目的的人在那里徘徊。

还有比这严重的事，村里的大姑娘小媳妇根本不敢晾内衣内裤了，只要她们挂出来，就会有光棍去串门，甚至还用手机拍照。你要是外出或忘了收衣服，这些内衣裤马上就会让人顺手牵羊。

老天！在这样的环境这样的状况下，您说我上哪里去找媳妇，上哪去传宗接代呢？我再给您说一件既可笑又恐怖的事情吧，东村的一个光棍实在受不了了，就跑到人家的羊圈里，抓住人家的母羊行了那事，在行事的过程中还把人家刚生下的小羊羔子给踩死了。主人在监控器里看得清清楚楚，能不生气嘛，就告到了公安局。警察过来把这个光棍给抓了去，他们也是头一次遇见这种事不知道怎么处置，哭笑不得地关了他半天，然后给放了。放他走的时候，警官还苦口婆心地劝诫："以后好好赚钱娶个媳妇，别整天干一些见不得人的事，对了，人家羊羔子你可得赔偿啊。"

那光棍闭着眼睛从派出所出来以后就消失了。有人说他无脸见人就寻了短见，还有人说去了一个没人认识的地方……总之是消失不见了。

老天啊！人在心绪不宁、走投无路、艰难困惑的时候往往出乱子做出错误的决定。明明站在镜子跟前，非要说镜子里的才是自己，更有甚者觉得自己就是镜子。我就是这些妄想自大人群里的一员。

尊敬的老天爷啊！我实在是无法在这个鸟不拉屎的农村待下去了。炕是硬的，缝隙里还冒烟，墙壁黑黑的；狗和鸡鸭的叫声实在无法让人安静。有意思的是，我刚进城的时候也十分讨厌城里的生活。床是软的，翻身、睡觉都很不方便。到了晚上，汽车喇叭声、工地的施工声、工厂的轰鸣声也吵得人不得安睡。那个时候我最为怀念的，恰恰是村里的土炕。每当我完成学校的作业，就拿温暖的被子包住身子坐在热炕上，听纳鞋底的妈妈给我们讲巴拉根仓的故事，我一边听故事一边还会给妈妈穿针引线，那是多么温馨多么幸福的一段时光啊，就算现在回想起来也是充满了甜蜜，蜜一样，史诗一样。老天，人最难回去和最难挽回的是童年，是童年的故乡，是童年的欢乐，这话一点不假。虽然我曾经是那么地希望自己快快长大，甚至幻想着一夜之间就长大成人。

老天，万能的老天啊！我现在真的不知道在哪里生活才能使自己真正地安静下来。人之将死其言也善，我知道自己大限之期不远矣，这才敢提笔给您老写信啊。请您原谅我的冒失，我的老天爷。

老天，我确实不愿意在毕其格图村生活下去了。《增广贤文》

里说:"美不美,乡中水;亲不亲,故乡人。"可是我的那些同学们分明在故意地疏远我,其他乡亲就更不用说了。我不知道这是为什么,也不知道是什么原因导致了这样的结果。有一天,我索性去同学青格勒家转一转,了解一下因由。到门口的时候,发现他们在喝酒,估计是都有点喝多了,说话的音量明显增大了。

"听说了吗?据说特穆尔是扫把星转世,还是个铁扫把呢。还说他不把家里的东西造光是不会离去的。"

"什么呀,我听说的可不这样。我听说他是来报仇的,他前世是条狗,因为父亲在前世活生生地劈了它,所以转世来复仇。要不他父亲怎么可能平白无故地突然暴毙?"

"我听说他是十足的流氓,咱们村里大姑娘小媳妇丢的那些内衣裤都是他偷的,都在他书包里。据说呀,他给那些内衣裤都写上了名字,没事的时候还拿出来慢慢欣赏呢。"

"我听说他在野外睡觉的时候沾染了不干净的东西,只有敖包的博才能治疗这个脏东西……"

他们喝着,聊着。我默默地转身,回家。

老天啊。

+

老天爷:

死了以后,我的灵魂又回到了毕其格图村,回到了先祖留下来的那片土地里。

地里那棵大杨树的断枝分明在对我生气,满地的落叶也在呜咽,大杨树已经不见了,留下一个黑洞洞的深坑敞开着,像地狱的一个入口。毕其格图的秋天金黄一片,长满芦苇的池塘里弥漫着哀愁的气调,一只孤独的大鸟像极了我孤独的灵魂,独自在水里抬腿迈步。天上没有一丝云彩，像佛爷的眼睛一样明亮、清澈。草地上也看不见任何牛羊之类的牲畜。村子里穿梭着各类小汽车，车轮荡起的灰尘飘过来轻易地压住了我孤独的灵魂……

我想起了临死前做的那一个梦：

"这房子是谁卖给你的？啊？"哥哥歇斯底里地咆哮。

"特穆尔啊，你看，这白纸黑字的，还有他本人鲜红的签字画押呢。这可是他自己用中指压在这里的。错不了。"吉如何拿着那几页纸在哥哥面前大摇大摆地晃。

"什么？这可是我们家最好的地了，他真的就这样卖给你了？"看着那几页合同，哥哥打死也不相信。

"是啊，特穆尔说他有急事要用钱，再三地恳求我。我也是没办法才买下来的。我这可是在帮他呀。"

哥哥眼前一黑，晕了过去。过了很长时间他才清醒过来，他爬起来跪在地上，跟吉如何说："哥哥最后一次求你一件事，你一定要答应，好吗？"

哥哥磕头如捣蒜。

吉如何也慌了，他赶紧把哥哥扶起来，让他坐到炕上，说："哥你有什么事就说吧。"

"兄弟呀，地里的那棵大杨树，你千万不要移除了。钱我会双倍赔给你。行吗？"哥哥的声音是那样地低下，仿佛是从遥远的天际飘荡过来的一般混沌、迷茫。

哥哥重重地呼吸几次，这才接着说："那棵树是我们祖祖辈辈供奉着过来的。"

哥哥再次哽咽了。

"哥，你不要耽误我的时间了，那棵大杨树我早已经用挖掘机铲掉了。不过铲掉的时候发生了一件怪事，有一条碗口粗的大蛇绕着那棵大杨树不肯离开，我们几个正想办法要弄死它的时候，又忽然不见了。我们把那棵树放到大车上准备运走，谁知道那蛇又从树洞里蹿了出来一溜烟跑没影了。估计回到天上去了吧。"

吉如何一边收拾东西，一边跟哥哥说："后来我们拉着那棵大杨树，在平坦的马路上居然翻车了。现在司机也奄奄一息了，我还忙着呢。"

吉如何走了。

"一看见你们那棵大杨树我就浑身不舒服，树干或根子里总感觉有一个可怕的东西在看着我。那东西好像还在生气。我浑身的汗毛都竖起来了。实在不行我把它连根拔起，然后扔得远远的，怎么样？"吉如何对我说。

我没有接茬。

"哎呀，特穆尔啊！你耳朵聋掉了吗？我在跟你说话呢！这棵树占了太多的地，你不是不知道。我看你还像个人，这才联系你呢，要不然早把它拔起来扔掉了。实在不行你这样，再返给我一半的钱，怎么样？"吉如何也生气。

"这棵树什么情况我也搞不清，反正打我记事起就在这了。这可是一棵天生地养的不食人间烟火的神树。"我好像借着酒劲说过这样的话，又好像没说过。现在已经无关紧要了。

"我开着车去看那个生死未卜的司机，就在大桥的西侧那条蛇横在马路上，好像在等我。我害怕啊，怕极了。想把车停下来的我猛地一通操作，结果就翻车了，我也死掉了……"浑身是血的吉如何向我诉说他的遭遇。

我站在大杨树的边上，凝望着那个毫无生气的树坑。黑洞洞的树坑里忽然出现一条水缸一样粗细的大蛇，吐着信子向我猛地蹿过来。

原载《哲里木文艺》2016 年第 8—9 期

译于 2020 年

游牧征尘

哈日贵 著

岱钦 译

哈日贵

本名乌力吉白乙拉，蒙古族，1966 年
生，内蒙古扎鲁特旗人。在巴雅尔图
胡硕学校任教，中学高级教师。中国
作家协会会员，内蒙古作家协会会员。
出版小说集《盲鼠的土堆》《迁徙的尘埃》《善良的小偷》
等。短篇小说《会笑的绵羊》获第十一届内蒙古自治区文学
创作"索龙嘎"奖。

岱钦

蒙古族，1949 年出生于哲里木盟库伦
旗额勒顺公社苏日图艾力。1968 年毕
业于内蒙古蒙文专科学校。内蒙古作
家协会会员。1975 年起在《西拉木伦》
《花的原野》《内蒙古日报》等报刊发表文学作品，获第九届
内蒙古自治区文学创作"索龙嘎"奖。出版汉译蒙、蒙译
汉文学作品十余部，汉译蒙《蒙古族开国将军——孔飞》获
"朵日纳"文学翻译奖。部分作品入选中学课本。

一

　　官布老汉把羊群赶向达尔楚格图山坡一带的草场上后，再回
到夏营盘①开始卸勒勒车。在酷热的夏天赶了远路的役牛们终于
告别了套在脖子上的牛鞅，似乎松了一口气，匆匆向小河那边鱼
贯而去。老汉把装在勒勒车上的蒙古包套脑②卸了下来放在准备
搭建蒙古包的地基中央，在其外面把哈那③围立起来。这时候，
老伴嘎丽玛在篷车那边忙着点火熬茶呢。她把去年秋天撤回冬营
地时压好的地灶重新扒开后，在其上面坐上了锅，下边点着了牛
粪。也许是牛粪受了潮点不着，害得老妈妈趴在旁边又是吹气，
又是扇风，被烟呛得满眼流泪。对老妈妈来说"宁可三日不食，
不可一日无茶"，不喝茶就浑身乏力，打不起精神来。这边老头
子和女儿正手忙脚乱地搭建蒙古包，老妈妈却不管不顾，只顾着
自己撅屁股点火烧茶。老汉一看气不打一处来，吼道：

　　"你瞎了眼了？这工夫不喝茶难道你渴死不成？"老汉双腿

---

①　夏营盘：过去牧民四季轮牧。夏营盘，即夏季转场放牧的临时据点。

②　套脑：蒙古语，即蒙古包天窗。

③　哈那：蒙古语，即蒙古包外围的网状支架。

颤抖着把套脑举起来，母女俩赶紧把乌尼杆①头的皮扣绳挨个扣在哈那头上，总算把蒙古包的架子立了起来。女儿乌雅涵一边擦着额头上浸出的汗，一边瞭望着达尔楚格图山那边儿，喊道：

"爸！你看羊群！"

正在拽紧哈那头皮绳的老汉抬头一看，在他刚才赶向达尔楚格图山坡一带的草场上的羊群那边，又有一群羊往这边漫过来。

"羊群要混群了！"他边说着边走到勒勒车跟前，拽开拴在木车车轱辘辐条上边的缰绳，认镫上马，疾驰而去。主人着急马不急，平常放羊时骑的这匹褐色的老马平常就跑得不快，今天越发变得慢了，当老汉再三磕腿催马赶到的时候已经迟了，两拨羊群混在了一起，羊羔找妈妈，母羊找孩子，咩咩叫声响成一片，乱成一锅粥。这时候只见山坡那头，一个手持牧羊鞭的光头小子匆匆跑过来，急得眼泪都下来了。老汉一看又气又恼，对着这孩子一顿吼：

"你是谁家的孩子？不好好看住你的羊群！"

羊群后边跑过来的秃小子满头大汗，只顾挠着光头不搭腔。

"快回去告诉你爹！"

光头小子这才猛然醒悟似的原路跑了回去。这时候，女儿乌雅涵也赶过来了。当父女俩正在分开混在一起的羊群时，山那边一个骑着白马的人急急忙忙赶过来，一看原来是拉布丹老汉。

"噢，原来是您呀官布亲家。早晨还没见着你们影儿，哪个工夫倒搬过来了？"拉布丹老汉说着，以与实际年龄不相称的麻利动作从光背马背上跳了下来。说起来他们还真的沾亲带故，所以以亲家相称。

"你只不过是从这儿搬走而已，难道是被埋入坑里了，不好好看着羊群游荡到哪里去了？"

---

① 乌尼杆：蒙古语，即用木棍支撑的伞状包顶支架。

"嗨！甭提了，甭提了。俗话说，使唤别人等于两只眼睛瞎，使唤儿子等于一只眼睛瞎。看这小子贪玩，把羊群放跑了不是？"

俩老汉大半辈子就在这一带过着游牧生活，经营牧业都是行家里手，辨认自己的羊儿那是轻而易举，不在话下。他们把大部分羊辨认分开来，对个别几只有疑问的羊根据其身上打的烙印辨认分开。这工夫乌雅涵姑娘回去帮她娘干活儿去了。俩老汉各自将羊群赶向两个方向后，便坐在山坡上抽起烟聊起天来了。

"嗨！说起来呀，这也不能完全怨孩子。围着这座山就有七群羊挤在一起，不混群才怪呢！"拉布丹狠狠嘬了一口烟袋嘴儿说道。官布老汉冷冷地扫了一眼尘土飞扬的矿区方向，接过话茬：

"挖煤挖煤，把好端端的一片草原开膛破肚祸害掉了。早知如此，当年不该从额尔敦花①山麓搬走。"

"可不是吗。现在，牧场越来越狭窄，对我们牧民来说这日子越来越难过了。就说今天中午吧，我回家就喝了一碗茶的工夫，羊群就和别人羊群混群了，像以往牧场广阔的时候哪有这档子事呀？真不省心啊。"

俩老汉你一句我一句叨拉起来，话越说越投机，屁股不挪窝地坐了很长时间。

敖包嘎查几户牧户的夏营盘一直在额尔敦花山麓一带。现在，那里开了煤矿，一派繁忙景象。地下埋藏的黑石头如今成了宝贝，一下子来了蚂蚁似的一群群人，牧民们从未见过的什么链轨推土机，什么多轮汽车等轰隆隆日夜穿梭，有一种酷似骆驼的长脖子的机器叫作挖掘机，伸出长长的脖子低下头一挖，就能挖

---

① 额尔敦花："额尔敦"为蒙古文音译，意即"宝贝""宝物"。

出一车土来，转过身子把挖出的土倒进旁边停的汽车车厢里，那动作比人的手还要灵动自如。"这到底是咋造出来的玩意儿呀？"别说官布老汉第一次见到这怪物赞叹不已，就连见识多的嘎查党支部书记那达木德看了都失声叫道："好厉害的家伙！"

听说也请来了不少洋专家。"挖个土还请什么洋人呀？"有人感到百思不得其解。但也不乏明白人，说道："听说那些机器都是从外国进口来的。出了毛病，就得由洋人来修，别人还真修不了。"看那些洋人，蓝眼睛深深陷入眼眶里，胸部、胳膊腿上长着长长的体毛，但他们毫不在乎，还穿着短袖衫、短裤。"那算啥呀。那些长鼻子老外大白天还搂着老婆睡呢！"巴泽尔在一旁讲开了他的见闻。巴泽尔是个好事之徒。有一次，他趁人不注意从外国专家住的帐篷的门缝里钻入脑袋往里瞅，撞见一个外国专家正搂着老婆接吻呢。他还担心人家会不会把对方的舌头给咬断了。后来，巴泽尔结了婚，媳妇名叫巴达玛。他常在年轻人面前炫耀吹嘘，说："你们巴达玛嫂子啊，我就是通过教她外国人的接吻方式，让她尝到了甜头，终于把她弄到手的。"

开矿那年春天，官布老汉照例从冬营地转场到霍林郭勒河岸夏营地上来。原先，牧户转场放牧，一般都由生产队统一安排车辆和役畜。自从牧区实行了大承包生产责任制以后，集体靠不上了，只能靠自己。家里人手少的，恨不能长出三头六臂来。儿子在旗所在地念高中，想让他叫回来帮衬帮衬，可听说临近期中考试了，人家学习很紧张，也就罢了。那一次转场，官布老汉没有套车的犍牛，只好临时驯练两头三岁子牛，忙活了好几天，那天总算套上车出发了。女儿乌雅涵在后边赶着羊群，老两口赶着牛车踏上去往夏营地的草原小路。老头子赶着套上大弯犄角的海溜牛的勒勒车在前边走，老伴嘎丽玛坐在篷子车上"殿后"。俩人高一声低一声吆喝着，前呼后应。把刚刚驯练套车的两头三岁子牛拉的车夹在中间，小犍牛很不听话，一会儿往前冲，一会儿往后稍，折腾了好半天，走了好长一段路后才算慢慢适应了。路上看到一头小牛犊跟不上队伍落在了后边，嘎丽玛索性把它抱到她的篷车上。

他们第一天在朝伦大坝山麓宿营，第二天要爬过这座大坝。这座大坝从北面看上去是一面缓缓的斜坡，但是南边很陡，而且沟壑纵横，只有一条窄窄的牛车道，稍不加小心便有连牛带车跌入沟里，车毁人亡的危险。官布老汉牵的老犍牛可谓一头训练有素的老牛，这个大坝每年也过个好几趟，一点儿问题都没有，最令人担心的是两头新驯练的小犍牛。可是一路横冲直闯的两头小犍牛来到大坝底下已经精疲力竭，根本没有力气拉车爬上坡的可能了。老汉只好把两头小犍牛卸下来，先把两辆车搁置在山下，倒换老牛再拉走。"现在的犍牛真没尿性！"老汉心里想。过去套车的犍牛要过这个大坝哪一头牛也不在话下，一链牛车轻松地爬过去。那是两年前从秋营盘回来，下坡的时候，架不住驾辕的老牛往后稍，前边一辆车的横撑给折了，大弯犄角的海溜牛硬是用犄角横别着载重车的牛犄平安无事地下坡来。可是，一只犄角因此受了伤，数九寒天那只受伤的犄角冻掉了。老汉心疼得不得了，用厚厚的毡子把受伤的牛犄角包扎起来。

老汉爬上坝顶卸下了车，在敖包上面添了几块石头，牵着老犍牛下来再把那两辆车拉上去。女儿牵着短尾巴白马正往坝上赶着羊群。到了晌午，坝南太阳晒得很闷热，而坝上凉爽宜人。老汉忙着过坝顶，顾不上让老犍牛歇息赶紧套上车。他们从北坡下去后，担心春天已经掉了膘的役畜过于疲劳，就决定在河边宿营。

就这样赶着羊群慢悠悠地走着，路上住了五宿，在第六天头上来到他们原来的夏营地额尔敦花山麓。俗话说"老马识途"，其实老牛也识途。驾辕的大弯犄角的海溜牛似乎知道快到地方了，想着快快离开这脖颈上沉重的牛犄，脚步也轻快起来，使劲往前奋蹄。当爬到朝宁山坡放眼望去，在额尔敦花山麓不见了往年一座座雪白的蒙古包，看到的却是这儿一个、那儿一个硕大无比的黑窟窿，各种汽车来回穿梭，到处尘土飞扬。

官布老汉赶着车想要渡过霍林高勒河去过去的夏营盘旧址，却被一道铁丝网挡住了去路。正在他进退两难、束手无策之际，只见一骑朝他这边飞奔而来。官布手搭凉棚仔细一瞧，远远地认出是他妻弟那木吉拉，便等着他过来。

"你们怎么在路上耽搁这么久啊？早就听说你们出发了嘛，我一直等你们来到。"那木吉拉边说着边跳下马。

"这是干啥的铁丝网呀？"官布老汉不解地问。

"额尔敦花呀，额尔敦花，真的成了名副其实的'宝贝'地方了，地底下有宝藏。现在正钻探呢。夏营地牧民全部要搬出去，这一带要划拨为矿区。"那木吉拉尽其所知，一一说出。额尔敦花地底下有黑煤，官布老汉早就估摸到了。那还是十几年以前的一个夏天，老伴找来几块黑石头在蒙古包外边支起锅要加工奶豆腐，点燃了牛粪火。烧着烧着，几块黑石头也着了起来，而且越烧越红，火力还挺硬。嘎丽玛一见感到奇怪，就把老头喊过来。官布老汉看到燃烧起来的石头，就问妻子：

"这是你从哪儿弄来的？"

"跟前找不到支锅的石头，我就跑到后边山坡上找到这么几块黑石头用前衣襟兜过来的。看这火力硬的，快要把锅底烧透了。"嘎丽玛抬起底儿被烧红了的铁锅给他看了看。

官布赶紧跑到捡到黑石头的地方，捡起一块表面颜色黑不溜秋的石头，觉得分量很轻，砸开看里边是亮晶晶的黑颜色。"噢！原来我们智慧的祖先早就知道这座敖包山下有煤，便给他起了'额尔敦花'这个美丽的名字的呀！"官布老汉把附近的煤石搜集起来，挖了个坑埋了进去。他对这里有煤的事情守口如瓶，对谁都没有透漏。可现在已经被人知道了，开始耗子挖洞似地挖开了。嗨！现在是什么年代、什么技术呀。莫说是几乎是露天的煤矿，就算是地下埋藏多深的东西，人家一钻探就知道。可是这么一开采，额尔敦花这一带水草丰美的草牧场就要遭到破坏。一想到这里，官布老汉无比心疼。他实在舍不得离开这里。那天晚上，老汉不想走，干脆在铁丝网外面搭建简易窝棚住了下来。夜晚，羊群被机器轰鸣声吓得一惊一乍的，闹得老汉也一宿没有能睡安稳觉。第二天早晨，嘎查支部书记那达木德听到这个消息特意赶过来了。

"这是国家的规定。老哥您就搬到达尔楚格图山南麓一带去吧！"书记劝他。

"干吗都要挤在那个连屁股都转不开的巴掌大的地方呢？"老汉来了倔劲。

"那您就搬到哈拉盖图一带吧。那儿草场稍微宽绰一点。"

老汉听了书记的话，那天就搬到了哈拉盖图一带。可是，那里也有钻探队的铁皮房了，车辆穿梭，机器轰鸣，羊群不得安宁。在那儿没待住，没办法只好搬到达尔楚格图山南麓，和妻弟那木吉拉做了邻居。

官布老汉和拉布丹唠得正欢，抬头一望羊群顺着风走远了。两人起来各自赶着羊群往回转。官布老汉到家一看，新搭起来的蒙古包已经苫好了蒙毡，收拾得利利索索。女儿乌雅涵，另外还有两个年轻人进进出出正在忙碌。其中一个是那木吉拉的大女儿。那木吉拉有两个女儿，大女儿叫巴达玛，小女儿叫莲花。莲花和巴图是同学，在旗府所在地念高中。这大女儿巴达玛，是乌雅涵的闺蜜，俩人从小一起长大，形影不离。还有一个是个高个子小伙儿，仔细一看，原来是舍冷的儿子森布尔。官布老汉顶是看不上他那个迷瞪眼睛的爹，儿子森布尔倒不错，长得一表人才，少言寡语，为人谦和。"比起他那个爹强十倍。"官布老汉常常那么说。特别是一看森布尔小伙骑上高高的枣红马去套马的一身本领，年轻时当过驯马手的官布老汉不由得赞不绝口。他发现最近森布尔与女儿来往频繁，小伙子一有工夫就往这儿跑。但是，官布老汉和他父亲是针尖对麦芒的死对头。因此，对森布尔表现得很冷淡。"孩子们的事你就甭管了。"嘎丽玛看出这股别扭劲，就这样劝老头。她还真担心哪天老头子上来倔脾气，把人家孩子往出轰呀撵呀的，闹个不愉快。其实，别看老汉嘴上不说，心里还挺喜欢这个小伙子的。每当森布尔来家里，他连话都不说就出去，倒不是因为讨厌小伙子，而是为了给他们年轻人创造机会。

老汉绊上马没有进蒙古包，就在篷车的阴凉处和老伴一起喝起茶来。包里的三个年轻人并没有注意到老汉已经回来，一边整理屋内摆设，一边还说说笑笑。

"森布尔！那天你不去接人家乌雅涵干吗去了？人家急着要见你，结果把羊群都和别人家的羊群混群了。"听巴达玛这么说，乌雅涵羞得无地自容，一边说"你净胡说些什么呀"，一边用拳头捶着巴达玛。

乌雅涵从包里走出，看见父亲回来了，就大声问：

"爸爸，这个箱子放哪里呀？"其实这是给包里的两个人通风报信呢。巴达玛跑出来见过了姑父。森布尔也紧随其后出来，不知说些什么好，显得很拘束。

"孩子们过来喝茶吧！"嘎丽玛大妈往碗柜伸进手拿出茶碗给他们倒茶，算是打破了这尴尬气氛。

二

乌雅涵趁早晨凉爽，把羊群慢慢地赶向草场。附近人家的羊群也分别向它们的草场鱼贯而行。

"姑娘，快到中午的时候把羊群赶到甸子地吧！"

"噢，知道了。"

"骑上褐色马去吧。到了甸子地，羊群寻找盐碱地乱跑，步行的人撵都撵不上的。"官布老汉从哈那网眼往外瞅着，嘱咐女儿说。听说在乌珠穆沁旗的娘家亲也走"敖特尔"①往这边儿来，在库里业图淖尔一带安营扎寨。"来到这么近了，去见见他们吧！"乌雅涵的母亲动员父亲去见亲戚。因此，今天放羊的任务落到了乌雅涵身上。

"把雨披也带上吧。看今天天气这么闷热，说不定中午要下雨呢。"乌雅涵出发时母亲又叨叨个没完。其实，乌雅涵打小干活麻利，上山放羊不在话下。

天上没有一丝风，也没有云彩，但看天边雾漫漫，显然是个闷热的天气。领头的几只山羊在前边又是顶牛，又是互相追逐，后边的绵羊们懒洋洋地站在那里反刍。乌雅涵把羊群赶向达尔楚格图山东侧山麓，自己鞴上马慢慢出发。她为了拦住领头的羊顺着山坡走啊走，不知不觉爬上了达尔楚格图山坡顶上。举目眺望，只见西面达尔楚格图山南北坡撒满了几群羊。东、西两个达尔楚格图山包，实际上是孪生姊妹似的两个土岗，大小差不多。从这里往西北方向瞭望，吉仁山群峰依稀可见。森布尔曾经说过："吉仁山真的是有六十座山峰。我放牧马群的时候一个一个地数过。"此时此刻，森布尔安顿好马群后不知站在哪一个山顶上，用他的望远镜往这儿看呢。乌雅涵这么想着，也不由自主地往那边瞭望。

最近以来，乌雅涵总觉得心里忐忑不安，每每见到森布尔就莫名地焦虑。森布尔每次来家也不多说话，干坐着。乌雅涵知

---

① 敖特尔：蒙古文音译，走场。

道，那是因为他在父亲面前很拘束。"都是怨我爸，你爸才这样看不上我。"想起森布尔说的话，乌雅涵不寒而栗。两位父亲一见面就冷嘲热讽，讽刺挖苦，甚至恶语相向，已经有些年头了。官布、舍冷俩人关系破裂，据说是自牲畜包到户，实行责任制那年冬天开始的。

公家的事，一般是白纸盖红印了断。可是在乡下的事有所不同。无论是当官的，还是当老百姓的，低头不见抬头见，都是熟人。熟人还要看情面，有些事情得商量着办。那年冬天，先把牛羊分到户，最后把马群赶来要分。苏木、嘎查的领导来了后，哪匹马分给谁，指名道姓地分配完毕，最后到了分短尾白骒马的时候，官布、舍冷都想要，互不相让，干部们说了很多调解的话也无济于事。短尾白骒马，是匹这一带很有名的杆子马^①，不但跑得快，而且善解主人的意图，只要骑上这匹杆子马冲入马群中，再烈性的马也跑不出多远，很快便被它追上。"龙生龙，凤生凤"，快马生快马，短尾骒马产的驹子长大以后也都成了快马，在历届那达慕^②赛马比赛中拿过好名次。所以，喜欢快马的俩老汉都看中了这匹骒马，互不相让，僵持了大半天。最后，舍冷依仗着是生产队的老马倌牵上短尾白骒马扬长而去，官布手里拿着缰绳愣愣地站在那里，恨得牙根咬得嘎嘎直响。从那以后，俩人心生芥蒂，互不搭理，形同路人。

自从去年冬天以来，俩老汉见面不再吵架，甚至有了缓和的迹象，也是因为这匹短尾白骒马。

去年冬天的一天，官布老汉上山去找牛。"一头母牛没回来，明天你得去找回来吧！"从头一天晚上开始，老伴在旁边唠叨个没完，老汉这才不得不去找牛。老汉起了个大早，慢慢用完早茶，骑上褐色老马在雪地里艰难前行来到阿丽亚河源头的山

---

① 杆子马：草原上马倌儿放马套马时骑的专用马。

② 那达慕：蒙古族人民的群众性体育、娱乐、物资交流集会。

谷。阿丽亚河水冻得梆梆硬，雪地里只露出几处巴掌大的晶莹的冰面。当他走进一个沟壑处，只见一匹白马在冰面上挣扎。老汉走到跟前一看，原来是舍冷的那匹短尾白骒马。看来，白马臀部昨晚被狼咬了一大口，暗红色的血水和冰面冻在一起，白骒马浑身颤抖。那匹骒马见到有人过来便停止了挣扎，似乎在求救发出了长长的嘶鸣。官布老汉翻身下马，走到白骒马跟前看了看，但没有急着把它拽起来，而是坐在一旁，拿出烟袋锅慢慢地抽起烟来。

他眼前浮现当年白骒马纵身驰骋的矫健身影。

他眼前又浮现那年舍冷牵着白骒马从人群中走过的得意的神色。

"哼！舍冷的白骒马快要成为喂狼的吃食了！"他狠狠地抽了一口烟袋嘴，把烟袋锅在靴底上敲了几下，装进靴筒里站起身。当他骑上褐色老马扬鞭催马离开那里时，挣扎在冰面上的白骒马发出了绝望的嘶鸣。

冬日的短阳偏西的时候，官布老汉赶着母牛回到家，在拴马桩旁边下了马。乌雅涵看到母牛被找回来了，很高兴。

"爸爸，从哪儿找到的？"

"在阿丽亚河源头那儿找到的。"老汉边说着，边把马鞍卸了下来。

"我还担心这老东西喂了狼呢！"嘎丽玛心疼地说着，拿出一把盐放在掌心让母牛舔盐。

"祖上的山神水神保佑着呢，不会叫我们的母牛喂了狼的。倒是舍冷用他那匹短尾白骒马祭了天。"官布老汉说着掀开门帘进了包。

"哎哟，多可惜呀，白骒马遭狼袭击了？"嘎丽玛紧随其后进来急切地问道。

"遭狼袭击了，在阿丽亚河冰面上挣扎呢。"官布满不在乎地说道。大半辈子在马背上生活的老头子眼看着从小马驹开始看着长大的短尾骒白马受了伤冻在冰面上竟然无动于衷，甚至有点幸灾乐祸，嘎丽玛一听非常生气，随口骂了一句老头："你个老不死的东西！"乌雅涵听了，心里想："就算是舍冷的马，也不能这样呀。它也是我们草原上的一匹有功劳的马。"她对父亲的所作所为很不以为然，心里觉得委屈。乌雅涵想给森布尔捎信，可他们冬营地离这儿挺远的，赶牛车得走一天。巴图说要和莲花复习功课，打早晨出去就没影，去了娘舅家的人嘛，一半会儿肯定回不来。乌雅涵心里那个急呀，她借口去见巴达玛，一阵风儿似地向娘舅家跑去。

临近黄昏的时候，巴图、乌雅涵领着牧业点的兽医直奔畜圈而去。手电筒一照，受惊的短尾白骒马虽然挣扎了几下，但没有站起来的力气。与冰雪冻在一起的臀部红渍渍一片。兽医仔细检查了伤情后，说：

"尻部上的厚肉被咬掉一大块儿，骨头都露出来了。肠肚差点儿被掏出。"说着，和巴图一起用绳子把马腿捆住，对乌雅涵说：

"快去端一盆温水来，再拿一片毡片来。"三个人给马清洗了伤疤，又上上药，再用毡片在受伤处包扎好，忙活了好一阵才弄完。兽医看了看说：

"这不是舍冷的那匹有名的短尾白骒马吗？太可惜了。就算活过来，也只能是瘸腿马了。"

"是的。在野外遭狼袭击了。我们费了很大劲才把它拉回来的。"乌雅涵告诉兽医。

"多亏得救及时，没有死在野外。怀驹子马，两条命啊！"兽医感慨道。

短尾白骒马没吃没喝，在野外挣扎一天一宿，总算从死亡线上被救了回来。乌雅涵怕它饿着，想给它灌点面糊糊，进去一看，只见短尾白马像刚产下的马驹一样，四条腿颤巍巍地勉强站立，用手指头一戳就摔倒的样子。乌雅涵见了抑制不住内心的激动，就喊：

"妈妈！白骒马站立起来了。"

从那天起，乌雅涵每天给白骒马喂料喂草，换涂伤口处的药。在乌雅涵的精心料理下，短尾白骒马伤口愈合很快，膘也长了，像个马的样子了。白骒马伤情恢复了，乌雅涵心里反而忐忑起来。她担心父亲哪天突然发毛："喂别人家的马匹，费料又费草。赶紧把它放走。"心爱的白骒马都丢了好几天不去寻找，你森布尔算哪门子马倌？况且白骒马的臀部被狼掏了一大口，受了重伤被人救回来，难道他对此一点也没有耳闻吗？是不是又怵我爹而不敢来呀？乌雅涵心里像一团乱麻，坐卧不安。可有一天，总算有人找短尾白骒马来了。但来人不是森布尔，而是他爹舍冷老汉亲自驾到。一看老汉微醉的样子，乌雅涵给他拦狗，"父亲不知道会怎么样？"心里直打鼓。这时候，父亲从屋里走出来。出乎乌雅涵所料，俩老汉见面并没有恶语相向，而是很幽默地开起了玩笑：

"看这老汉预料到天气变冷，做好了防寒准备，大早晨就喝高了？"

"你倒是像个冬眠的动物钻进屋里不露头。"

俩人进了屋，在炕桌两旁对面而坐，推杯换盏喝了起来。有道是"酒后吐真言"，舍冷老汉借着酒劲也掏心窝子的话："嗨，老兄啊！说起来咱俩是在这片草原上摸爬滚打一起长大的老伙计了，为了一匹骒马失了和，成为乡亲们的笑料。还是现在的年轻人有文化，明事理。如果这匹骒马能救活，就归乌雅涵姑娘了。"

"不不，大叔，伤好了我一定会完璧归赵！"乌雅涵真诚地说。

舍冷老汉絮絮叨叨，啰啰唆唆，泪一把鼻涕一把的车轱辘话说个没完。

在乌雅涵的精心照料下，白骒马越来越好了起来，在第二年清明节的时候，产下了一匹可爱的小驹子，小马驹跟在母亲后边撒欢……

乌雅涵那天慢慢地归拢着羊群，围着额尔敦花山包转过来的时候，天近中午。天上的太阳炽热地从上面烤，地上的潮气往上升腾，她心里觉得憋闷，恨不得把天边几朵云彩招呼过来。因为天气热，羊们挤成一团，脑袋扎在一起不肯吃草。她只好把领头羊赶向甸子地。进入甸子地，羊群嗅到了河水的味道，拼命跑向河那边。当乌雅涵信马由缰赶到河边时，羊们个个喝得肚子滚瓜溜圆，纷纷钻入河边的柳丛中纳凉，只有几只调皮的山羊羔在土坎上跳上跳下，尽情地玩耍。

乌雅涵也在河边柳荫地休息。她经常替父亲上山放羊，有时候拉巴达玛一起来给她做伴。上了山，她俩无拘无束，信口开河，尽情地说笑。巴达玛比乌雅涵年长两岁，从小就伶牙俐齿，能说会道。她无所不知，无所不讲。而乌雅涵姑娘浓眉大眼，肤色健康，两条长长的辫子垂在腰际，随着轻盈的步履来回摆动，煞是好看。特别是她性格温和、善良，平添几分魅力，人们都喜欢她。

乌雅涵正看着波光粼粼的河面出神，突然发现从他们夏营盘所在的东达尔楚格图那边有个人影走过来。是妈妈来接她来了？这么近还替我担心啥呀。我也不是小孩子。她一边想着，一边等着来人。走近了才认出原来是巴达玛，是来河边洗衣服的，装了一大盆子衣裳，走路都变了形。

"哎哟妈哟！看今天这个热的。河水温乎了吧？"巴达玛说着把准备洗的衣裳放在河边，用盆子舀了一盆水。

"你咋不早点来？我在这儿等你很久了。"乌雅涵说道。

"快拉倒吧你。要说等你的那位马倌哥哥还差不多。"巴达玛边说边嘎嘎笑。乌雅涵上去一把抱住巴达玛就挠她胳肢，笑得上气不接下气，直到巴达玛缓不过气来一再求饶"再也不说了"后才放开了她。

"刚才从你们家走出去的那人是谁呀？"乌雅涵问。

"嗨！还会是谁呀？就是那个赖皮巴泽尔呗。一来家里死皮赖脸坐着不走。我也不好撵人家吧？"

"你还想瞒我？是你纠缠着人家不让走，对吧？他还想领你去逛矿区的商店吗？"

"谁还跟他去逛街呀？满身是种公羊的臊味。呸！"巴达玛说完忍不住用双手捂着嘴笑起来，乌雅涵听了也实在憋不住笑得前仰后合，都笑出眼泪来了。两人把洗完的衣服晾晒在柳枝上面。正值中午，太阳晒得酷暑难耐。

"乌雅涵！咱俩下河游泳吧！"巴达玛提议道。

"来了人怎么办？"乌雅涵犹豫道。

"这么热的天谁还没事儿往这儿溜达呀。我热得实在受不了了。"

正午时间，牛马下河，水很浑浊。哈拉盖图泉水流入河的那个地方水很清，而且有个深潭，牛马一般不进去，周围还长有茂密的柳树丛。乌雅涵、巴达玛来到小时候常去耍水的地方。那水清澈得仿佛可以看见水底游动的鱼儿，两人忘情地游泳、洗澡，说说笑笑不知过了多长时间。突然发现凉风飕飕，一看天边黑云密布，看来要来一场暴雨。两人赶忙穿上衣服，原路跑回。

三

吉仁山群峰除了主峰耸然屹立，周围的小山往外一个比一个低，最外围的变成若干个土包。在紧挨着的两个土包阳坡上，巴泽尔放牧着一群种公山羊和绵羊。全嘎查的种公羊加起来还不到一百只，但必须单独放牧，以免发生乱交配、近亲繁殖以影响母畜、仔畜的质量。只有在集中配种期间，才把种公羊放到母羊群里。放牧的种公羊别看数量不多，但很麻烦，互相爬跨，顶牛斗殴常有发生，而且，种公羊对雌性的气味异常敏感，因此必须远离母羊群，紧紧盯住，时刻防备它们乱跑。开始，人们对放牧种公羊都嫌麻烦，互相推诿，没有人愿意承担。巴泽尔却劝说父亲主动承包下来。巴泽尔说，与其在冬营地春天种植饲料地，夏天顶着烈日又是锄呀又是耪呀地受累，还不如走敖特尔放牧轻松。名义上是巴泽尔承包，实际上主要是父亲放牧。父亲出去放牧，巴泽尔就游手好闲，东游西逛。这两天，父亲身体有恙，只好由巴泽尔来接替。

西南风吹来，一股种公羊身上特有的臊味直灌巴泽尔的鼻子。难怪巴达玛说巴泽尔"满身是种公羊的臊味"，这话不是没有根据。巴泽尔看见两只种公山羊在顶牛打架，管它呢，只顾自己头枕着两只胳膊面朝天躺在地上。入春以来，巴泽尔三天两头往矿区那边跑，实际也没有个正经事，只是在熙熙攘攘的人群中看热闹。特别是自从与姓马的回族人相识以来，隔天不去就像丢了魂似的。姓马的回族人是个开饭馆的，也不知道叫什么名字，当地蒙古人叫惯了"马回子"。巴泽尔第一次认识"马回子"，是父亲得病，他去卖羊买药那一次。他听说过把羊拉过去就会有人来买。但在什么地方，什么人买羊他不知道。他在人来人往的自由市场旁边找了个空闲地卸了牛车，把一只绵羊拴在牛车辐条上，等待有人来买。一上午倒是来过几个人，都是因为价钱上谈不拢羊没有卖出去。饭馆老板故意压价，他们认为，既然你把羊拉来了，总不能再拉回去的，到了下午价格一定会降下来。巴泽尔看出他们的小九九。他听森匹勒说过，"你把羊送到他门口，他们却牛起来了，使劲压价。""我才不会上他们的当！"巴泽尔装出一副满不在乎的样子，一直等到下午，肚子咕咕叫了起来。这可怎么办？自己去找买主，又怕把羊丢了。卖瓜果的，卖蔬菜的，为了把东西卖出去，高一声低一声紧吆喝。巴泽尔也想吆喝一下，屏住气息刚喊出"卖……"，噎住了。从来没有做过买卖的他不好意思了，好像偷了别人的东西了似的。他正想套上车往回走呀，来了个年轻人，满头披肩发，怀里还抱着个四方块的板子。不像个买羊的人，但巴泽尔还是急忙站起来，说：

"老弟想要买羊吗？我这是羯子，膘儿好。"年轻人摇了摇头，只是围着勒勒车当稀罕。然后，打开那个四方块的板子画开了。巴泽尔探头一看，不大一会儿勒勒车、白额白鼻子犍牛、趴窝在车底下的小黑狗的轮廓已被画出来了。等了半天等来的人不是买羊的，而是个来画画的，他很无奈，但想到了一个办法。他让年轻人看着车，自己去找买主了。街两旁一溜挂着各种颜色的幌子的饭馆，挨个问了几家，都说电冰箱满满地装着肉。他最后进了一家蓝色幌子的饭馆，老板是个约莫三十多岁的胖子，一说有羊卖就答应得很痛快："把羊拉过来吧！"巴泽尔这才知道，挂蓝幌子的原来是清真饭馆，老板是姓马的回民。俩人就这么认识了。羊出了手，有了钱，再说他饿得也真够呛。先填饱肚子再说。巴泽尔叫了两盘炒菜，又来几两白酒。他正在美滋滋地就着炒菜饮酒的时候，马老板走过来。

"我们是清真饭馆，不卖猪肉。"老板说。

"这我知道。其实，我们蒙古人也不大喜欢吃猪肉。还是草原上的羊肉好吃。"巴泽尔说。

俩人越说越投机，马老板又叫了两个菜，干脆和巴泽尔对桌而坐。

马老板打开了一瓶啤酒，说：

"这大热天喝白酒干啥？还是喝点啤酒吧。一个爽！"

"嗨！我不喜欢喝那玩意儿。喝一瓶就往上顶气，喝两瓶膀胱胀得慌，讨厌！"

一个瘦子蒙古人，一个胖子回民，一个喝白酒，一个喝啤酒，酒盅碰酒杯，推杯换盏，喝得不亦乐乎。从此，俩人成为勾手搭肩、称兄道弟的好哥们儿。

"我这里每天用大量羊肉。你是这里的人，熟人多。常给我介绍客户过来吧。老哥一定亏待不了你。"马老板说。

巴泽尔拍着胸脯说："那没问题。只要你信得过我，这个事就包在我身上吧！"从此以后，巴泽尔成了大忙人，经常打听谁要卖羊。有了主，便领到马回子饭馆。他捞个白吃白喝一顿，路上遇见熟人便吹嘘说：

"矿区那边我好朋友有的是。你们有什么事情要办，就找我吧！"

今天，巴泽尔在烈日下放牧一群种公羊，真觉得无聊至极。还是去逛逛人来人往的矿城，在马回子饭馆喝啤酒，那才惬意。在马回子的再三鼓动下，巴泽尔已经尝到了喝啤酒的甜头，不咋喝白酒了。想起啤酒，突然来了尿意，他都懒得站起来小解，便侧身躺着顺着坡撒了一泡尿。"明天去矿城，一定要把巴达玛领上。"他心里这样琢磨着。上次去矿城，给巴达玛带回一瓶雪花膏来。巴达玛嘴上说"许不是把人家马回子老婆的雪花膏给偷来了"，第二天一看，脸上抹了厚厚的一层雪花膏。姑娘家谁不爱打扮呀？看城里的那些大姑娘、小媳妇，除了那些卖菜的乡下女人，个个都涂脂抹粉，打扮得花枝招展，甚至有的脚蹬高跟鞋，身穿薄薄的裙子招摇过市，纱裙子里边私密处的两指布条都隐约可见。来一阵风把裙子下摆掀起来就麻烦了。巴泽尔胡思乱想着。给巴达玛买一条裙子她会不会穿？她可能羞得不敢穿。晚上回去见到她，动员她明天进城烫烫发，那就更好看了。那样她肯定愿意跟我去……巴泽尔躺在坡上，琢磨着如何带巴达玛进矿城的事，对自己放牧的种公羊远去浑然不觉。直到突然有一只被鹞追击的麻雀似乎蹭过鼻尖掠过，他惊坐起来。抬头一看，有几只种公羊已经远去，距离别人家的羊群不远了。

黄昏时分，巴泽尔骑上他的海骝白马走上达尔楚格图山坡顶。这时候，夏营盘的各家各户有的忙着把羊群圈入栏内，有的挤牛奶，拦牲畜。他估摸着，巴达玛挤完奶牛后也会过来拦牲畜的，就下了马目不转睛地望着往这边来的人。奶牛和牛犊哞哞的叫声以及拦牲畜的人们的吆喝声此起彼伏。侧耳一听，听见坡下传来巴达玛的声音，他赶紧给马下了绊子，急急忙忙往坡下跑。

当巴达玛拦上奶牛和牛犊正往家里走，突然听见背后有脚步声，惊回首发现暮色中影影绰绰有个人影已经走到了跟前。

"谁？"

"巴达玛，是我……"

听出是巴泽尔的声音。

"哎哟妈哟，真吓我一跳！心脏都快要从嘴里蹦出去了。黑灯瞎火的，像只贼狗似的跟踪我干吗呀？"

"巴达玛，你快把牛犊圈入栏内后过来吧。我在北坡上等你。"巴泽尔说完往回走，来到达尔楚格图山坡，等待着巴达玛。夜幕降临，天色已黑，一钩弯月挂在西边的天空上，繁星点点眨巴着眼睛布满了天空。举目眺望，东边的矿城一片灯海，分不清到底哪一个是星星，哪一个是电灯了。等了好久，不见巴达玛人影，夜晚天气变凉了，巴泽尔身上不由打了一下冷战，他点了一支烟抽了起来，在黑暗中烟火一闪一闪地像鬼火。"这丫头片子不会是要弄我吧？"他一边想，一边仔细听动静，突然发现夜幕中恍惚有一个黑影在晃动。巴泽尔霍地站起来迎上前去，黑影却一动不动立在原地。

"巴达玛，你来了？"没人应。再往前走，突然传来狗吠声。一点儿思想准备都没有的巴泽尔将蹲坐的狗误以为是人差点被狗咬，着实吓了一跳，赶紧往后躲。这时候，巴达玛像从幕后出来似的在黑暗中出现，喝住了狗后，不无嘲笑地说：

"你和狗说些什么呢？"

"晚上还领个狗干啥呀？"

"是为了防备像你这样鬼鬼祟祟黑灯瞎火跟踪人的人呀。"

两人在山包前并列而坐。万物寂静，盘卧的羊群在夜幕中映出灰白色的光。河套那边蛙声一片，奏响了草原之夜特殊的交响曲。平时爱说爱笑的巴达玛这会儿只是摆弄衣襟上的纽扣变得少言寡语，而心里打鬼主意的巴泽尔一边讲着城里的奇闻逸事，一边不老实伸过手去要摸人家，让巴达玛使劲拧了回去。

第二天早晨，巴达玛起了个大早去找乌雅涵要结伴去矿城。

"你怎么突然想去矿城了？"乌雅涵问。

巴达玛有点吞吞吐吐：

"只是想去做做头发，倒是没别的事。"

乌雅涵考虑进城安全稳当，就骑了父亲平时放羊时骑的褐色老马，巴达玛也骑了一匹老实的骒马，两人并辔齐驱往矿城去。一路说说笑笑，快到矿城的时候，有一个骑海骝白马的人紧赶慢赶地飞奔而来。一看是巴泽尔。

"看见两个骑马的人在前边跑，原来是你们俩呀！正好是一路。"巴泽尔装模作样，若无其事地说道。

乌雅涵看出其奥秘：

"原来你们俩早已约好一起逛街了，何必让我当电灯泡呀？我干脆回去得了。"乌雅涵说着，要拨转马头。

巴达玛一看急了：

"谁和他约好逛街呀？是他没完没了地说呀，求呀，不得人安生。"巴达玛终于说漏了嘴。

乌雅涵听了，讽刺巴泽尔：

"怪不得人们说，昨晚在达尔楚格图山包牲畜残尸上落了一只秃鹫。原来是你呀！"

"在你眼里，我是个食肉动物呀？"

城里车水马龙，热闹异常。巴泽尔常来矿城，轻车熟路。领着巴达玛、乌雅涵逛商店、逛市场，逛了一圈，把她们俩领到美发店门口就走了。

美发店的胖女人观察了一阵巴达玛后，说：

"把头发烫上吧。你最适合。"说着拿过一面镜子给她照了一照。看巴达玛有点犹豫不决，那女人又拿过来一幅烫发女人的照片给她看。

"现在的女人都时兴烫发。年轻人嘛，就得时髦一点嘛！"经不住女老板再三游说，巴达玛终于点了头。经过个把钟头烫完发，果然判若两人。巴达玛照镜子看着自己烫发的样子，说：

"乌雅涵，我看你也把头发烫上吧。肯定好看。"

"不，不！我才不！像个抱窝老母鸡似的，有啥好看的。"乌雅涵坚决不干。俩人从美发店出来一看，巴泽尔没影儿。去了拴马的电线杆一看，巴泽尔的海骝白马还在。

"他是不是又去马回子饭馆喝酒了？"乌雅涵说。

巴达玛往四周看了看："管他呢。咱先回去。"说着解开缰绳，紧了紧马肚带骑上马出发。当她俩离开矿城走了好一阵儿，巴泽尔骑着他的海骝白马急匆匆赶过来，说道：

"我想请你俩下饭馆，到处找找不到。着啥急呢，你俩。"

"快拉倒吧你，净说漂亮话。你不是背着我们溜了吗？"乌雅涵说。

"骗你们是小狗。菜都炒好了，没有动筷子扔那儿了。"说着，巴泽尔骑在马背上把塑料袋里的雪糕递过来，说：

"快吃吧，都化了。"

当巴达玛把马拴在蒙古包后边的牛车车辐条上走进包里时，母亲见了大吃一惊，叫道：

"你不是去剪头发了吗？"

"是啊！就剪成这样的头发。"

"看你这个头发像个蓬蓬草似的，快给我洗掉！"

"这是电烫的。洗不掉！"

"你个大姑娘家，看这个德行成了什么样子嘛。你爹回来非扒你皮不可！"

"这有啥呀？人家城里的姑娘们都时兴烫发。有的还把头发染成红的、绿的了呢。"

"看你再染发看看，不把你腿敲断了才怪呢。"母亲气得嘴都歪了，鼻子发出哼哼的声音。

从此以后，巴达玛和巴泽尔隔三岔五去逛矿城。父母亲再拦也拦不住，慢慢也就由她去了。他们知道巴泽尔游手好闲，干活儿吊儿郎当，不喜欢女儿和巴泽尔在一起。可是女儿由不得他们。巴达玛每次进一次城，变一个花样回来。这次去穿上高跟鞋回来，下次去又抹口红，又画眉毛，打扮得花枝招展。有一次，官布老汉见巴达玛穿着高跟鞋，就说：

"你脚上穿的啥玩意儿？像个冬天冰雪地里的毛驴似的，一扭一拐的，小心崴了脚。干脆把那个高跟去掉得了！"

"姑父啊！这可您老就不懂了。去掉了高跟，鞋尖高，鞋后跟低，人都没法走路了。"巴达玛回答。

那天，巴泽尔一个人进城，来到了马回子饭馆。只见那里门庭若市，门外停着不少车，屋里坐满了客人。一看人多，巴泽尔转身要走，马回子擦着满头大汗跟着出来。

"巴泽尔！你等等。"巴泽尔摆摆手，表示不再进去。马回子追上来，对他说：

"这都是我请来的客人。你酒量大，替我招待一下客人。"

宴席开始，烹炒煎炸各种美味佳肴摆满了桌。坐在一帮陌生人中间，看巴泽尔略显拘束，马回子来到旁边，招呼他"不要客气"，同时把他介绍给众客人。"噢。蒙古兄弟干一杯。"全桌人争先恐后地和他干杯。最后，服务员端上来一大盘肉。

"好吃!"

"吃着没有羊肉腻。"他们一边吃，还七嘴八舌地评论。

坐上的一位上岁数的人问巴泽尔:

"听说你们蒙古人不吃狗肉，是吗?"

"是的!"巴泽尔点头。

那位上岁数的人从大盘子里割了一块肉，放到巴泽尔的碗里，说:

"狗肉好吃，不信你尝尝。"

一说是狗肉，巴泽尔不敢动筷子。"没关系的，吃吃看。"架不住大伙儿一再鼓动，巴泽尔夹了一块品了品，倒是没有想象的那样怪味道，心里想，也许是因为喝了酒，味觉受了影响所致吧。

"怎么样? 很好吃吧?"又是那位上岁数的人问。

"我是第一次品尝狗肉。原来一点也不知道是什么味道。听说，朝鲜人用狗肉招待贵客。"众人都附和道:"是，是。"这天，巴泽尔很开心，一醉方休。走的时候，马回子替他紧了紧马肚带，说:

"过几天，我还要宴请客人。你能不能给我弄一条大狗来?"

"那没问题。只要你看得起我巴泽尔，我一定不会辜负你的。"巴泽尔晃晃悠悠走过去，骑上海骝白马出发了。

次日凌晨，巴泽尔梦见被狗咬，从噩梦中惊醒时，太阳已经套马杆子那么高了。母亲好像在外面忙着加工奶豆腐，传来锅勺相碰的声响。巴泽尔想抬头起来，只觉得脑袋昏沉沉的，像是挂了块石头似的，他伸了个懒腰重新躺下。想着刚才做的一场梦，突然想起马回子让他弄一条狗的托付。转场走敖特尔的牧户各家各户都有狗，或看家护院，或是牧羊犬，肯定不会卖的，牧人也没那个习惯。这从哪儿弄条狗来呢? 还是条大狗。这一带个头最大的狗，是官布老汉的那条狗，个头大，凶得很，连野狼都怵它三分。官布老汉常讲："我那条狗呀，一般东西不敢靠近。全仗着这条狗，我才睡得安稳。""想办法把那条狗弄到手送马回子那里，就算大功告成。"巴泽尔心里琢磨着，如何把那条狗弄到手里呢？听说，有人用抹过麻醉药的肉喂狗，趁其麻醉后装入麻袋拉走。想来想去，如何把这条黑花狗和自己熟悉起来是个问题。那些日子，巴泽尔有事没事老往官布老汉家跑。乌雅涵感到奇怪，说：

"你是不是走错了门啊？巴达玛家在那边儿呢。"

"我是想打听有没有卖羊的人。"巴泽尔说。他每次去官布老汉家，不是给大黑花狗喂点奶豆腐，就是扔点风干牛肉，一来二去，那条狗见着巴泽尔不再那么凶了，而且还摇头摆尾地套近乎。几天后的一天，巴泽尔进矿城时带上自己的那条母狗，故意从官布老汉家门口经过时，那条黑花狗果然跟了过来。那狗围着跑前跑后，一直嗅闻着母狗的屁股，到了哈拉盖图大坝不想跟了。巴泽尔发现后，赶紧又喂了块肉，最终把大黑花狗领进城里。

"你想要的狗给你领来了。怎么逮它就看你了。"巴泽尔对马回子说。

"那好办。你看着！"马回子回屋，不大工夫手里拿着一个馒头出来，"你把这个扔给狗。"

巴泽尔把馒头扔给盘卧在房子阴凉处的狗时，大黑花狗空中一跃把馒头吞进嘴中。可是，馒头正好卡在喉咙里了。原来，馒头里暗藏着一个铁钩子，一头相连的细铁丝握在马回子手里。马回子把铁丝一拽，大狗想叫都叫不了，乖乖地跟着马回子进了屋去。原来，这是他逮狗的拿手好戏。

官布老汉丢了爱狗到处打探。不知是哪位进城的人看见了，"马回子门口晾晒黑花狗皮"的消息不胫而走。老汉听到后去了矿城，只见马回子饭馆门外只晾晒着几张绵羊皮。他向马回子打听。

"我这儿只收羊，不收狗。"马回子死不认账。老汉无奈回家来，常常扼腕惋惜："我那是通人性的好狗啊！肯定是哪个饭馆老板杀着吃了。谁吃了，谁断肠！"老汉只能靠诅咒以解心头之恨。

四

七月初，牧业年度统计之后，在哈拉盖图河之畔要举办苏木那达慕大会的消息，像长了翅膀一样传遍各地。这是罕乌拉苏木第一届那达慕大会。哈拉盖图河之畔，位于额尔敦花矿城以西二十余华里的哈拉盖图宝力格北侧。哈拉盖图宝力格发源于一处悬崖峭壁之下，流向南边汇入霍林高勒河。哈拉盖图河之畔往北直到古尔班淖尔湖，是桼拉珠尔草原，平坦如镜，适合长距离赛马。自古以来，那达慕大会都在这里举行。

万事俱备，只欠东风。那达慕大会到了预定的那天如期开幕。那天真是晴空如碧，万里无云。那达慕大会主会场北侧，来自附近牧业旗和苏木的一排排蒙古包和帐篷鳞次栉比，蔚为壮观，主会场东侧和西侧，分别是来自矿区的露天市场和临时饭馆、茶馆。他们当中当然少不了马回子的身影，只见他脖子上搭了条白毛巾，一边在简易棚外边挖了口地灶，在大锅里煮着肉，一边不停地擦着汗。巴泽尔也成了这里的大忙人，他在马回子饭馆房后嘴里叼着一支香烟，耳朵上还夹着一支香烟，正忙活着宰羊。趁他低头忙活的时候，一条狗叼住旁边晾晒的一张羊皮跑开了，巴泽尔发现后忙三叠四地在后面追，又是"嘿嗨"喊叫，又是抓过马粪蛋从后面扔，好不容易把那张羊皮拖回来。

那达慕会场人山人海，热闹异常。远近的客人们身着节日的盛装，女人们穿的五颜六色的服装可与草原上盛开的百花媲美。会场中心立起高高的杆子上面挂起的喇叭里播放着美妙动听的音乐。突然，喇叭声戛然而止，过了好一阵儿，有个拖长的声音传过来。那是宣布那达慕大会开幕。接着，盟①里来的、旗里来的领导讲话。正好坐在主席台对面的官布老汉和老伴，仔细听着领导们讲些啥话。这时候，又上来一个领导要讲话。官布老汉一看有点面熟，好像在哪儿见过，就是对不上号。也可能是苏木党委书记？那位领导在讲话中说到，罕乌拉苏木额尔敦花这一带地下有丰富的煤炭资源。我们是享受大地之恩赐的有福之人时，官布老汉听了感到很自豪，心里想："那当然了，我们享受祖上的恩赐理所应当。"领导继续讲道："国家决定，在额尔敦花山麓开辟大型露天煤矿，为此，把这一带牧民全部搬迁异地，这里要成为矿区。"老汉听到这里，心里觉得不对劲了：你把我们的夏营地都占了，我们在哪儿放牧呀？这不是不让我们转场放牧吗？老汉火冒三丈，霍地站了起来。老伴嘎丽玛好说歹说好不容易让他坐下来。老汉在气头上吐了一口唾沫，拉老伴要回去。老伴没动地方，生气地说："你悄悄待一会儿好不好啊，别在这里丢人现眼啦！"领导的讲话在继续："开矿建城，自然要占用不少土地和牧场。对此，这里的牧民可能不愿意，有意见。但是，我们要顾大局，识大体，要有发展的眼光。国家当然也会考虑牧民的利益，给牧民发放占用土地的补偿，也要从牧区青年中招录工人。"听到这里，人群中引来一片喊喊喳喳的议论声。

听到初中文化以上的均可考试当工人，巴泽尔那个后悔呀，说："噫嘻！我念初中念到半道就辍学了。不然，也考试当个工人。"

"你呀！考喝酒还差不多。"马回子讽刺道。

---

① 盟：内蒙古自治区一级行政单位名称。相当于内地的地或专区一级。

这时候，坐在人群中的官布老汉又来气了：

"什么土地补偿？这和出卖土地有什么不同？"

苏木书记越讲越来劲，一会儿喝口水，讲得口沫飞溅："为了改变传统的游牧方式，国家要投资在哈拉盖图统一建设牧民定居点，盖砖瓦房，修牲畜棚圈。届时，牧民家统一拉上电，安装电视线路。牧民一拉开关电灯就亮了，一摁钮就可以看上电视节目了。这叫作黑金滚滚流，草原展新容。"官布老汉听着有点不相信自己的耳朵。自古以来，咱牧民逐水草而居，春夏秋冬四季转场轮牧，给草牧场以休养生息的机会。这一下要定居下来，四季不轮牧，固定在一个地方，什么草场受得了？还说扔掉蒙古包，要住砖瓦房，我的天啊！上世纪五十年代末，什么"大跃进"，什么"一夜进入共产主义"折腾了一阵子。结果怎么样？不知是因为人多而闷热难耐，还是因为心里不高兴，不顾老伴再三劝告，官布老汉拂袖而去。

领导讲话总算结束了。大会主办方宣布：搏克比赛马上要开始。嘎丽玛大妈来一趟不容易，想买点衣料回去，找女儿乌雅涵和巴达玛谁也没影。官布老汉想欣赏搏克比赛，早已挤进人群里。他打年轻时候就喜欢搏克比赛和赛马项目，说要观看搏克和赛马，简直到了废寝忘食的地步。年轻的时候还上搏克比赛场上比画过呢。嘎丽玛大妈叫上弟媳南斯拉，两人要买些布料，朝露天市场蹒跚而去。

官布老汉看了看排成两行的搏克选手，也就认识几个人，绝大部分是年轻人，也有来自其他旗和苏木的搏克选手。来自乌珠穆沁旗的几个搏克选手，个个虎背熊腰，高高的个头，宽宽的肩膀，天生就是个搏克手的样子。上身穿银钉"昭德格"①，脖子上套着五彩的"章嘎"②迎风飞舞，往场地上一站，威风凛凛，

---

① 昭德格：蒙古语，蒙古搏克上身穿的特制的皮坎肩。

② 章嘎：蒙古语，蒙古搏克脖子上戴的特制的彩带。

酷似古代传说中的武将。可是咱这个地方的选手们，嗨，有的身上也没有穿昭德格，更没有佩戴章嘎，没有搏克手的行头，真是相形见绌。高亢有力的《搏克手上场歌》响起，搏克选手挥舞双臂，跳着鹰舞入场。当年，人称"嘎拉珠搏克"（狂人摔跤手）的嘎拉僧，也曾经这样风光无限，现在倒是年龄偏大了。看现在一些年轻选手的样子，像个老岩羊灿蹶子似的，难看死了。官布老汉想着偷偷乐了。倒是特木勒的那个儿子，据说是上了体校，看上去挺强壮的，闹好了也许进入获奖行列。可我们敖包嘎查，那么多年轻后生连个报名参赛的都没有。官布老汉感到遗憾。

第一轮下来，官布老汉原来看好的两名搏克手，一个被淘汰出局。咱嘎拉僧虽然在当地是"嘎拉珠搏克"，小有名气，可一碰到外地的强手，别说施展背、摔的拿手招数，就连有力的抓手都没抓到，被对方摔了个仰八叉。老官布那个遗憾啊，甭提了。第一轮结束，也到了中午，大会也宣布休息。官布老汉坐了一上午，又热又渴。中午回去，还是不回去，正在犹豫不决的时候，正好碰见了巴泽尔。巴泽尔见到老汉，不由分说硬把他拉到了马回子的饭馆。

乌雅涵、巴达玛两人正在逛商店的时候，喇叭里广播"赛马比赛就要开始了"。当她俩随着人流来到赛马比赛起点时，二十华里赛马比赛马上要开始了。骑马参赛的孩子们个个摩拳擦掌，等待着发号令。参赛的马也急不可耐地前蹄刨地，有的原地打圈，很兴奋的样子。

"嘿！森布尔的高头枣红马在那儿呢！"乌雅涵顺着巴达玛手指的方向看过去，果然一个小男孩儿骑着森布尔的高头枣红马站在人群的后面。

"那个小孩儿为什么不来前边站呢？"巴达玛有点着急。

"你没看森布尔自己抓着缰绳站在旁边儿呢吗？"听乌雅涵

这么说，巴达玛再仔细看，可不是嘛，森布尔果然拿着缰绳头站在那一侧呢。

听到要举行那达慕大会的消息，森布尔提前二十多天就开始吊驯马。舍冷老汉自己就是个老马倌，爱马懂马，吊驯赛马有着丰富的经验，往往亲力亲为。天一亮，老汉把马牵到带露水的草场上去吃草。没等天气热，把马牵回来吊上。饮马不让饮带浑浊的河水，而是牵到哈拉盖图宝力格源头饮清澈的泉水，到傍晚天气凉爽后让马吃一会儿草，再牵回来拴吊。如此这般，经过了半个月的吊驯，枣红马身上那层肥油已经消失，肋骨凸显，膘腹收紧，变得像猎犬的肚皮一样细，显得体形俊美，步履轻盈。这匹枣红马三岁的时候，参加过一次敖包那达慕，从那儿以后一直没有机会参赛。现在，枣红马已足龄，参加长途跑赛正当年。比赛之前，试跑几次，跑得越来越起劲，显现出快马的特征。

二十华里赛马，这次是圆场跑道进行。过去赛马，一般是直线跑道，从古尔班淖尔东岸直线跑过来。一听说这次要赛圆场跑道，舍冷老汉急忙跑过来，向骑着枣红马参赛的拉布丹的小儿子指指点点，左嘱咐右叮咛。随着发令员手中的彩旗一挥，参赛的马们像离弦的箭镞冲出了起跑线，像巨大的洪流向前滚动，身后腾起冲天的烟尘。骑手们挥舞着鞭子驱策着胯下的马。当风驰电掣、四蹄如飞的快马你追我赶，争先恐后地奔驰时，骑在马背上的孩子们的彩色头巾和缠绕在赛马马鬃马尾上的彩带迎风飞舞，在蓝天白云的映衬下，好像一团团彩云在绿色的大地上移动，不时传来小骑手们高一声低一声银铃般的呼号声。第一圈几匹马并辔驰骋，齐头并进，各不相让，争夺十分激烈。但也有不习惯圆场跑道的马，在弯道上一冲就冲过了跑道，再把缰绳拽回来时，已被远远地落在别人的后头，有的甚至退出了比赛。可拉布丹的这个小儿子骑术娴熟，骑艺高超，紧紧贴在马背上，简直是"马猴"一个。跑弯道他就紧紧拽住缰绳，身子往里侧过来，一点也不出线，再在直线上快马加鞭，奋力超过其他选手的马。在最后一圈上，他紧追猛赶，追上了跑在最前面的海骝马，也许由于海骝马背上的小骑手太紧张了，弯道上没有勒住坐骑，海骝马冲出了跑道，高头枣红马趁机从旁边绝尘而去，等海骝马再追过来时，枣红马一马当先，跑到终点线，马背上的小骑手一弯腰拿起标有第一的长木牌。

森布尔一看高兴得一蹦三尺高。他跑上前来接过缰绳后，牵着枣红马在场地里遛马，使马解除疲劳，等到马落汗，呼吸均匀后，又慢慢回到那达慕会场。这时候听到广播里正在广播："二十里地赛马比赛中，敖包嘎查森布尔枣红马跑第一。"父亲领着拉布丹的儿子来到了跟前。赛马一等奖奖品是毛毯，参赛选手小男孩怀里还抱着带盖的钢锅和砖茶。

等嘎丽玛、南斯拉俩人买上些零零碎碎的日用品回来时，搏克比赛暂告一段落，人们三五一伙往回走。找了半天，老头不见，俩姑娘也没影儿。

"家里空空荡荡没有人，奶牛、牛犊没人管，这时候不知乱成什么样子了。咱赶紧回去吧？"嘎丽玛说道。

"你把姐夫扔下不管了？"南斯拉问。

"谁知道他钻到哪里去了？都一把年纪了，你没看他还和年轻人一样，一说搏克比赛还来情绪呢。真不知道天高地厚。"她俩来到牛车跟前，等了好半天也不见老头子回来。

"这热天等他们，渴得实在不行了，赶紧回吧！"套上牛正准备走的时候，只见巴泽尔搀扶着酩酊大醉的官布老汉摇摇晃晃地往这边来。原来，老汉在马回子饭馆喝酒给喝醉了。一只手被人搀扶着，另一只手还不闲着，伸出大拇指，来回比画，说道："哼！要是年轻时候碰见，不把那些年轻人摔个稀巴烂才怪呢。"

"这个老鬼哪个工夫灌那么多马尿回来了？"嘎丽玛生气地说道。别人帮她把官布老汉抬到空车上，她赶着牛车回家。

那天晚上，那达慕大会会场要放映露天电影。巴泽尔把巴达玛挽留下来。因为父亲喝醉酒了，乌雅涵要帮母亲，就和森布尔一起回去，晚上再过来看电影。太阳落山，远近的人们早早来到会场上等待。一帮顽童在追逐打闹。夜幕降临，星星如璀璨的明珠撒满天空。这时候，传来发电机突突突的声音，预告电影马上就要开演了。

　　巴泽尔和巴达玛坐在人群后边看电影。只见放映员上下左右摆弄几下，放映机上两个脸盆般大小的轮盘缓缓转动，一束白白的光柱直射到白幕布上。成群的灯蛾子追光而飞，银幕上留下扑棱扑棱的影子。晚风吹来，随着幕布的鼓动，银幕上的人物形象变得奇形怪状。这时候的巴泽尔心猿意马，眼睛虽然盯着银幕，但心思全在坐在旁边的巴达玛身上。巴泽尔不时把手伸过去，把巴达玛往自己身边拽拉，巴达玛左躲右闪，又使劲掐巴泽尔的手。但巴泽尔就是不收手，甚至得寸进尺，干脆把手伸进衣服里去，摸到了巴达玛坚挺的乳房。巴达玛呼吸变得急促，身子一紧一松，不由得歪倒在巴泽尔的怀里。

　　他俩离开场地，离开人群，来到一个僻静处。巴达玛被巴泽尔用胳膊肘搂抱着往前行，他们眼里幕布上的画面越来越远，耳朵里只听见发电机发出的突突的声音。看见有几个黑影在前面隐约晃动，止步侧听传来马绊子铁链响声和马匹响鼻的声音。原来，下了绊子的马突然看见两个黑黑的人影受了惊，又响鼻又蹦蹦跳跃逃遁而去。迫不及待的巴泽尔把巴达玛抱起来平躺在草地上，便急不可耐地拥了上去。巴达玛把全身缩成一团，紧闭双眼，或想迎接山一样压过来的压力，或是自愿跳入深不可测的深渊，开始还能感觉发电机震动大地的动静和隐约听得见战斗电影中机关枪扫射的声音，突然为巴泽尔急促的呼吸所替代，巴达玛只觉得浑身燥热，心跳加快，一股股的热流向上冲，感觉像大海的怒潮一样一阵一阵地汹涌澎湃，突然脑子里嗡的一下从头顶到脚趾如同触电一般。万物寂静，听不到远近的声息，浑身散了架一样，当巴达玛睁开眼睛时，无数颗星星对她眨巴着眼睛。巴泽尔抚摸着包在蒙古袍里的巴达玛温热的胴体，说：

"巴达玛，咱结婚吧！"

巴达玛"嗯"了一声，弄不懂是答应，还是反问的意思。此时此刻，她什么也想不起来，也不想想什么，而只想哭，无论怎么自持，眼泪不由自主地流了下来，甚至忍不住哭出了声。巴泽尔把她紧紧搂在怀里，像哄小孩似的哄她许久。

他们原路返回。巴达玛仍被巴泽尔用胳膊肘搂抱着，脚下像踩棉花似的轻飘飘。等他们回来时，电影刚散场，男女老幼人们三五成群向各自的村庄走去。

"还是打仗的电影来劲！"听见擦肩而过的人群中有人这么说道。那天夜晚巴达玛没有回家，和马回子媳妇俩钻进他们的帐篷里。马回子和巴泽尔在厨房摆上桌喝开酒。

"巴泽尔，你们什么时候办喜事？到时候，老哥好好露一手，婚宴的菜肴我来做！"马回子说。

"不用，我们准备旅行结婚，喜事新办。"巴泽尔回答。

那木吉拉、南斯拉晚上等女儿回来等了很久。直到午夜过后，听见邻家的犬吠和马蹄声传过来，南斯拉说：

"电影散场，人们都回来了。女儿也该回来了。"那木吉拉老汉披上外衣出去，在外边等了半天，只听见姐姐家外边有骑马的人来卸下马鞍子的动静，然后又没了动静。那木吉拉回了屋，说：

"没动静。看来落在后边了。"

"乌雅涵她俩形影不离，或许住在她那儿了。"

"这么近的距离该回来放掉马呀。能在哪儿拴一宿？"

牧村又恢复了宁静，老两口继续细听，仍无动静，连过路的人也没有，万物寂静。

"是不是去乌雅涵那儿打听打听？"南斯拉提议。

"深更半夜去打扰人家干啥。"那木吉拉没有同意。

"嗨！这个姑娘……"南斯拉长长地叹气。

那木吉拉嘴里含着烟袋，说道：

"事到如今啊，趁早把婚事给办了吧！"

"唉！"南斯拉只是唉声叹气，不言语。

第二天，那木吉拉去了官布家，和姐姐、姐夫商量女儿的婚事，他们也赞成早点办。正好，那达慕大会期间各地商户来了，商品琳琅满目，他们赶紧去采购，着手准备女儿的结婚嫁妆。

不久，巴达玛、巴泽尔的结婚日子来到。巴泽尔还是说到做到，不办婚宴，旅行结婚，喜事新办。乡亲们听了，都有点奇怪："哪有结婚不办婚宴的？"乡下也不乏明白人，说："新时代的年轻人嘛。移风易俗，喜事新办。这好！"

五

当巴图、莲花从旗府所在地乘坐长途班车来到矿城时，正好日过偏午。下了车就上街走了一走，没有遇到熟人，也没有碰到顺路车。他们只好在一家快餐店吃了一顿便饭就步行往夏营盘走。从矿城到达尔楚格图夏营盘距离三十来华里地。顺大路走绕点弯路，他俩干脆取直线，直接穿过草地往家行。他俩刚刚高中毕业，参加完高考，离别了喧闹的城镇回到小时候玩耍的草原上，顿觉心情舒畅，连日来的劳顿一扫而光。走在散发着艾蒿、多根葱特殊清香的地毯般的柔软草地上，呼吸着草原清新的空气，真是心旷神怡，精神倍增。巴图一会儿在草地上欢跳翻跟头，一会儿把鸭舌帽子抛向空中，一会儿高声喊叫，一会儿引吭高歌。

走在后面的莲花跟不上他，三步变作两步追上，说：

"你别喊叫了。那儿有放羊的人呢。"

巴图回过身，说：

"你快点走。咱到哈拉盖图泉眼那里喝喝那透心凉的泉水，那才叫一个爽！"

他俩来到河边休息。河对岸的土崖上的燕巢密密麻麻的像蜂窝。他们想起小时候跟着森布尔、巴泽尔、乌雅涵、巴达玛等大哥哥、大姐姐来这里玩耍的情景。用河滩上的黑泥"盖房子"，外边用沙土堆起院墙过家家玩。捡来形状不一的石子，大的当作牛和马，小块的当作绵羊、山羊。森布尔和巴泽尔都争着要和乌雅涵成一家，气得巴达玛直哭鼻子。巴图、莲花那时候年龄还小，和他们玩不到一起，常被他们不是叫去拦羊，就是去捡牛粪，总把他俩支开。他俩就单独在河滩上捡鹅卵石玩耍，有时候捡到鸟蛋，算是"立了功"，可被免除捡牛粪、拦羊的差事。那时候，巴达玛虽然争强好胜，但常常被巴泽尔糊弄。有一天下午，他们正在河边玩耍，一看羊群顶风走远了，需要把它们拦回来。谁去？这时候，巴泽尔出了个"鬼点子"，对乌雅涵和巴达玛说："你们俩去捡鸟蛋，谁先捡到鸟蛋就回来，没有捡到的去拦羊！"她俩蹦蹦跳跳跑过去，在河滩上低头找鸟蛋。不一会儿，"我捡到了，我捡到了。"乌雅涵边喊边跑回来。巴达玛虽然很不高兴，但也没办法，不知在嘴里嘟哝着什么，只好去把走远的羊群拦回来。等巴达玛走远后，巴泽尔摇头晃脑，得意扬扬，把手中的鸟蛋亮给巴图，说："这不是你昨天捡的那颗鸟蛋吗？"原来，巴泽尔叫她俩去捡鸟蛋之前，悄悄把那颗鸟蛋交到乌雅涵手里了。莲花这才得知事情的来龙去脉，恨得咬牙切齿，对巴泽尔说："等一会儿我姐姐回来，我要告发你！"巴泽尔一听急了，说："哥哥只是开了个玩笑。好妹妹！你可千万不要告诉你姐姐。我领你们俩去掏燕子蛋！"那天，森布尔没有来。巴泽尔领着他俩来到土崖下边，把手伸进燕巢掏蛋。正在这时候，看见一条蛇从上面的一个燕巢里伸出脑袋，站在下边的巴图、莲花吓得吱哇乱叫。巴泽尔也看见了那条蛇。说时迟那时快，巴泽尔一把抓住蛇的七寸处，使劲扔向河里。只见那条蛇在河面上翻了个身，支棱着脑袋游过河面，钻进对面的草丛里不见了。从此以后，他们再也不敢去掏燕巢了。事后，巴达玛知道了这个事情，解恨地对巴泽尔说：

"活该！害人必有报应。差点被蛇咬了吧？"

巴图、莲花同岁。莲花小的时候，嘎丽玛很喜欢她，常常说："这么漂亮的闺女，等长大了娶给我儿子当媳妇。"青梅竹马、两小无猜的他俩还不懂得大人的意思，整天形影不离在一起玩耍。有时候，大人逗他们，问巴图："你媳妇是谁？"巴图回答："莲花！"又问莲花："你愿意嫁给巴图吗？"莲花忽闪着两只大眼睛，说："我愿意！"逗得大人们哈哈大笑。稍微长大以后，他们知道是怎么一回事了，一提起这个事羞得满脸通红，不再在一起玩耍了。他们虽然在一个学校上学，因为学习紧张，平时很少能见到。现在，他俩都高中毕业了，离开了校园。巴图自己感觉到高考考得不理想，知道考不上。所以，不愿意提起高考这个事。而莲花心里也直打鼓。

"巴图，你考得怎么样啊？"莲花问。

"不好，肯定达不到录取线。你考得怎么样？上大学有把握吧？"巴图说。

"说不好。考场上一紧张，平时会的东西都没答好。挺可惜。"莲花远望着天边飘浮的云彩，问：

"巴图，如果你考不上，打算怎么办呢？"

"帮父亲放羊呗。"

"中途停下来多可惜呀。今年考不上，复习一年，明年再考吧。"

"你的学习好。就算今年考不上，明年还可以考。我是下决心不再登校门了。"

他们逆流而上，来到哈拉盖图河源头泉水边。泉眼底下修好了水泥水槽，泉水顺着水槽往下流淌，有点像疗养院的地方。他俩痛痛快快地喝了个够，再顺着坡爬上哈拉盖图河岸。刚刚在这里举行过那达慕大会，被人足畜蹄蹂躏的草场还没有完全恢复过来。

巴图离家越来越近了，不见黑花狗迎过来。往常的话，黑花狗早就跑过来，又是嗅闻又是蹦跳，见到主人尽情地撒娇。他哪里猜得到黑花狗已被人偷去宰杀吃肉了呢。进得包里，母亲一个人在编织拴牛犊脖子上的牛毛绳。见儿子突然出现在面前，嘎丽玛惊喜而起。

那天下午，巴图、莲花悄然而至，整个夏营盘都热闹起来。官布老汉见儿子回来了，高兴得脚不沾地，立刻骑上褐色老马，去抱回一只羊来拾弄。嘎丽玛瞅着儿子消瘦的脸，心疼地说：

"看儿子瘦得。听说学校伙食不好，净吃些素茶淡饭，哪还有不瘦的……"又是煮肉又是灌血肠，进进出出，手忙脚乱。

"你快去把莲花叫来吧。你舅舅去了亲家家还没回来呢。"嘎丽玛对巴图说。

"谁成了亲家了？"巴图感到纳闷。

"噢，真的，你还不知道呢。你表姐巴达玛和巴泽尔结婚时间不长。听说你们俩回来了，她也肯定跑回来的。"

巴图觉得今年的暑假特别漫长。过去，每年寒暑假回到家，过得很快，好像不几天又要开学了。可今年毕业回来，觉得日子过得特别慢，好像老牛赶车慢慢腾腾，而且很寂寞，令人烦恼。关于高考，他懒得再去想。考不上怎么办？要不再复习一年，明年再考，他想想莲花的这句话，可他对学习实在是厌倦了，觉得上山放羊比那个强多了。

阳光明媚的一天，巴图上山放羊。登上达尔楚格图坡顶举目眺望，只见奔拉珠尔草原中心一带竖立着几个三脚架，那是钻探机架。不久以前，还在古尔班淖尔东岸上，现在已经转移到了奔拉珠尔草原中心地带来了。据说，这些钻探机是钻探煤炭和石油的。记得，巴图还在念小学的时候，古尔班淖尔周围有不少这样的钻探机。那时候，额尔敦花南麓还没有建矿城呢。煤矿也不是现在的露天煤矿，而是地下开掘巷道采掘煤炭。那年夏天，他们家在古尔班淖尔最北边的库里也图淖尔西边出场驻牧。离他们家不远的地方竖立着一个钻探架。他很想到跟前去看看，可他一个人不敢去，再说了，父母亲多次嘱咐他不能去那个铁架子跟前，吓唬说上边的铁家伙掉下来会砸死你。有一天，父亲上山放羊不在家，在好奇心的驱使下，巴图光背骑上二岁子小马去看看钻探机。越走近机器轰鸣声越大，二岁子小马支棱着耳朵裹足不前。他下了马把马腿绊住后慢慢走近。只见头戴钢盔的工人们围着机器忙碌着，一根粗粗的钻杆带着螺旋叶片，一会儿钻入地里，一会儿提升上来。巴图看着看着不知不觉走到了跟前。突然，机器停了，工人们放下手中的工具休息。他们看到了离他们不远站着的巴图。有一个头戴钢盔的人向他招手，让他过来，巴图不知所措，愣愣地站在原地不动。好几个工人过来把巴图围在中间说说笑笑问这问那，巴图听不懂他们在说些啥，目瞪口呆地看着他们。这时候，一个上了些岁数的人来到他旁边，问：

"奶豆腐，奶豆腐有吗？"他们常从拉运湖盐的长途车队的人那里用奶豆腐交换瓜果蔬菜吃，巴图听懂了这个话，点点头又用手指头指了指家的方向。他们又比比画画，意思是让他回家拿来。巴图骑上二岁子小马就往家跑。当他回到家拿了几块奶豆腐回来的时候，工人们正在他们的铁皮房吃午饭。老汉把巴图拿来的奶豆腐掰了几块分给大家。有的可能是第一次见奶豆腐，翻过来掉过去仔细看后，又咬了个小口品了品，有的还连声说："好！好！"老汉进得屋里，用一根筷子串了两个馒头出来，递给巴图让他吃。巴图摇了摇头，没去接。老汉也可能懂一两句蒙古语，他用蒙古话问巴图："你想要什么？"巴图用手指了指电灯。巴图知道，每到晚上看见铁架子上面的电灯特别亮，好像天上的星星掉在了地上似的一闪一闪的，他早就想有一个这样亮亮的灯。工人果然给了他一个电灯泡子。他高兴坏了，把灯泡放在怀里，一路上小心翼翼，恐怕掉地上把它打碎了。从此以后，巴图不再害怕钻探工人了，而且常常去他们那里。他们当中有个头发留的姑娘似的，细高个儿年轻人。巴图每次去，他用彩色粉笔在铁皮房门上画各种画给他看。他画得非常好，比画那么几下，或是小兔，或是小鸟，画得栩栩如生，活灵活现。有一次，他把彩色粉笔交给巴图，让他画画。巴图抓耳挠腮琢磨半天想画自己家的黑花狗，结果画出来的东西非驴非马，让人们笑得前仰后合。老汉想跟巴图学蒙古语，经常问这问那。一来二去，巴图和那些头戴钢盔的钻探工人混熟了，几乎每天往那里跑。一个月之后，他们要搬走，大早晨，巴图赶过去为他们送行。来了几辆链轨拖拉机，把整个钻探架拉上慢慢走了。临走的时候，工人送给巴图一顶钢盔做纪念。巴图大热天脑袋上扣个大钢盔，说："我长大以后也要当矿工。"后来，父亲用钢盔当了料斗子，喂马用了……

那天，巴图放羊的时候看见钻探机后，产生了当矿工的念头。之前，倒是听说过要从牧区招工人的消息，可那时候他还没有产生这个念头。

等了许久，高考成绩终于下来了。听说高考成绩已在旗教育局大门口张榜公布，巴图决定到旗里看看。莲花也着急地催促他快去看看。巴图上旗里两天后无精打采地回来了。这两天对莲花来说好像是二十年一样漫长。巴图知道自己考得不好，没有抱多大希望。莲花只差几分没有被录取，他替她惋惜。回去咋跟莲花讲呢？他正在为此犯愁的时候，一听说他回来了，莲花急不可耐地跑来了。看巴图吞吞吐吐的样子，莲花急了，催促道：

"怎么样啊？快说呀！"

"莲花，你就差几分。咱俩都没有考上。"莲花一听，眼泪就下来了。

巴图想安慰她几句：

"老师说了，你主要是数学分数扯了后腿。复习一年，明年一定能考上。"莲花抹着眼泪回家去了。

听到儿子没有考上大学，官布老汉根本没当回事。会不会说让他再复习一年，明年再考。可官布老汉却说："什么学校不学校的，我们祖祖辈辈当牧民，还不是照样活得好好的吗？"官布老汉也许怕儿子有压力，才这么说的。巴图一听，说不上是生气，还是怨恨，心里那个不痛快："怎么的？牧民的儿子就该是放牧的命吗？"

有一天，巴图说："我要参加招工考试，要当矿工。"父亲抽着烟不言语。母亲听了，急了：

"看这孩子说啥呢？你爸我俩都老了。以后，这个家就要靠你呀。"

"那也得考试。听说今年秋天在哈拉盖图河那边建定居点。那样，离矿城也近，而且再没有游牧呀，转场呀的事。再过几年，我把你们接到矿城去住。"这时候，官布老汉狠狠地吸了一口烟，掷下一句话：

"我才不去那个嘈杂喧闹的城里住。你们谁愿意谁去！"

乌雅涵从外边走进来，请求道：

"爸爸，当工人有啥不好？还是让弟弟去考吧！"可是老汉就是不吐口。那些日子，见巴图茶饭不思、萎靡不振的样子，当娘的又受不了了。她对老头说：

"看这儿子拦是拦不住呀。要不……"

"那就随他吧。考不上，那就怨不得别人。"老汉终于松了口。

有一天，巴泽尔火急火燎地跑来，说：

"听说，招工考试的日子定了，还有十来天时间。我今天从马回子那儿听到就马上过来了。"

"净考些什么呢？"巴图问。

"那我咋知道啊？就是有人告诉，我也弄不懂。"巴泽尔回答。问他真没用。巴图决定第二天亲自去询问。

招工考试在矿城如期举行。巴图考试回来，情绪很好。

"考咋样？难吗？"姐姐迎上前去问道。

"初中毕业生都可以考试。我毕竟是高中毕业生。对我来说简直是易如反掌。"

"可别吹了。如果考不上，到时候哭也晚了。"乌雅涵讥讽弟弟。

这次考试，巴图果然得了高分。不久，录用通知书下来了。父亲看了看通知书，说：

"这回真的要挖煤，背一辈子石头呀？"

"不是。人家这是露天煤矿，完全用机器采掘，机器运输。不用人工。"

"那叫你们干啥？"

"开汽车，或修理机器。有的经过几个月的培训之后进电厂。"

一听说开汽车，母亲着急了：

"开汽车可危险了。你就进电厂吧。"

"妈！那可不是我想去哪儿就能去哪儿的事。人家矿区总指挥部统一安排。你倒是给我拆洗一下被褥吧。"

很快学校开学，莲花去补习。那天，巴图把莲花送到矿区汽车站。

临上车时，巴图鼓励莲花，说："莲花，努力！明年你肯定能考上！"莲花点点头，说了声"再见"上了车。几天后，巴图也拿上通知书来到矿区指挥部报了到。巴总指挥询问了巴图的姓名、年龄和文化程度。

"噢，你是刚高中毕业的学生？那你就去电厂培训班吧！"

六

森布尔拦回在吉仁山山包迎风而站的马群，赶向河水那边。他倒是想把胯下的枣红马替换下来，可今天早晨出牧时他没拿套马杆子，手里拿着父亲平常放牧时用的两庹长的桦木杆子，咋抓马呀？算了，这热天追马抓马，何苦呢？他就改变了换马骑的想法。日近半晌，太阳直烤，没有一丝风。山坡南麓，麻叶荨麻长得茂盛，周围盛开着无数的小黄花。当他赶着马群进到洼地时，好像进了蒸笼里似的更加闷热，特别是蝈蝈、蚂蚱蹦跳起来咯咯作响，令人平添几分烦恼。炎阳炙人。他磕腿催马，坐骑几个蹬踏就跑上了坡顶。森布尔翻身下马，深深吸了一口气，举目望去，马群拉起长长的尘烟，往霍林高勒河方向滚滚而去。从这里往北望去，古尔班淖尔湖一字排开，像衣襟上的三颗银纽扣一样闪着光。

湖东边一条土路上，一辆汽车开过去直奔矿城，后边扬起的黄土久久不能散去。过去，这条路上行驶的多是去乌珠穆沁旗"额吉淖尔"盐湖拉运湖盐的牛车、马车，还有一些赶毛驴车的小商小贩。如今，煤矿的汽车日夜穿梭，草原上已经出现蜘蛛网似的纵横交错的自然公路。矿城上面雾气昏昏，像一汪浑浊的湖面，天地一片苍茫。森布尔从矿城上边移开目光向南望去，马群的第一拨已经进了河，最后一拨马群正顺着河套湾滚动着。马群后面"殿后"的是一匹黑儿马，黑缎子般的马鬃和马尾随风飞扬，在阳光下浑身发亮，精神抖擞，八面威风。每当看到这匹黑儿马，森布尔心里一种自豪感油然而生。

那还是八年前，森布尔刚满十六岁那年的春天。有一天早晨，父亲出去照看马群后没精打采地回来了。母亲问怎么回事，父亲说：

"栗色的母马失散了。它快要产驹子呀。"

"那得快去找回来啊！"

父亲匆匆忙忙喝完茶就要去找马，森布尔也要帮父亲找马，骑上马带上桦木套马杆跟着出发。在罕山山麓一片杨树林里搜索一遍没有找到。再搜搜北坡的柞树林看看，父子俩准备翻过山岗去找。这时候，日过正午，爬山的马也有点累了，他们在山梁下边停下休息一会儿。父亲坐在大岩石避风处，一边抽烟，一边讲述当年打围猎时坐在这个山嘴边，用枪打去河里喝水的盘羊的往事。森布尔也听人说起过阴坡柞树林里常有野猪出没，他害怕说不定从哪个沟壑里跑出长有长长的獠牙的公野猪来，不时警惕地望着四周。去年冬天，听人们就吵吵过，在这片柞树林里真的野猪成群，猎人图古杰在这里打猎时，猎狗的肚皮被公野猪的獠牙挑开了。

日过偏西。阴坡的柞树林在阳光照射下一片暗红，风吹得败枝枯叶唰唰作响。在马背上晃悠大半天的森布尔又累又饿，懒洋洋地坐在马鞍上信马由缰跟在父亲后边。突然，马受了惊，支棱起耳朵，森布尔条件反射似的赶紧勒住马缰绳。恍惚看见柞树林里有一个黑影在晃荡，他心里咯噔一下，似乎觉得长獠牙的公野猪向自己猛冲过来，惊吓之余喊了一声"爸爸"，走出很远的舍冷听见儿子的惊叫声，不顾一切地穿过森林驰马而来，只见儿子脸色苍白、目光呆滞，往树丛那边指了指。舍冷顺着儿子手指的方向望过去，发现柞树丛那面有动静。舍冷从背上拿下猎枪，做好随时射击的准备。可是，哪有听见人的动静而不跑的野生动物？舍冷这么想着，小心翼翼地往前迈了几步。这时，树丛那边传来小马驹的嘶鸣声，一匹黑毛色小马驹摇摇晃晃走出来。小马驹似乎好久没有吃到母奶，饿得肚皮贴腰，细细的四条腿勉勉强强支撑着身子。他顺着小马驹走出来的方向再往前走过去，发现栗色母马在树林里被人家套鹿的套子套住，挣脱半天，周围一片狼藉，终于精疲力竭躺倒在那里。母马看到主人后停止了挣扎，投来求救的目光。父子俩人折腾半天，好容易把深深嵌入马的细腿处的铁丝套子解开，但母马已经没有力气再站起来，想抬起头挣扎了几下重新躺倒。栗色母马似乎感觉到自己再也站不起来了，用微弱的目光交替看看舍冷父子和出生不久的小马驹，真有点挣扎在死亡线上的母亲托孤的意思，满含着泪水最终停止了呼吸。父亲按着蒙古人古老的习俗，用刀子分别割下一绺马鬃和马尾做马群的"福分"留下，把马脑袋规规整整地朝北朝上放置。森布尔抱起颤悠悠的小马驹，眼泪不由自主地滚下来。

从那年春天起，森布尔倒有事干了。每当母亲挤牛奶，他手拿喂奶嘴子，急不可耐地在旁边等着，急着给小马驹喂奶。清明过后，阳坡上的小草露出了脑袋，森布尔每天牵着小马驹，让小马驹吃新鲜草。森布尔和小马驹形影不离，做梦也梦见小马驹长出了翅膀，腾云驾雾飞起来了。看见小马驹撒欢的样子，母亲疼爱地说：

"唉，可怜的小生命，有喝水的福分啊！"

小马驹长得很快，不久，就可以跟群放牧了。第二年，小马驹两岁了，个头长高了。再过一年，成了三岁子马，身材修长，高头昂起，浑身毛色乌黑发亮，油光可鉴。

清明节那天，嘎查把马群收拢过来，要统一进行公马去势①。森布尔不愿意给三岁子黑马骟蛋，头一天晚上就把三岁子黑马偷偷地藏在山沟里。那一天，大伙忙着套马捉马，打马鬃，打烙印，为三岁子公马去势，忙得不亦乐乎，谁也没有想起来森布尔

---

① 去势：阉割。

还有一匹三岁子黑公马。等到有人想起来时，天气也变暖，为牲畜去势为时已晚，这样，嘎查马群里多了一匹黑儿马……

夏天的一天，森布尔把马群赶到距离矿城不远的一条河里纳凉，自己骑上马进了城。前不久，他找人打了一副马鞍架。好马配好鞍，好鞍要配好装饰材料，他进城买鞍鞯、鞍花、泡钉等，想把新马鞍好好装扮一下。到了晌午，城里开始热起来。对于骑马驰骋于辽阔草原上，让野外的凉爽的风抚摸着面颊的森布尔来说，来到车水马龙、人来人往的城镇，感觉胸闷憋气，与进了蒸笼差不多，特别是一闻见那煤炭的呛人的烟味，他就感觉头晕、恶心。他想买上东西赶紧走。转了好几个商店，都没有马鞍具卖。他后悔自己为什么不在那达慕大会时候买呢。他找不到卖马鞍具的商店，突然想起了巴泽尔。他常来这里，肯定知道。待森布尔从商店出来，只见西北天空黑云翻滚，凉风飕飕，像要下雨的样子。他刚到马跟前鞴上鞍子，一阵凉风吹来，使他不由打了个寒战。森布尔提缰上马，离开矿城，举目一看，西边天边纷涌而起的黑云团遮天蔽日，雷声大作。眼见海丽金哈达那边一片白茫茫，豆大的雨点随风而来。森布尔本想往家的方向奔驰，又撇不下赶入河里的马群，拨转了马头。这时候，倾盆大雨已经下开了，雷声隆隆，雷电交加，胯下的马不时受惊左躲右闪。等来到河边一看，马群已随风跑去，分成好几帮。

暴雨裹着冰雹劈头盖脸地砸下来。森布尔被冰雹砸得浑身疼痛，但他怕马群进了城郊的庄稼地就坏了，赶紧去追上马群。他磕腿催马高喊着左跑一下，右跑一下，总算拦住了顺风跑散的马群。这时候，滂沱大雨越下越大，马群就是不顶风走。黑儿马会意地帮着他拦着马群。他想，山洪下来之前，一定要把马群赶到高地上去，刚赶过去，前边庄稼地外面的一条壕沟挡住了去路。必须要绕过煤矿挖出来的一座大土堆，才能上高地了。受惊吓的马群在泥浆里噼里啪啦奔驰，小马驹跟不上群四处乱跑。正当森布尔"嘿嗨"招呼着把马群拦过来，突然，一声闷雷炸开了，震得他脑袋疼，胯下的马受惊发毛时，森布尔使劲勒住缰绳，睁眼一看一团火球在地上滚动。仔细一瞧，一根高压电线遭了雷击，电线断了耷拉下来，正好搭落在跑在马群前边的黑儿马身上。森布尔急忙喊了一声，想喊住儿马，说时迟那时快，跑动中的黑儿马被高压电线电击后，带着一道蓝光借着惯力腾空而起，被甩出很远重重地摔倒在地。森布尔看得目瞪口呆，不知所措，愣在那里。过了一会儿，火灭了。他赶紧跃下马背，跑到黑儿马跟前一看，黑儿马一命呜呼，周围散发着一股毛皮煳焦的味道。森布尔抱起马头，眼泪和着雨水顺着面颊往下流淌。不知过了多久，雷声越来越远，雨慢慢住了。森布尔翻身上马，从马群后边追了过去。

森布尔把马群赶向高处的草场，回到家的时候已经是掌灯时分。母亲一直等着他回来吃晚饭，怕饭菜凉了，过一阵往灶里扔块牛粪。森布尔来到家附近给马下了绊子，把卸下的马鞍背回来往包门一侧丁零当啷一扔，钻进篷车就躺下了。"饭还在锅里，趁热吃吧！"母亲招呼了几次也没有回应。"这儿子这是咋的了？"母亲感到奇怪。

那一夜，森布尔辗转反侧，不得安睡。睁眼闭眼全是黑儿马的影子。它还是小马驹的时候，跑前跑后尽情撒欢的情景；到了两岁仍然与他形影不离，他去哪儿，小马驹就跟到哪儿，撵也撵不走的情景；特别是长大成了儿马后，浑身锃亮，长鬃飞扬，跑在马群前边八面威风的情景，一一浮现在眼前。

第二天，晴空万里，天上没有一丝云彩。经过雨水的冲刷大地焕然一新，草尖上的露珠在阳光照射下犹如无数颗珍珠在草原上闪闪发光。山洪下来时满河床翻卷的河水小多了。一宿没睡安稳觉的森布尔，黎明时分盹了一下，又梦见雷鸣电闪被惊醒。睁眼一看，太阳快一竿子高了。父亲在营地附近忙着挪动牛犊圈舍。森布尔本想搭把手，从篷车里下来刚迈几步，突然又想起了黑儿马来。他赶紧去找昨晚下绊子的马。没有了儿马的马群好比群龙无首，就算没有四处跑散，也会受到别的儿马的追逐。一想到这里，森布尔辔上马，急不可耐地飞身上马。

森布尔收拢了跑散的马群后，登上吉仁山山包，放眼往东望过去，似乎看见黑儿马四蹄如飞，鬃尾飞扬，划破矿区上面弥漫的烟尘，朝自己跑来。他一想，原来矿区上空犹如蜘蛛网似的电线，一堆堆小山似的土堆，纵横交错的农田排灌水渠，其实都是随时准备害死黑儿马的陷阱。他坐在山包上，远看像一座小石头敖包，久久不动。

太阳偏西，森布尔把马群归拢到木斯图山北坡，单等黄昏时分的到来。北坡下面，农耕点房舍的烟囱冒起了炊烟，传来鸡飞鹅叫的动静。河北岸一片土地均被开垦，种植了各种农作物和蔬菜。这里曾经是肥沃的草牧场，森布尔小时候和小伙伴们在这里放牧羊羔、牛犊，回来时候捡回些野韭菜、多根葱。

太阳落山，夜幕降临。森布尔把马群围拢在一起，然后挥动套马杆，高喊一声，赶着马群直奔河北岸的庄稼地而去。见了河南岸一群马以排山倒海之势飞奔而来，农耕点上的人们抱头鼠窜，纷纷逃入临时建筑和地窖子里。马群像洪水猛兽，所向披靡，纷纷跳过壕沟冲入庄稼地，森布尔骑着他的高头枣红马，把跑在前面的马群围拦回来，在庄稼地里转了一圈，地里的庄稼被马蹄踩了个稀巴烂，一片狼藉。农耕点的人们看到马群进了庄稼地后的一片惨相，心疼不已。这才回过神来，呼天唤地，随手抄起能抓到的棍棒、农具之类追过去时，森布尔赶着马群直奔吉仁山头扬长而去。

七

绕过霍林高勒河北岸的小山包,一条土路伸展而去。土路上走来了三个骑马的人。三个人并辔齐驱,高一声低一声,有说有笑。他们当中骑着海骝白马,戴着一副墨镜,偏坐在马背上的是巴泽尔。

"阿尔毕吉呼,进城你得请老哥下馆子啊。这大热天喝上冰镇啤酒,那真是赛过活神仙!"巴泽尔话音未落,森匹勒接过话茬:

"你巴泽尔真行啊!把人家阿尔毕吉呼的最好的一只绵羊便宜价卖给了马回子,还反过来叫人家请客。马回子占了便宜,应该让他请客,那才叫本事。可不能便宜了他。"几天前,巴泽尔把阿尔毕吉呼一只绵羊以便宜价卖给了马回子,不但白白吃了一顿,回来时还带回些瓜菜。阿尔毕吉呼也知道巴泽尔是在借帮他出售绵羊的名义想撮一顿,就说:

"相比咱巴达玛嫂子,你还差得远着呢。巴达玛嫂子用一点点的奶豆腐、黄油,不是把马回子那辆自行车弄到手了吗?"森匹勒一听哈哈大笑。

他们很快进了矿城。走到柏油路上,不习惯在硬地上走过的马如履薄冰,变得蹑手蹑脚,特别是每当汽车、摩托车从旁边呼啸而过时,就支棱着双耳,频频响鼻,而巴泽尔因为常来常往,他的马已经习以为常了,满不在乎。可另外俩人的马老担惊受怕,所以,他们几个干脆下了路,牵着马往前走。

额尔敦花山山脚下,盖起了一幢幢楼房,从远处看像摆放的火柴盒似的。这是新建的居民住宅楼。楼和楼之间铺上了柏油路,路两旁立起双排路灯杆,好似哨兵低头而站立。楼群那边的坡下,是一片杂乱无章的地窖子和临时建筑,狭窄的人行道上满是泥泞，垃圾成堆，臭气熏天。从那里再往前走，这边儿是挖土取土的坑，那边是堆起的破砖烂瓦，满目疮痍，乱七八糟，没有一块好地方。额尔敦花南麓看上去，像一只满身长癞，绒毛擀毡子似的脏兮兮的绵羊。

巴泽尔轻车熟路，来到马回子饭馆门口，把马拴在门口的电线杆上。阿尔毕吉呼骑的栗色三岁马好惊闪，他拴上马还下了绊子。

他们几个从马回子饭馆出来，各办各的事情，各奔东西，被卷入人流。东西方向的一条街，两边商铺、饭馆鳞次栉比，一个挨一个，饭馆门口挂起来的红布幌子随风飘荡。路北稍微宽绰的地方是露天市场，小商小贩们摆开地摊兜售着带来的各种商品。市场里有卖瓜果蔬菜的，有卖鱼卖肉的，人来人往，熙熙攘攘，生意兴隆。巴泽尔今天进城来，也没有正经事，只是想碰见卖羊的客户介绍到马回子那里，从中打闹点酒钱。虽然遇到几个熟人，可是没有卖羊的，他正无精打采地在人群中东张西望，看见几个一看就是乌珠穆沁模样的人。脸色黝黑，身穿肥大的蒙古袍，腰扎宽宽的腰带，大热天还穿着香牛皮靴子，他们背着手慢慢地走着。他们有的把买到的东西鼓鼓囊囊塞进前衣襟里，有的包在包袱皮里斜挎在肩上，在胸前结个疙瘩。巴泽尔在街上转了一圈回来时，只见几个乌珠穆沁牧人坐在勒勒车的阴影处抽烟说话。因为巴达玛的叔叔在乌珠穆沁旗当牧民，他借着打听他的名义上前搭上几句话便熟悉起来了。原来，他们想卖羊，因不懂汉语正在为难。巴泽尔一听，心里暗暗高兴。

"那好！那就拜托这位新认识的朋友了！"一个乌珠穆沁小伙说。

"没问题！我和这些饭馆的掌柜们，都是不拘形迹的哥们儿。咱走！"巴泽尔领着他们来到马回子饭馆。马回子见是乌珠穆沁肥尾羊，价钱上没打折扣，按他们说的价钱收购了。这也给巴泽尔给足了面子，他更加忘乎所以：

"看怎么样？在这矿城，老哥是一个通！"巴泽尔在三个乌珠穆沁牧人面前好一顿吹嘘。日近中午。乌珠穆沁牧人因为羊卖了个好价钱，也高兴了。中午就在马回子饭馆吃饭。这时候，阿尔毕吉呼、森匹勒也前脚赶后脚地回来了。

"这大热天的，咱不喝白酒，还是喝啤酒！怎么样？"巴泽尔先入为主地说。

"你们这里又是开矿，又是建城市，倒是很热闹啊。可是，这放牧在哪儿放呀？"一个乌珠穆沁牧人不无关心地问。

"这都是为了国家的利益嘛！社会在发展，我们光看着几头牲畜那哪能成？我们蒙古族人也要学会做买卖。"巴泽尔耍了一顿聪明。几个人喝着冒着白沫子的啤酒，喝着喝着就高兴了，开始划拳行令，还觉得不过瘾，又开始唱开了。声音一个比一个高。路过的人还以为他们在吵架，趴窗户往里瞅。地上喝完的空酒瓶横七竖八，一片狼藉。太阳快落山了，三个乌珠穆沁牧人起身告辞。送走了客人，巴泽尔想解个小手，这啤酒喝的，一看四周都是行人，他去找厕所。走过几个小巷子，肚子胀得实在受不了的时候，好不容易看见一处公共厕所，他边跑边解开裤腰带，急不择路地跑进去撒尿的时候，只见一个胖娘儿们提溜着裤腰从里边吱哇乱叫地跑出来。巴泽尔这才发现自己误入女厕所，惊慌失措，也顾不上尿完尿不完，半途而废跑出来时，也不知道哪里出来那么多人，手持木棍的十来个人把他围在中间。巴泽尔慌不择路地跑出去，拼命地往前跑，已迷失了方向，也不知道自己跑到了什么地方。他像只被围困的野兽在狭窄的巷子里左拐右跑，因为酒喝得多，胸闷气短，眼前模糊。他翻过一道矮墙，实在跑不动了，刚要蹲下喘口气，"扑通"一声，不只是什么东西砸了下来，他立刻失去知觉，晕倒在地。

阿尔毕吉呼、森匹勒俩人又喝了一气儿，一看三个乌珠穆沁人的座位空了，去解手的巴泽尔也没了影。

"嗨！这个巴泽尔到底咋的了？"

"会不会掉到茅坑里了？"

"隔三岔五地往矿城这边跑，许不是有了相好的了？"

俩人边说着，边摇摇晃晃地走出来去找巴泽尔。街上的人明显少多了。小商小贩们正收拾东西准备回家。阿尔毕吉呼来到下绊子的马跟前，栗色三岁子马频频响鼻，躁狂不安。是被汽车马达声惊到了，或者是被没见过马的城里孩子惊吓了？到跟前只觉得马鞍子上少了点什么。仔细一瞅，发现带有银箍的马鞍鞘绳、笼嘴铜马镫不见了。开始以为哪一个和他开玩笑藏匿起来了，再仔细一看，不对。皮鞘绳、吊镫皮带上有明显的刀割的齐刷刷的痕迹，这才知道是小偷偷去了，为此他扼腕惋惜。皮鞘绳倒没啥，那笼嘴铜马镫可是祖父传下来的宝贝，连他父亲都珍惜得不随便放置。可今天阿尔毕吉呼光顾灌酒，把心爱之物丢掉了，他心疼不已，高喊着：

"谁偷我的马镫了？"行人远远地看他们热闹。在墙根尿完尿的森匹勒摇摇晃晃地走过来，问：

"你咋的了？叫唤什么？"

"你也去看看马鞍吧！"听阿尔毕吉呼这么说，森匹勒也走到马跟前一看，他的银马嚼子、铜马镫也不翼而飞，香牛皮的鞍鞯也被人用刀子划开几道口子。森匹勒一看，气不打一处来，借酒劲大声地骂娘。酒壮人胆，人凭酒劲，森匹勒卸下马鞍扔在地上，骑上光背马往马路上催马而去，阿尔毕吉呼也骑上马紧随其后。当他俩骑着马冲入露天市场时，那里的人们吱哇乱叫，慌不择路，抱头鼠窜。阿尔毕吉呼栗色三岁子马一蹦一跳地纵身跳过卖布料的货摊，后边正好是木板子上摆好挂上的眼镜摊，摊主见了急忙躲开，马蹄正好踏在木板上，噼里啪啦，眼镜烂的烂，飞的飞。这时候，森匹勒侧身在马背上，右手挥舞着铁质的马绊子，把人家瓜果摊上摆放好的瓜果砸了个稀巴烂。这下事儿闹大了，阿尔毕吉呼勒住缰绳，赶紧把森匹勒招呼过来，俩人顺着主街往西纵马奔跑。有人从后边扔砖头，掷石块儿，可都纷纷落在马后。不一会儿，发出刺耳警报声的警车尾随而去，可两骑早已离开城区，犹如离弦的箭飞过木斯图北山坡，消失在一片苍茫之中。

巴泽尔被滴答在脸上的雨点惊醒，慢慢地睁开眼睛看看，犹如掉进深不见底的坑里一样，四周一片漆黑，伸手不见五指。滚滚雷声由远而近，借一道道闪电光看见头顶上黑云翻卷，雨点噼里啪啦地下来了。他想要站起来，抬了抬头，脑袋昏昏沉沉，恶心呕吐。一阵凉爽的风吹过来，胸口舒坦了很多，他深深地舒口气，动了动胳膊腿。"我这是在哪儿呢？森匹勒、阿尔毕吉呼扔下我去哪儿了呢？"他使劲抬起头看看四周，万物寂静，一点动静都没有。看见挺远的地方好像是一盏路灯亮着，以示宇宙还没有毁灭。在路灯光映衬下，雨点像一道道白线直落大地。酒醒了，身上发冷，浑身打战。如果不找个避雨的地方，今晚要冻僵呀。他连滚带爬朝着亮灯的方向而去。原来，亮灯的这个地方是煤矿通勤车乘降站的棚子，他就在棚子底下避雨。我的白马在哪里？马回子饭馆离这儿多远？他躺在那里胡思乱想。

午夜时分，一辆通勤车停下，部分夜班工人在这里下了车。人们看见棚子底下蜷缩的一个人后围拢过来，有人说："这是什么人？蒙古醉汉？"

巴泽尔一听说"蒙古醉汉"四个字，很来气，高声喊："你们滚蛋！"围拢过来的人立刻散开。原来，巴图也在他们当中。巴图认出是巴泽尔的声音，就问："巴泽尔姐夫，您这是咋的了？"

巴泽尔听到这熟悉的声音，愣了一下，说：

"我被人打了……"便再也说不出话来。巴图见巴泽尔血肉模糊的脑袋和沾满泥土的身子，赶紧叫了一辆出租车，把他送往医院。

第二天，脑袋上包扎着绷带的巴泽尔来到马回子饭馆时，人们很惊愕，刨根问底儿："到底是怎么回事？你去哪儿了？"巴泽尔不言语。还好，昨晚马回子给白马喂了草。他把马鞍扔在马回子这里，自己骑上光背马回家了。

八

都到了半晌午，巴泽尔仍用被子蒙着脑袋昏昏沉沉躺着。他脸上消肿了，解开绷带一看，脸上、嘴边还是青一块紫一块。他好几天没洗脸，脏兮兮的花脸，巴达玛越看越来气，喊道：

"嗨！还不起床啊你，太阳都照到你屁股蛋了。那个马回子是亲娘舅，还是你二大爷？整天往他饭馆跑，这回咋样？脑袋都差点被打烂，舒服了吧你！"

这时候，一辆草绿色篷子的吉普车从他们房后扬长而过。看家狗狂吠着追出很远，送出"边界"，总算完成任务快快而回。巴达玛从撩起幪毡底边的哈那眼儿望过去，那辆吉普车停在了嘎查支书那达木德家蒙古包门口。车上下来的好像是戴大盖儿帽子的两个人，巴达玛心里咯噔一下，说：

"警察来抓你们来了。快起来吧！"

一听是警察，巴泽尔一跃而起，大惊失色地问："在哪儿？"

巴达玛指了指那达木德书记的家："你看！快逃吧你。"

巴泽尔六神无主地说："往哪儿逃啊？"

"你先去河边柳树丛里藏起来。我去探听一下情况。"巴达玛说完，急匆匆往娘家走去，长袍下摆随风摆动。那儿离那书记家近。母亲见到她就说：

"坏事了，坏事了！阿尔毕吉呼、森匹勒都被抓了，这回要抓咱姑爷了，造孽呀！"说着，双手合十不住地祈祷。来的人果然是矿区派出所的警察，是来调查那天发生的事情的来龙去脉。露天市场里挨砸的商贩们告发了。巴达玛原路折回来一看，巴泽尔不在家。爱惹是生非，又胆小如鼠的家伙早已跑掉了。巴达玛进进出出，坐卧不安的时候，警车"吱"的一声停在了门口，车上下来那达木德书记，后边跟随着两个警察。不是说把阿尔毕吉呼、森匹勒抓起来了吗，车上没有。"是不是五花大绑捆起来塞进后备厢里了？"巴达玛这么想着。那达木德书记进了蒙古包里扫了一眼，出来问：

"巴泽尔去哪儿了？"

"他……他回冬营地了。"巴达玛吞吞吐吐，语无伦次。

"昨天还在家躺着了不是？"

巴达玛更慌神儿：

"是，是今天早晨……"

那达木德书记走到两个警察跟前说了几句话之后，回过身来对巴达玛说：

"巴泽尔回来，叫他去我那儿一趟！"说完上了车。等警车走远了，巴达玛赶紧往河套那边跑，巴泽尔正蹲坐在河边土坎下面抽着烟。

"听说阿尔毕吉呼、森匹勒被抓起来了。那达木德书记也叫你过去呢。你们到底干什么坏事了？"

"听他们说马受惊了，只不过踏烂了一些摆摊的瓜果而已。"

"胡说！只为几颗瓜就抓人？那你这个伤呢？"

"我不是告诉过你了吗，喝醉酒摔下马了。"

"你们啊，肯定是喝醉酒打架斗殴了。不然，警察为什么来抓你们？"

那天晚上，天擦黑的时候，有两个人骑马来到巴泽尔家门口下马。一看是阿尔毕吉呼、森匹勒。巴泽尔很惊愕：

"不是说把你们俩五花大绑带走了吗？"

森匹勒嘿嘿一笑：

"主犯你在这儿安然无恙，我们只不过是胁从，还怕啥？"

"他们说啥了？"巴达玛急不可耐地问道。

"损坏的东西要让我们包赔。那达木德书记要领我们去具体协商。"

"包赔？我也叫他们包赔。我那副铜马镫可不是他们几斤瓜果能够换来的。"阿尔毕吉呼说道。

"损坏的东西要赔偿，那倒没啥。可就是那个胖娘儿们……"森匹勒刚要说漏嘴，阿尔毕吉呼推了推他的膝盖，打断了他的话。巴泽尔目光躲闪地看了一眼巴达玛。巴达玛似乎听出了弦外之音，立即直逼巴泽尔：

"你把人家老婆怎地了？"巴泽尔被逼无奈，把那天因为误入女厕所而招了打的事一五一十地说了出来。

"若要人不知，除非己莫为。你到底露馅了吧？还骗我说是因为喝醉酒被马摔下来！"

"我的确是进错了。汉文字我也不认得。"巴泽尔尽力为自己辩白。

"这就麻烦大了。那个娘儿们告发你故意调戏了她。"

"他怎么知道是我们呢？"

阿尔毕吉呼边卷烟，边说：

"马回子告诉的呗。我们去了他的饭馆，警察一定会向他询问。"

"真的？王八羔子，你等着！"巴泽尔咬牙切齿地说。

"怎么样？整天围着马回子屁股转，这回惹出事儿来了吧？"巴达玛仍不解恨地说道。

第二天，巴泽尔起了大早，去了那达木德书记的家。那达木德是敖包嘎查分管畜牧业生产的副书记。他专门负责管理转场放牧的这些牧业户。他看到巴泽尔后，开涮道：

"嗨！不是说你回了冬营地了吗？一夜之间飞回来了？"

"我去河边土坎下边藏匿了。"巴泽尔实话实说。

"别说藏身河边土坎，你就是上天入地也不行。那个女的一口咬定非抓人不可。"

"那书记，你可得替我想想办法吧！"

"你们进城，为什么非得进饭馆喝酒？钱多了烧得，是吧？想喝酒，买回家来喝不好吗？"那达木德书记正在责备他们，森匹勒、阿尔毕吉呼也正好来了。当他们鞴上马鞍准备出发时，只见一辆黑轿车绕过哈拉盖图河岸，直奔这边儿开过来。"这回真的是来抓我们了。"巴泽尔站在那里，心里这么想着。小轿车行驶过来，在那达木德书记家门口戛然而止。车上下来一位相貌堂堂、风度翩翩的四十开外的中年男子，和那达木德书记握了握手，自报家门，说：

"我是矿区巴总指挥。"

那达木德书记倒是早就听说过矿区有个巴总指挥，是蒙古族领导，但还是第一次谋面。他听人们说起过，巴总指挥经常深入牧区，调查研究，帮助牧民解决实际困难，是个非常能干的好领导。那达木德现在遇到这么个棘手的问题，正在为难之际，"救星"不请自到，当然是喜出望外。

"巴总指挥来得正好。往里请，往里请！"那达木德书记把巴总指挥请到自己包里。听闻矿区巴总指挥来到，附近的牧民也纷纷闻讯赶来。那达木德书记把牧民巴泽尔被人打，森匹勒、阿尔毕吉呼银马嚼子、铜马镫被盗等情况说了一遍，并说：

"矿区派出所正在调查这些事。到底怎么办好？"说完，看着巴总指挥的脸色。

"关于这件事情的调查报告，我看过了。至于具体处理，回去听听派出所的意见。"说完，欲要起身走，官布老汉从外边走进来。

"听说矿区来了个蒙古族领导，是哪位？"

"是我。请老人往里来。"巴总指挥欲从蒙古包正座上站起来，官布老汉怕他这就要走掉似的立即摁住其膝盖紧紧靠坐在旁边，说道：

"您是大官，请您评评理。我们人被打了，还被诬上罪名，我们东西丢了，反而要赔偿。这是什么道理？"

"矿区初建阶段，各方面的工作还没有走上正轨。由于我们的管理差，牧民被打、牲畜被盗的事情时有发生。尽管如此，我们还是要依法办事，不能意气用事，更不能胡来。咱蒙古人啊也太直露了。"巴总指挥说。

"就算他们几个愣头青意气用事了。但是为了挖这里的黑煤，蛆虫似的来了这么多人，把我们好端端的草牧场都毁掉了。我们牧民在哪儿放牧？我们怎么过日子？"官布老汉越说越来劲。

"老阿爸，你也不能只顾眼前。开矿是国家建设的需要，不但对国家有利，也要让牧民得实惠。我们正在哈拉盖图一带建牧民定居点，要让牧民住上楼房，点上电灯，烧上暖气的。"巴总指挥解释道。

那达木德书记一看他们两人你一句我一句的，担心官布老汉倔劲儿上来惹得巴总指挥不高兴就麻烦了，就故意转移话题，说：

"巴总指挥，请您还是先过问一下这三个人的事，帮我们给解决一下吧。"

巴总指挥说："还有一件事。你们嘎查的马倌是谁？"

"叫森布尔。他在山上放马呢。"

"郊区蔬菜基地的菜农告发有人赶着马群去践踏了他们的菜地。据我所知，附近没别的马群。这个事儿可能与森布尔有关。你们明天去时，把森布尔也叫上一块儿去吧。"说完，巴总指挥起身告辞。

等他走后，官布老汉仍愤愤不平：

"唉！又是个光讲大道理、不办实事的人啊！"说完，骑上他那褐色毛的老马跟在羊群后面颠步行去。

那达木德书记摇了摇头，说：

"这真叫摁住葫芦浮起了瓢。祸根原来在森布尔那里。不然，人家为什么又偷马镫又割掉鞍鞯呢？"

巴泽尔想了一想，觉得此事真的与森布尔有干系，站起来说：

"我去找他去！"

听到森布尔成了嫌犯，乌雅涵大吃一惊。她知道，黑儿马被高压线电击死亡后，森布尔难过了好几天。那场雨加冰雹，山洪下来的第二天，乌雅涵去哈拉盖图泉水拉水的路上，碰见了森布尔。几天不见，人好像害了一场热感冒似的脸色憔悴，眼窝下陷。

"森布尔，你脸色这么难看，是不是哪儿不舒服？"

森布尔从乌雅涵手里接过水瓢舀了冰凉的泉水，咕嘟咕嘟喝了几口后，说：

"那天大暴雨中，我的黑儿马被高压线电击死了。"

"哎呀，多可惜呀！电那么厉害呀？"

"高压电线遭雷击耷拉下来，把我的马给击死了。如果不是怕马群进了庄稼地，在土山外边绕了一下，就不会发生这档子事。这完全怨他们在庄稼地外面挖的壕沟！"森布尔咬牙切齿地说道。

"你可不能做出什么傻事呀！"乌雅涵好言相劝。

"嗨！你就放心吧，在这片草原上没有什么东西可以追得上我这匹枣红马。"森布尔说完，翩然上马，追在他的马群后边绝尘而去。

乌雅涵猜到赶着马群践踏人家菜地的是森布尔干的好事，正急得像热锅上的蚂蚁的时候，看见巴泽尔从他们房后经过。

"姐夫，你要去哪里？"乌雅涵把巴泽尔叫住。

"替森布尔担忧了？没关系，他被抓去了，还有姐夫呢不是！"巴泽尔嬉皮笑脸地说。

"你也跑不了！你调戏妇女早晚得戴上手铐！"乌雅涵在气头上没有轻重地回击了一句。

巴泽尔登上吉仁山附近的高坡上望过去，只见阴坡下面有几群马在吃草。这时候刚过半晌午，还不到饮马的时间。等巴泽尔走进马群，森布尔正准备捉换骑的马，把马群围拢过来。

巴泽尔见面第一句话：

"森布尔！今天，矿区那边来了个当官的，在找你。"

"找我干什么？"

"你赶马群践踏人家的菜地，要叫你赔偿呢。"

"哼，我还不知道找谁赔偿我的黑儿马呢！"

看样子，森布尔是准备供认不讳。那就糟了。巴泽尔赶忙说道：

"赶马群进地的事，你可死也不能承认。你要是承认了，你的一群马都不够赔偿的。再说了，明天你去的时候不能骑你的枣红马，换个别的马骑。"

次日，那达木德书记领着巴泽尔、森布尔、森匹勒、阿尔毕吉呼等人去了矿区。派出所警察态度缓和多了，不像上次那样声色俱厉。把他们几个一个一个叫进去，详细询问事情的来龙去脉。森匹勒、阿尔毕吉呼还是老问题，老答案。叫进去不大一会儿就放了出来。把森布尔叫进去，无论怎么讯问，森布尔就一句话："我没有，我不知道。"那边的人看森布尔骑的白马也直摇头，也就没有进一步为难他。森布尔心里暗暗想："多亏听了巴泽尔的话，换上白马了。别看他贼头贼脑，还真有贼主意。"巴泽尔被叫进去，时间不短。闹不好，那个胖娘儿们真的是讹上他

【242】

了，说他扒她裤子要强奸她。不过，公安部门一定会重证据依法办事的。当他们几个嘀嘀咕咕，如此这般议论的时候，巴泽尔愁眉苦脸地从里边出来。不出所料，那个烫头发的胖女人一见到巴泽尔就喊："就是他！就是他！"便扑过来，要不是警察阻拦，非把巴泽尔的脸撕烂不可。平时，天不怕，地不怕，牛逼烘烘的巴泽尔，到了阵仗的时候，倒成了见了猫的老鼠。一点儿精神头都没有，只知道一根接一根地抽烟。

过了好一阵儿，警察把那达木德书记请进去，向他通报处理结果：

阿尔毕吉呼马踏眼镜摊儿打坏眼镜，要赔偿 20 副眼镜钱；森匹勒赔偿瓜果摊损失 300 元。他们两个人在大街上纵马奔驰，惊吓路人，扰乱秩序，各罚款 200 元。

那达木德书记听了后，问：

"那么，他们丢了马镫、马嚼子的事，怎么办？"

"至于马镫、马嚼子被偷盗的事，当时他们没有报案，反而惹是生非，法律意识也太差了。不过，你们放心吧。这个事情，我们已经向巴总指挥汇报过了。矿区方面赔偿你们的损失。"

"森布尔、巴泽尔的事查清了吗？"

"马群进菜地的事，我们还要进一步调查。可就是巴泽尔的事挺麻烦。我们也给那位女同志再三解释，巴泽尔是个不识字的牧民，更不认得汉字。他那天喝啤酒喝多了，肚子胀得不行，好容易看见一个厕所，急不择路，误入女厕了，不是故意的。可那女的就是耳不进言。反而说，你们不给处理就去法院告。"

森匹勒、阿尔毕吉呼两天之内把赔偿金和罚款交上来，也签了字画了押。他们从派出所出来，准备去找巴总指挥，突然发现走在后边的巴泽尔不辞而别。那达木德书记很着急，说：

"这巴泽尔又干什么去了？森布尔，你去找找他。"

原来，巴泽尔找马回子去了。他是想，这个地方除了马回子，没有人认得他们。肯定是那家伙告诉给警察的。再说，马回子在城里开饭馆，认识的人也多。求求他出出点子。他见到马回子，开门见山：

"咱朋友一场，你为什么把我们指给警察？这回要抓我入狱呢。"

马回子辩白说：

"警察来问我，倒是真的。我回答他们说，我这个饭馆整天人来人往，我哪能一个一个都能记得住。我怎么会把你指给警察呀？"

"除了你没有人认得我。警察威胁我说：饭馆老板都认得你，你还想抵赖。我没办法只好招供。你想想，那天我们不是在你这儿喝的酒吗？"

"嗨！人家警察是干什么的呀？左套右套，把你套住了吧？不过，你别急。听说那个女的是在这儿开美容美发店的。我们找找她私了得了。"

"那巴达玛肯定认识她，在她那儿烫过头。"

"巴达玛认识她不管用。她是认钱不认人。这样吧，你回去拉一只绵羊来。我来想办法摆平。"

头一天晚上，不知道马回子找到那个胖娘儿们咋谈的，咋求的。反正，第二天巴泽尔拉上羊来的时候，马回子满脸高兴的样子。

"来，来。往这边坐。我差一点没有跪下磕头，总算让那个娘儿们吐了口，一只绵羊搞定。这回你该怎么谢我？"

巴泽尔还是有点不托底，问：

"那派出所那边怎么办？"

"那没关系。胖娘儿们答应撤诉了嘛。一撤诉，派出所就不再找你的麻烦了。"巴泽尔一听，心里才踏实了许多，脸露笑容。

马回子开玩笑，说：

"以后可别再进女厕所了。"

"宁可拉裤兜子，也不会再进这里的厕所。"巴泽尔表示。

九

乌雅涵慢慢地赶着羊群离开营地。秋风瑟瑟，草浪滚滚，一片金黄，天凉好个秋。自从父亲回冬营地打贮草去以来，这些日子一直是乌雅涵上山放羊。今天，她把羊群赶向胡吉尔图一带的一片开阔地，紧连着奈拉珠尔草原东边，再那边是连绵起伏的丘陵。这里有一小块儿一小块儿的盐碱地，随着秋天的到来，地面干燥，牧草干枯，盐碱地表层的细土随风飞起，与煤城上空的雾霾汇合在一起，使得天空灰蒙蒙，就连奈拉珠尔草原上的两座钻井塔都看不清楚。羊群撒满草原，一展风吹草低见牛羊的景色。迷蒙的雾霭渐渐消散开去，一群南飞的大雁在蓝天底下出现了，雁群排成整整齐齐的"人"字形，咕咕嘎嘎地叫着往南飞，一会儿排成个"人"字，一会儿排成个"一"字。飞向那未知的旅途，飞向那遥远的南方，飞向那温暖的国度……目送着雁阵，乌雅涵心里不由得揪了一下，随口喃喃地说道："我们也该转场迁徙了。"每到深秋，远处的山头开始变白的时候，牧民们开始从秋营地逐渐转向冬营地，一列列游牧的队伍开始在草原上移动。

往东南方向望过去，只见哈拉盖图河岸一幢幢红砖瓦房拔地而起，蔚为壮观。前些日子，乌雅涵到泉眼拉水的时候，路过那里看过。一个模子里打出来的似的一模一样的房屋，旁边是畜棚畜圈。房后正修着四方小院子应该是存贮畜草的棚子吧。虽然没有完工，但大体轮廓已经出来了。说是明年春天要把牧民全部搬到这里来定居。"那以后不再游牧了？"乌雅涵心里觉得怪怪的。那长长的游牧车队的身影以及它身后扬起的尘土好像统统消失在遥远的天边。天上飘浮的一块块云彩从头上经过时也好像向自己招手问："不去游牧了？"举目眺望，远山云雾缭绕，一片苍茫，山顶上的白雪在阳光的照射下闪着光。

乌雅涵正枕着胳膊躺在地上，远望着天空中飞过的雁阵时，突然觉得边上的羊群受惊了，起身一看，骑着高头大马的森布尔从那边由远而近策马奔来。森布尔来到跟前翻身下马，坐在乌雅涵身旁，说：

"人们都准备搬回冬营地了，你们准备得咋样了？"

"爸爸回冬营地去十多天了。该回来了。"

"乌雅涵，搬回冬营地以后相距较远，我们不能常见面了。以后，搬到定居点来就好了。"

"都挤到一疙瘩有啥好呀？还是游牧好。春天搬到夏营地，秋后搬回冬营地。就好像候鸟似的随着季节迁徙真好！"乌雅涵指着天上的雁阵说道。这时候，森布尔抓住了乌雅涵伸出的手，说：

"等回到冬营地，我就请托人去向你父母亲提亲。然后，咱结婚吧？行吗？"

"急什么呀？我也不会逃跑。"森布尔真的好像是怕乌雅涵跑掉似的紧紧抱住了她的后腰。

"咋不急呀？我一天见不到你，就觉得心里空荡荡的。"

两人坐到日近中午，离开那里。乌雅涵慢慢把羊群赶向家的方向，森布尔骑上马去拦他的马群了。一阵阵西北风吹来，草浪滚滚，在辽阔的草原上羊群像大海上行驶的点点白帆。

乌雅涵嘴里轻轻地哼着歌曲跟在羊群后面。自从见到森布尔，她心头的郁郁不乐也一扫而光，烟消云散。"你闭闭眼睛！"森布尔冷不丁在她脸上亲了一口，现在摸摸看还觉着发烧呢。尤其是想起森布尔说的"入冬以后，咱结婚吧"那句话，心里只觉得热乎乎，可又不好意思起来。正当她沉醉于甜蜜的回味，突然嗅到一股烟味。"什么地方冒烟了？"她顶风一看，只见扎哈淖尔东岸黑烟滚滚，而且越来越大。"不好！草原火！"她只觉得眼前一黑。情急之下，她一边跑，一边"嘿嗨"招呼着，好不容易把羊群围拢住顺风赶去。可她急羊不急，那些秋后上了油膘的膘肥体壮的绵羊扎堆儿在一起，不愿挪地方。她真后悔，没有听母亲的话骑马来。早晨出牧的时候，母亲嘱咐她骑上马吧。可她觉得秋后的羊走不远，就没有骑马。"不听老人言，吃亏在眼前。"她回头一看，只见草原火势越烧越猛，范围越来越大。这时候，羊儿也似乎预感到火灾的来临，四处跑散，不听从乌雅涵的指挥。乌雅涵发现，照这样的速度，到河边肯定来不及，于是斜着往西赶羊。这样，火头来临之前能够躲过下风口。火借风势，风助火威。秋后的熟草一旦着火，简直像火上浇油，火势像毒蛇吐出的信子吞噬着草原。乌雅涵跑着跑着浑身乏力，被烟呛得胸闷憋气。烟雾中，看不到羊群的身影，她自己也不知道自己走的方向。突然，前面遇到一个坑，一脚踩空，摔倒在地。

森布尔把在河里饮过水的马群围拢过来，赶向吉仁山背阴的草场上。他走上一个土包，心里想着："乌雅涵这时候不知走到哪里了？"他手搭凉棚，向胡吉尔图开阔地一带瞭望。不看不要紧，一看他大吃一惊。起初，他是看到天边黑云起，担心下雨。可是，仔细一看，不是云，而是草原中心地带黑烟滚滚，被风卷起散开。瞬时，他脸色刷白。烟雾中看不到羊群。乌雅涵应该是在离着火的地方不远。一想到这里，森布尔飞身上马，快马加鞭，向火场方向疾驰而去。火借风势，像洪水猛兽四处肆虐，草地成了一片火海。高头枣红马好像也猜到了主人的心思，像离弦的快箭、俯冲的雄鹰一样，风驰电掣，穿过奈拉珠尔草原。森布尔想直接从火海中冲过去，可是，火势凶猛，无法靠近。他只好拨转马头向北跑去，从上风口跑进来。胡吉尔图开阔地成了一片焦土，火头纵深扩展。"乌雅涵！乌雅涵——"他一边纵马奔跑，一边高声喊。过火的地方没有一个竖立的东西，到处是着过火的牛粪、马粪蛋冒着青烟。有几个被烧死的绵羊躺在那里，有的毛被燎过偶尔挣扎几下。森布尔在火场转了一圈儿，没有发现乌雅涵。他一看东北方向火势变小，开始烟消云散，便朝那个方向冲了出去。矿区工人和驻军士兵正在扑火。

"你们看见一个牧羊姑娘没有？"森布尔急忙走到他们跟前问。

"这黑烟中什么也看不见。"他们都摇头。森布尔更加心急火燎，拨转马头。枣红马浑身是汗直往下流，髀肉在微微颤抖。当森布尔磕腿催马重新冲入火场时，工人们在后边喊：

"不能进去！小心被烧死！"森布尔不顾一切，高头枣红马纵身从火苗上面跳了过去，冲入烟雾。

正当人们替冲入火海的一骑捏把汗的时候，只见他马鞍上横抱一个人，自己骑在马鞍桥后面，从火场冲了出来。那个人头发、脸面和身上多处烧伤，已经昏迷不醒。森布尔从马上下来，把伤者轻轻地放在地上。

"乌雅涵！乌雅涵！"他喊了几声，伤者没有醒过来。正好扑火队有一辆吉普车停在那里。人们把那辆车叫来。森布尔赶紧抱起乌雅涵上了车。吉普车向矿医院开去。

那天中午，巴达玛准备喝中午茶，去外边取奶豆腐时，看见东北方向黑烟升起。

"你快出来看看，这东北方向好像着火了。"巴泽尔听了，从哈那缝往外瞅了一眼，说：

"是不是要下雨呀？"一看不像是天边升起的云彩，而是在不远的草原上升腾的黑烟。这才相信是草原火。

"乌雅涵今天出牧，不知道是往哪个方向去的。快去告诉爸爸和哥哥。"巴达玛忙三叠四跑过去，巴泽尔也急忙跟在后边。待他们跑过去时，嘎丽玛老大妈也早已发现草原着了火，连哭带喊地从家往东北方向费力地跑着。巴达玛、巴泽尔两人把老人拦住，老人手指着胡吉尔图草地的方向，只说了一句"乌雅涵"，再也说不出话来，已经气喘吁吁，昏迷在地。巴泽尔赶紧把老人背回蒙古包里让她平躺下来。他让巴达玛在一旁守护，自己跑出去把下了绊子的马找回来鞴鞍子的时候，那达木德书记、森匹勒、阿尔毕吉呼他们几个人拿扫帚的拿扫帚，拿铁锹的拿铁锹，准备去打火。

"那书记，听说乌雅涵去胡吉尔图草原放羊了。"巴泽尔说。

"那我们赶紧走，去那边打火！"那达木德书记骑在马背上喊了一句，几个人跟在后边往东北方向飞奔而去。他们到那里，没有看到乌雅涵的身影，从西侧开始扑火，看见东北方向也有很多人在打火。

"从上风口开始打火吧！下风口的火到了河边自然就会灭的。"大伙儿根据那达木德书记的提示，正在打火的时候，看见火场上有一个骑着枣红马的人来来回回奔驰。

"看，那不是森布尔的枣红马吗？"

"这个森布尔不要命了？跑进火场多危险啊！"那书记话音未落，只见森布尔马鞍上横抱着一个人向东北方向奔去。

"肯定是乌雅涵。她今天赶着羊群往这儿来的。"巴泽尔说道。

那天，矿区驻军、矿区工人全体动员，和附近的牧民一起扑火，终于把这场草原火扑灭。据说，这场火是从扎哈淖尔东岸的一个牧户的灰堆里的火星引发的。多亏扑灭及时，没有给其他牧户造成什么损失。

扑完火，有一个人把森布尔的枣红马牵过来，交到他们手里，说：

"你们嘎查马倌森布尔从大火中救出了一名女同志，现在人已经送往医院。看来严重烧伤。"

那书记说：

"那我们把你送回家吧！"

那个人说：

"不用不用。一会儿有车来接我。你们倒是快去医院看看伤者吧。"他们个个烟熏火燎，灰头土脸。巴泽尔踩到余烬上，不仅烧了裤腿，而且鞋尖上还烧了个洞。几个人来到哈拉盖图泉眼上，痛痛快快地喝了几口水，心里敞亮多了，也有了说话的力气。巴泽尔把被烙烫的脚趾用凉水冲了冲，说道：

"哎哟，我的天。真是水火无情啊！差点被烧伤了。"

那书记听了，说：

"你受点烫伤问题不大。乌雅涵伤情不知道怎么样，我们快去看看吧！"

等他们回去时，乌雅涵的母亲嘎丽玛老大娘伤心得哭昏了几次。经过商量，派巴泽尔去把跑散的羊群归拢回来。那木吉拉套上牛车，拉上姐姐嘎丽玛，直奔矿区医院。他们去时，乌雅涵仍在昏迷之中，脑袋和手足都用白纱布包扎着，打吊瓶输液呢。守在身旁的森布尔赶紧起来扶住嘎丽玛老人，安慰她说：

"医生说了，已经脱离生命危险了。您老放心吧！"嘎丽玛坐在女儿床前，哭成了泪人。太阳快要落山的时候，乌雅涵突然醒过来，用微弱的声音叫了一声："妈妈！"在场的人们听了都长长地舒了一口气。巴图也闻讯赶来。随后赶到的那达木德书记把森布尔叫了出去，交代说：

"你赶紧去冬营地，给官布老汉捎个信。你的马群，我替你放牧。"森布尔当即骑上高头枣红马直奔冬营地而去。夜间赶路，天气凉爽，没有蚊蝇骚扰，挺好的。这点路，对高头枣红马来说不在话下。在朝伦大坝那儿歇口气，天亮之前肯定能到。

第二天，官布老汉来到了矿区医院。看到爱女烧伤严重，老汉忧心忡忡，茶饭不思。

经过一段时间的治疗，乌雅涵伤情转好。肉体的痛苦减轻了，但是精神痛苦反而增加了。她扑倒在母亲的怀里，伤心地恸哭：

"妈妈！烧成了丑八怪，我怎么活呀？妈妈，我不想活了。"

母亲抱着女儿的肩头，像哄小孩似的轻轻地拍打着，说：

"我女儿乖，我女儿要听话！不要胡说那些不吉利的话！"

正在这时候，小护士进来：

"姐，你不用担心。听医生说，做了植皮手术后，可以完好如初。"官布老汉一听坐不住了，马上去找主任医生。主任医生猜到了他的来意，说：

"你来得正好。我们去找院长商量商量。"

矿区医院院长苏日图，蒙古人，五十开外，过早谢了顶的胖子。他对官布老汉说：

"您女儿伤情不轻，虽然说没有生命危险，如果不做植皮手术，脸上将会留下抽抽巴巴的伤疤。刚二十出头的姑娘家，以后怎么办呀？"

"那你说咋办好？"官布老汉急得打断院长的话，赶紧问。

"老哥您先别急。我们已经决定为您女儿做植皮手术。但我们医院的技术和条件都达不到。打算从军分区医院请专家来做。不过，这种手术不是一次性能做完，而是治愈一块，再做一块。这样，医疗费需要很大一笔钱。这……"院长难为情地说。

"院长！这你放心。只要能治愈我女儿的伤，就是砸锅卖铁，倾家荡产，我也心甘情愿。"老汉说得斩钉截铁。

"老哥，您放心。我们会尽力而为。"

那天下午，巴泽尔、巴达玛两人来医院探视。头一天下午，巴泽尔去找羊，找回了差不多一半。有的跑散了，也有的可能在火灾中损失了。巴泽尔听说乌雅涵的治疗费需要很大一笔钱，就出主意说：

"姑父！咱找找巴总指挥求求看，也许会帮咱解决。"

找巴总指挥，官布老汉也不是没有想到过。他也感觉到，巴总指挥是替老百姓着想、替老百姓办实事的好领导。但是，一想到上回人家去的时候，官布老汉不分青红皂白，出言不逊，还有啥颜面去求人家呢？

巴图一看着急了，说：

"爸爸，做手术的事可延缓不得。听医生说，做得越早，愈合得越快越好。快想办法吧！"

老汉想了半天，说：

"巴泽尔，你快去把那达木德书记请过来。我想和他一起去找找巴总指挥。"

次日早晨，那达木德书记和森布尔一起来了。那书记嘱咐森布尔留下来陪着乌雅涵，自己和官布老汉一起找巴总指挥去了。森布尔来到病房，看到乌雅涵脑袋上仍然缠着纱布，只露出眼睛和口鼻。看到森布尔进来，乌雅涵满嘴起泡的嘴唇微微颤动着，似乎想说些什么。森布尔凑上前去，仔细听：

"森布尔，我很害怕。"

"怕什么呀？我在这里呢！"

"我刚才做了个梦。梦见我变成了一个丑八怪，别人见了都躲得远远的。有的说我是魔鬼，要把我扔进火中。我逃呀逃，结果跌入深不可测的深渊……我使劲喊，惊醒了。很可怕！"

"乌雅涵，那是你做了噩梦。你不用担心。做了植皮手术以后，你的面颊会完好如初。届时，我把你接回去做我的新娘……"

快到中午的时候，官布老汉和那达木德书记回来了。

"怎么样了？事情……"嘎丽玛急不可耐地询问。

"成了，成了！巴总指挥真是个大好人啊。他与矿区区长商量后，答应乌雅涵的医疗费由他们给解决。下午，他还要亲自来医院，和医院院长谈这个事情。"官布老汉喜不自胜。

经过医务人员的努力，乌雅涵第一次植皮手术获得成功。但由于乌雅涵一侧身子大面积烧伤，植皮手术需要很长一段时间。

因此，院方提出先让官布、嘎丽玛老两口回家去。

乌雅涵伤情日益愈合。当最后一次手术成功，解下纱布后，护士不禁惊叹道：

"乌雅涵姐，原来你长得这么漂亮啊！"

乌雅涵摩挲着脸，说：

"不知变成什么模样了？"

护士马上递过来一面镜子，说：

"你自己看看。我没有胡说吧？"

"小妹妹，这两个多月真的是太麻烦你们了。因为有了你们医务人员精心治疗和关照，有了巴总指挥的帮助，我才重新得到人模人样地生活的机会。"乌雅涵说着，忍不住嘤嘤地哭了起来。

得知乌雅涵马上要出院了，巴总指挥亲自到医院来看望。官布老汉迎上前去，按捺不住激动的心情：

"托你们的福，我女儿的伤完全好了。老汉我也没个其他能耐。我想请您和医生护士吃顿饭，略表心意！"

"那怎么成啊。倒是聘姑娘的时候，别忘了给我们发请帖。"巴总指挥说。

"那行，那行！那你们就等着喝喜酒吧！"官布老汉喜形于色，登上了车。

十

对敖包嘎查牧民来说，今年的春天觉得特别漫长。随着春风吹来，万物复苏，幼嫩的草尖破土而出。这时候的牲畜往往表现出心神不定的样子，追逐新草的新鲜味道顶风乱跑。这里的牧民都知道，把春季瘦弱的牲畜赶到霍林高勒河两岸，不过几天就能恢复体力。尤其是逐水草而游牧惯了的马群更不用说，就算是跑散了，也用不着东找西寻，直接去霍林高勒河边上，准能找到。游牧走敖特尔，并不是每天赶着牲畜，而是搬到夏营盘就可以了。可今年上级下了指示：由于今春在霍林高勒河夏营地上建立定居点，工程尚未完工，需要等一等。牧民听话，叫等等就等着，可牲畜不管那一套，牲畜又是长腿的东西，得机会就往那儿跑。牧民们早已修好了车辆，备好了绳套，准备停当。春季接羔已扫尾，天气也逐渐热起来了，大家迫不及待地等着允许动身游牧的指示下来。真可谓"万事俱备，只欠东风"。

森布尔那天去找走散的马群。头天晚上归拢回来的马群，第二天早晨一看无影无踪，显然是顶风往北去了。去赶回来无济于事，倒不如在那一带拦一拦。舍冷老汉只好套上牛车，装上简易窝棚出发了。他本来打算在那年冬天办儿子的婚事，可亲家官布老汉主张，等开春搬到夏营盘后再说。这样，儿女婚事就推迟了。倒不是因为官布老汉不愿把女儿嫁出去，而是他要兑现女儿结婚时，要把巴总指挥和医务人员请来喝喜酒的承诺。冬营地距离他们很远，就是邀请了，也怕他们来不了。舍冷老汉年前请托别人去和官布老汉商量婚事，官布老汉一句话："等到去了霍林高勒河夏营地，在哈拉盖图举办婚庆宴。"森布尔也是这个意思。"那就随你们的便。"舍冷老汉再没有坚持自己的意见。

森布尔骑上高头枣红马，登上霍林高勒河南岸小土包时日偏正午。路上没有看到马群，估计又跑回吉仁山一带的老牧场了。他蹚过河登上达尔楚格图山包，只见山包左边哈拉盖图河岸，一排排红砖瓦房，院墙、棚圈已经完工，从矿区那边来的一溜水泥电线杆立起来，几个工人正在拉电线。先把马群找到，回来再看看。森布尔这么想着，勒紧马鞍肚带后翩然上马，向吉仁山方向飞奔而去。不出所料，马群果然在那里。等他把马群归拢一起时，夕阳正趴在西边的山头上。来到达尔楚格图山麓，不见人影。父亲可能路上住一夜，明天才能来到这里。"这去哪儿好?"森布尔愣愣地站在荒无人烟的草原上。他在马背上颠簸了一天,人困马乏。得找个地方填饱肚子,歇歇脚呀。他想到了马回子。矿区离那儿二十来华里,对枣红马来说是一口气能跑到的地方。

次日早晨,森布尔不慌不忙地起床,快到晌午回到原来的夏营盘地点,见父亲已经搭建了简易窝棚。他卸了马鞍,给马下了绊子回来。

"爸爸,等拉完电线通了电,就叫我们搬过去住。"他把从马回子那里听到的消息告诉父亲。

"搬是早晚的事了。一家挨一家挤在一块儿,牧人咋过日子呢?"舍冷老汉望着哈拉盖图河岸新建的定居点说。

舍冷老汉在这儿歇了两天牛,正准备再回冬营地的时候,看见河南边一链游牧牛车队缓缓而来。"是不是我们嘎查的车队?"舍冷老汉迎上前去一看,只见官布老汉坐在第一辆牛车上驾到。

"上级允许往这儿搬了?"舍冷老汉问。

"管他允许不允许,反正季节不等人。先搬到原来的夏营盘上再说。"官布老汉边说,边"驾"了一声催促他的驾辕牛。嘎丽玛在车队后边殿后。车队后边,乌雅涵赶着羊群缓缓而行。

"既然官布老汉带了头了,其他牧户也都会跟着行动。那我也不能自甘落后。"舍冷老汉当即赶着牛车回去搬迁了。

敖包嘎查数十户牧户陆陆续续、前前后后都迁徙来到老夏营盘,刚刚安顿完毕,上级却决定让他们集体搬到在哈拉盖图河岸新建的定居点。以往逐水草分散居住的人们一下子被集中到狭窄的定居点居住,不但很不习惯,感到憋闷,就连鸡犬都不得安宁,吵成一片。

有一天,官布老汉把羊群赶到老夏营盘附近时,只见从达尔楚格图西山沟那边出来一群羊,后边是牵着老白马的拉布丹老汉。拉布丹老汉来到官布身边。两个老熟人见面就掐开了:

"你老在那儿转悠啥呀？像是丢了玩具寻找的小孩。"

官布老汉也毫不示弱：

"你这个老掉牙的老白马还骑它干啥？还不如杀了吃肉。"

"咱没有搬新居享受的那个福分。新居好啊，电灯电话。听说，你老伴起夜，你还拿着电灯给照明呢？"

"嗨！你这头老牤牛嗅觉还挺灵啊！"

"哈哈哈！"两个老家伙见面没正经话，先开一顿玩笑。接着，俩人坐在曾经搭建蒙古包的一小块铲过草的光地上，交换烟荷包抽旱烟。

"嗨！你还说我们搬新居享福呢。如今年过花甲，天阔地广的草原上生活惯了，憋屈得慌！"官布老汉叫苦道。

"那我去住你的新居，你去敖包山北边走敖特尔得了。"拉布丹将了他一军。

"这不用你说。等办完我女儿的婚礼，我就去。"

"听说你和迷瞪眼舍冷嘎亲家了。婚事什么时候办呀？"

"刚搬到新居，等安顿完了再说。"

俩人天南海北地聊了半天，一看羊群都走远了，俩人去拦各自的羊。当登上达尔楚格图山包举目眺望，只见额尔敦花山麓，将掩盖在矿体上部的表土一层层地剥离开后，又把土拉运到一边堆起一个个土包。

"人真是太厉害了，移山填海，无所不能啊。"拉布丹感叹。

"大地也有生命。这样开肠破肚，怎么能行呢？"官布老汉不无担心。

搬到定居点以后，人们收拾完毕，便打听森布尔、乌雅涵的婚期，不久接到了请柬。头几天，巴泽尔专程去矿城，向有关人送去了请帖，并把马回子请来为婚宴掌勺。马回子更发福了，大腹便便地驾到。他看到了怀有身孕的巴达玛的大肚子，指了指自己的肚子说：

"巴达玛，我这是七个月了。你的呢？"说完嘿嘿一笑。

巴达玛直接用手指头戳了戳马回子的大肚，说：

"应该让男人也尝尝生小孩儿的滋味。这上帝也太不公平了。"

马回子接着又开玩笑：

"巴达玛，你不要让巴泽尔老往矿区那边儿跑了。别看他过去和那个理发的胖娘儿们仇敌似的，现在可好得不得了了。"

巴达玛挺着个大肚子满不在乎地说：

"只要他不怕被那个胖娘儿们压死，爱咋的咋的去！"

婚礼那天，矿区那边巴总指挥、医院院长、主治大夫都来了。官布老汉高兴得脚不沾地迎上前去，把客人请进屋里。乌雅涵等了半天，没有见到小护士孟兰从车上下来，感到很纳闷。咋了？工作忙，还是因为什么事？她实在忍不住，去问了问元丹医生。元丹医生也故意卖关子，说："也许一会儿会来的吧。"过了一会儿，弟弟巴图脚蹬一辆自行车急匆匆地来了，车后架上带的不是别人，正是护士孟兰。

元丹医生这才告诉乌雅涵：

"你不是刚才还念叨孟兰了吗？你看现在她不是一个人，而是成了一对儿来了。"乌雅涵也好像有这个预感，会心地笑了。

巴达玛、孟兰等陪同新娘进房间梳妆打扮了一番。新娘出发的时辰到了。官布老汉目送着女儿登上接亲的车，送亲的队伍渐渐远去，他独自一人留在家里。人们都走了。刚才还人声鼎沸、热闹异常，一下子变得鸦雀无声、冷冷清清，老汉心里也空空荡荡。他好杯中之物，平时想起来就痛痛快快喝上几口。可今天想喝点，却没那个心情喝不进去。爱女出嫁，他牵肠挂肚，若有所失，坐立不安。他走出屋这儿转转，那儿看看。房子东侧是暖棚，房后是石头砌墙的院子，冬天可以贮存饲草，夏天可以当羊圈。但老汉还在认为定居是遥远的事儿，相信逐水草而游牧是牧民的生活。

几天后，女儿回门。他向女儿吐露了游牧走敖特尔的想法。

"您俩咋行呢？还是住在定居点上吧！"乌雅涵劝阻道。

"姑娘你放心吧！爸妈侍弄这几头牲畜还是绰绰有余的。"

乌雅涵知道父亲的脾气，一旦决定，九头牛也拉不回来。父亲套上牛车出发了。乌雅涵眼含热泪目送着游牧的车队踏上柰拉珠尔弯弯曲曲的小路，直奔古尔班淖尔湖方向，消失在草原的尽头……

原载《哲里木文艺》2007 年第 2—4 期

译于 2021 年

图书在版编目（CIP）数据

敖特尔 / 内蒙古翻译家协会编 . -- 北京：作家出版社，
2024.7

（优秀蒙古文文学作品翻译出版工程）

ISBN 978 - 7 - 5212 - 2896 - 0

Ⅰ.①敖… Ⅱ.①内… Ⅲ.①中篇小说 – 小说集 – 中
国 – 当代 Ⅳ.①I247.5

中国国家版本馆 CIP 数据核字（2024）第 102111 号

敖特尔

编　　者：内蒙古翻译家协会
特约编辑：陈晓帆
责任编辑：袁艺方
装帧设计：孙惟静
蒙古文题字：艺如乐图
出版发行：作家出版社有限公司
社　　址：北京农展馆南里 10 号　　邮　　编：100125
电话传真：86 – 10 – 65067186（发行中心及邮购部）
　　　　　　86 – 10 – 65004079（总编室）
E – mail: zuojia@zuojia. net. cn
http: // www. haozuojia. com
印　　刷：唐山嘉德印刷有限公司
成品尺寸：152 × 230
字　　数：230 千
印　　张：16.75
版　　次：2024 年 7 月第 1 版
印　　次：2024 年 7 月第 1 次印刷
ISBN 978 – 7 – 5212 – 2896 – 0
定　　价：50.00 元